AF398389

Thomas Tippner

Am 10.07.1980 in Reinbek geboren, ist Thomas Tippner für mehrere Hörspiellabels und Verlage aktiv.

Sein gegenwartsliterarischer Roman Rose stand zwei Wochen am Stück bei Lovleybooks in der Kategorie „Gedichte und Dramen", auf Platz 1.

Auch arbeitet Thomas Tippner eng mit dem dp Verlag zusammen, wo unter dem Pseudonym Nele Hansen seine Romane Herzklopfen und Meersalz, Meeresrauschen und Inselküsse, Seeluftflüstern und die Booksnacks Was ist schon die Zeit und Schockverliebt erschienen.

Weitere Romane sind in Planung.

THOMAS TIPPNER

Das Vermächtnis der McBrights

ROMAN

Erstausgabe April 2025

Copyright © 2025 dp Verlag, ein Imprint der
dp DIGITAL PUBLISHERS GmbH
Made in Stuttgart with ♥
Alle Rechte vorbehalten

Das Vermächtnis der McBrights

ISBN 978-3-98998-856-9
E-Book-ISBN 978-3-98998-524-7

Covergestaltung: ArtC.ore-Design / Wildly & Slow Photography
Umschlaggestaltung: ARTC.ore Design
Unter Verwendung von Abbildungen von
shutterstock.com: © auralaura, © Evannovostro
Firefly: © Christin Peulecke
Lektorat: Sandra Florean

Satz: dp DIGITAL PUBLISHERS GmbH
Druck und Bindung: Books on Demand GmbH, Norderstedt

Kennenlernen

Vergangenheit, Kennenlernen 1987

Augustus liebte diese stillen Momente mit seiner Margret. Allein mit ihr am Frühstückstisch sitzen, das in einem geschwungenen Bogen geöffnete Fenster hinter sich; dem Gesang der in den im Garten stehenden Bäumen sitzenden Vögel lauschen.

Keinen geschäftlichen Druck haben.

Nur hier sitzen, das mit Marmelade bestrichene Toast essen und ab und zu an seinem frisch aufgegossenen Earl Gray nippen und sich an dem süßlichen, bitteren Geschmack erfreuen, der, wie Augustus es am liebsten hatte, ihm samtig weich über die Zunge den Hals hinunterrann. Es war für ihn jedes Mal aufs Neue, als würde er einen alten, bekannten, geschmacklichen Kuss bekommen, den er jeden Tag aufs Neue entdeckte.

So, wie er jeden Morgen den Toast und Tee genoss, fiel ihm auch auf, wie sehr er seine Frau mochte. Dass er es genoss, zu sehen, wie die vergangenen Jahre ihrer damaligen jugendlichen Schönheit keinen Abbruch getan hatten.

Ganz und gar nicht.

Er sah in ihr noch immer die bezaubernd schöne, ihn von einem Augenblick zum anderen in Feuer …

... Wut ...

... und Flamme versetzende Frau. Jene Dame, die ihm damals auf dem von seinem Cousin ausgerichteten Ball aufgefallen war. Die alle Musik, jedes Gespräch um Augustus herum zum Erliegen gebracht hatte.

Noch heute, mehr als fünfundzwanzig Jahre später, erinnerte er sich bildhaft daran, wie sie in den Salon getreten war; in ein anmutiges, ihre weich verlaufenden, weiblichen Formen umschmeichelndes, blaues Kleid tragend. Ihre damals dunkelblonden Haare zu einem Bob geschnitten, der die Konturen ihres Gesichts noch mehr zur Geltung brachte.

Und ihre Augen. Himmel, was habe ich mich in ihre wasserblauen Augen verliebt.

Ich konnte nirgends anders mehr hinschauen.

Sie sind noch immer so hübsch ...

... für andere ...

... wie damals.

Ich liebe sie.

Der letzte Satz, der durch seinen Verstand schwebte, war untermalt von dem kurzen Anflug der Verwirrung. Er meinte ihn ehrlich. Das fühlte er. Sein Herz begann zu pochen, während er an jenen Moment zurückdachte, als er Margret zum ersten Mal gesehen hatte.

Er erinnerte sich zu gern daran zurück. Sah sich, umgeben von seinen Freunden, ein Glas Punsch in der Hand dastehend. Ihm war es damals gewesen, als würde die Welt einfach aufhören, sich zu drehen.

Alle seine Sinne, jedes einzelne Gefühl war in ein Meer aus bunten Farben getaucht worden.

Augustus hatte schon immer viel gelesen. Hatte die Dichter und Denker aus aller Herren Länder konsumiert, über sie Referate geschrieben, Aufsätze veröffentlicht und im Debattierclub seiner Universität federführend gegen die Liebe auf den ersten Blick gewettert.

Humbug hatte er es genannt. Eine weibliche Attitüde der mutwillig herbeigeführten Romantik. Und abschließend dazu beigetragen, dass sich eine Mitkommilitonin vor ihm aufbaute und drohte, ihm eine Ohrfeige zu geben, wenn er seine Behauptung nicht zurückzöge.

„Lieber eine Ohrfeige, als meine Worte selbst ad absurdum zu führen", hatte er großspurig gemeint und das Klatschen der seine Wange treffenden Hand überheblich grinsend hingenommen.

Zu seinem besten Freund hatte er damals gesagt: „Wenn das der Lohn meiner Worte ist, dann ist es ein gerechter Lohn."

Das alles nur, weil er behauptete, dass Frauen mit Liebe auf den ersten Blick Männer absichtlich an sich binden und in Ketten legen wollten. Sie mit drei Worten dazu brachten, ein schlechtes Gewissen zu bekommen.

Gestand einer dem anderen seine Liebe, so sein Argument, geriet der Geliebte in Zugzwang. Es wurde absichtlich mit Gefühlen der Schuld gespielt, weil niemand gern verletzte.

Nicht ein Mensch auf der ganzen Welt, so seine weitergeführte Argumentationskette, mochte es, dem anderen einen Dolch aus Traurigkeit ins Herz zu rammen.

Also gingen viele Männer gerade deshalb Beziehungen mit Frauen ein, weil diese sich über ihre Gefühle eher klar sein wollten.

Ja, wollten, hatte er gesagt.

Damit absichtlich auf die Frauen gezielt, die klar und deutlich zu ihren Gefühlen standen.

Was ihn immer verunsichert hatte.

Schon als Kind war er hin- und hergerissen gewesen, ob er lieber auf die liebe- und verständnisvollen Worte seiner Mutter oder auf die herrischen, nach Disziplin schreienden Sätze seines Vaters hören sollte.

Gerade auf der Universität, wo er mit Gefühlen konfrontiert wurde, die er noch schwerer deuten konnte als damals die Richtungen, die seine Eltern ihm vorgaben, hatte er sich einen Panzer aus Worten zugelegt. Eine Abwehrhaltung gegen jene Menschen, die es spielerisch verstanden, wie es schien, sich ineinander zu verlieben, es sich zu sagen und auf die Suche nach dem alltäglichen Glück gingen.

Augustus war da anders gewesen.

Zurückhaltender. Schüchtern, um nicht verängstigt sagen zu müssen.

Gerade deshalb hatte ihn das Erscheinen Margrets so sehr verwirrt – so verunsichert. Ihn im wahrsten Sinne des Wortes aus der Bahn geworfen.

Alle Dichter, die er kannte, all diese Herren und Damen, die wortreich und blumenschwingend die Liebe priesen, waren ihm wieder durch den Kopf geschossen.

Nur mit dem ihn verwirrenden Unterschied, dass er sie nicht mit Verachtung zitierte, sondern …

… aus Entzückung.

Er hatte Heinrich Heine im Kopf gehabt.

Der über die Liebe sagte:

Wenn ich bei meiner Liebsten bin,
Dann geht das Herz mir auf;
Dann bin ich reich in meinem Sinn,
Ich biet die Welt zu Kauf.
Doch wenn ich wieder scheiden muß
Aus ihrem Schwanenarm,
Dann schwindet all mein Überfluß,
Und ich bin bettelarm.

Goethe:

Freudvoll
Und leidvoll,
Gedankenvoll sein,
Langen
Und bangen
In schwebender Pein,
Himmelhoch jauchzend,
Zum Tode betrübt;
Glücklich allein
Ist die Seele, die liebt.

Niemand aber hatte es so treffend formuliert, so wohltuend in seinen Ohren wie Lord Byron.

Eben den hatte Augustus am meisten verlacht. Diesen aufgeblasenen Schnösel des vorherigen Jahrhunderts, der mit solchem Schmalz Weltruhm erlangte, dass einem schlecht werden konnte.

Aber eben die Worte, die ihn dazu verleitet hatten, den Streit mit der Kommilitonin zu führen, waren es jetzt, die ihn mit Entzücken erfüllten. Die ihn heiß und innig heimsuchten und seinen Verstand mit einem Lichtermeer aus Farben füllten, dass er meinte, sein Kopf müsse überlaufen vor bunter Glückseligkeit.

Wie er dastand, seinen Punsch nicht mehr zu den Lippen geführt bekam, dem ausgezeichneten Witz seines besten Freunds keine Aufmerksamkeit mehr schenkten konnte, waren die Worte des englischen Dichters wieder da.

Sie hatten ihn ausgefüllt und ihn leise murmelnd zitieren lassen:

Was du auch seist,
Seel' oder Leib.
Erbarm dich!
Geh nicht von mir! Bleib!
Oder laß beid'
uns weiter fliehn,
als Winde wehn
und Wolken ziehn!
Es ist zu spät –
du warst, du bist –
der teure Wahnsinn,
der mein Herz zerfrißt.

Es ist der Wahnsinn, dachte er in einem Anflug eines seligen Lächelns, als Margret den Kopf hob, ihn anlächelte und meinte: „Oh, war ich wieder ungeschickt." Und konnte sich nicht erklären, warum sein eben noch gefühltes Hoch plötzlich ins Wanken geriet.

Er merkte, wie seine Stimmung kippte, als würde im Hochsommer plötzlich ein Regen ausbrechen. Schnell und unerwartet. Eben noch der Himmel blau schimmernd, durchzogen von goldenem Sonnenlicht, um dann, eine Minute später, von dunkelgrauen, tiefhängenden Wolken verdeckt zu werden.

Augustus begriff nicht, was das sollte.

Wieso er sich daran störte, dass Margret zu ihrem Dekolleté griff und die ihr auf die Bluse gefallene Brotrinde mit spitzen Fingern anhob.

Weil ich weiß, was sie getan hat.

– Miststück –

Oder ich glaube es zu wissen, schwächte er seinen eigenen Gedanken ab und versuchte, sich wieder an den Worten Byrons hochzuziehen. Wollte die dunklen Gedanken nicht wieder über sich zusammenbrechen lassen wie sich meterhoch auftürmende Wellen, die brausend und rauschend auf die Klippen von Dover zurollten.

Ich weiß es nicht.

– weiß es doch –

Ich nehme nur an. Ich meine, ich habe nicht wirklich gesehen, dass sie den Lieferjungen – diesen Paul – an die Hand genommen und in die Küche gezogen hat.

Was ich sah, war, dass sie die Tür öffnete. Sie dem jungen Benning einen guten Morgen wünschte, so wie sie es für jeden der Angestellten und Zulieferer übrig hatte.

Mehr nicht. Sie hat nichts getan.

– Ihn geküsst –

Sie war freundlich. Lieb.

„Du hast heute sicherlich noch viel vorzubereiten", plauderte sie leicht drauflos und schien nicht zu bemerken, wie es im Inneren ihres Mannes aussah, der, von einem schlimmen Verdacht genährt, dasaß und am liebsten die Hand zur Faust geballt hätte. „Deshalb habe ich das Personal angewiesen, den Salon herzurichten, damit du dich konzentrieren kannst. Mendel als Untermalung für deine Arbeit war passend?"

„Passend", murmelte er und kniff die Augen zusammen. „Alles passt."

„Ausgezeichnet", sagte sie, biss wieder von ihrem Toast ab und schenkte Augustus ein Lächeln.

Augustus liebte diese stillen Momente mit seiner Margret.

***

Aufregung war schon immer der größte Feind Albert Spanglers gewesen. Damals, als er sich an der Universität beworben hatte, ebenso wie, als er sein Zwischenexamen schrieb und schließlich zur großen Prüfung zugelassen wurde und sein Wissen vor mehreren Lehrenden beweisen musste.

Jedes Mal war es ihm in den Magen gefahren. Heiß und stechend. Immer verbunden mit dem Gefühl, sich hier und jetzt entleeren zu müssen.

So, wie er sich damals fühlte, so war ihm auch jetzt zumute. Dieses beklommene Gefühl von Unsicherheit, das ihn glauben ließ, dass er lieber auf eine Toilette verschwinden als in das geräumig eingerichtete Arbeitszimmer treten wollte, in dem sich Vincent McBright hinter seinem Schreibtisch erhob. Auf den Lippen ein wie angeknipst wirkendes Lächeln, während in seinen Augen der musternde Ausdruck eines Mannes lag, der mit dem plötzlich in sein Büro tretenden Besuch nichts anfangen konnte.

„Spangler“, stellte sich Albert vor. „Der neue Allgemeinmediziner aus dem Ort.“

„Ah“, machte Vincent McBright, der seinem Vater, Augustus, wie aus dem Gesicht geschnitten war.

Auch wenn Albert Spangler dem Besitzer des McBright House noch nicht persönlich über den Weg gelaufen war, so hatte er in dem ortsansässigen Pub dennoch dessen Fotografie gesehen. Arm in Arm mit dem Wirt, der stolz berichtete, dass er es sei, der den hohen Herrschaften hier auf dem Landsitz die Getränke liefere.

„Zu einem anständigen Preis, das können Sie mir glauben, Doc. Ich ziehe niemanden über den Tisch. Schon gar nicht die McBrights. Sind ja froh, dass wir die hohen Herrschaften noch hier haben. Geben uns allen eine Grundsicherheit. Die wir brauchen. Verfluchte Gewerkschaften. Gut, dass die Thatcher denen endlich das Handwerk legt. Oder? Was meinen Sie dazu, Doc?“

Albert hatte dazu nichts gesagt. Gar nichts. Nicht, weil er sich nicht mit Politik auskannte oder zu wenig über das leidige, englische Thema zu sagen hatte. Es war schlicht und einfach seine Zurückhaltung, die ihm die Lippen verschloss.

Er wollte sich niemanden zum Feind machen.

Nicht einen Menschen.

Spangler hatte es noch nie gut verstanden, in Konflikte zu gehen. Als Kind hatte er sich auf dem Schulhof schon zurückgehalten, wenn er merkte, dass die Stimmung unter den einzelnen Mitschülern kippte.

Trugen die anderen die Faust in der Tasche, machte er einen Schritt zurück auf den Rand des Schlachtfelds zu.

Worauf er sich verstand, das hatte er ebenfalls schon in der Schule gelernt, dass er schnell erkennen und reagieren konnte, wenn es einem seiner Mitschüler schlecht ging.

Es war ihm damals wie eine Offenbarung vorgekommen. Eine Vision, die ihm plötzlich Klarheit verschaffte.

Obwohl er gerade einmal dreizehn Jahre alt gewesen war, sich in der Welt unwohl fühlte, in der sich seine Altersgenossen wie selbstverständlich bewegten, orientieren und positionieren konnten, war da etwas in ihm in Bewegung geraten.

Er erinnerte sich, während seine schweißnasse Hand nach der ihm entgegengestreckten von McBright griff, dass er seinen Klassenkameraden da auf dem Boden hatte liegen sehen. Von einem Faustschlag mitten auf die Nase getroffen.

Obwohl das Gesicht des rothaarigen, sommersprossigen Jungen blutüberströmt gewesen war, und er schrie, war für Albert die Welt nicht in das sonstige heillose Chaos ausgebrochen, in dem er so oft steckte.

Hier hatte sich der Vorhang zu seiner ärztlichen Bühne aufgezogen.

Es war ihm, als würde das Spotlight nur für ihn scheinen. Als würde das ganze Getümmel, das Geschrei, die Flüche und die von heißgeredeten Köpfen ausgestoßenen Racheschwüre an Deutlichkeit verlieren.

Alles verlor an Bedeutung.

Bis auf sein sich vor ihm krümmender Klassenkamerad.

Ihn schaffte er zu analysieren.

Präzise und eiskalt. Er sah, dass die Nase gebrochen war. Dass das Blut nur schmückendes, erschreckendes Beiwerk war. Und dass die Zähne, obwohl sich der Junge immer wieder den Mund zuhielt, nicht in Mitleidenschaft gezogen worden waren.

Hier ging es um die Nase.

Nichts anderes.

So war er neben seinem Klassenkameraden in die Knie gegangen und hatte mit rau klingender Stimme gemurmelt: „Deine Nase muss gerichtet werden. Als Erstes aber werde ich das Blut wegwischen. Dann …"

In dem Moment hatte es ihn dann selbst erwischt.

Ein Ellbogenhieb mitten in den Nacken.

Was für ihn schmerzhaft, aber nicht mehr sinnbefreiend war.

Er hatte seinen Weg gefunden.

Endlich.

Albert, der schüchterne, zurückhaltende Junge hatte plötzlich gewusst, was er einmal werden wollte.

Arzt.

Was so gekommen war.

Weshalb er jetzt vor dem freundlich lächelnden, aber dennoch auf Distanz zu ihm stehenden McBright stand.

„Was kann ich denn für Sie tun?", wollte der junge Mann wissen, aus dessen Gesicht die Verwirrung noch immer nicht gewichen war. Er musterte den kleinen, geduckt wirkenden Albert und kniff die Augen zu schmalen Schlitzen zusammen. „Ich …" Er winkte ab, versuchte, freundlich zu lächeln; wollte das Eis brechen, das zwischen ihnen herrschte.

Was ihm nicht gelang.

Was er wusste.

So war es immer gewesen.

So analytisch er auch war, so gut er es verstand, in Krankheiten zu lesen und schief stehende Körpergliedmaße gedanklich gleich zu richten, so wenig verstand er sich auf zwischenmenschliche Kontakte.

„Du gehörst in einen OP und nicht in eine Praxis", hatte sein Studienkollege gesagt, mit dem Spangler über seine Idee gesprochen hatte, aufs Land zu gehen, um selbstständig zu arbeiten.

Die Worte hatten gesessen.

Weil sie wahr waren.

Sie hatten mit voller Wucht ins Schwarze getroffen und die alten Bilder in Albert hervorgebracht, die er sorgsam auf dem Speicher seiner Erinnerungen verstaut hatte.

Gerade jetzt, wo er McBright zu verstehen geben wollte, dass er ihm in allen ärztlichen Fragen gern beratend zur Seite stand, beschlichen ihn seine alten Zweifel.

Er atmete tief ein, bevor er sagte: „Ich wollte mich nur vorstellen. Jetzt, wo ich der neue Arzt im Ort bin."

„Das hätten Sie ..."

„Für alle Belange", versicherte Albert und zuckte innerlich zusammen, als der feste Händedruck McBrights ihn glauben ließ, jeder einzelne Handknochen wäre ohne große Mühe entzweigebrochen.

„Zur Kenntnis genommen", meinte Vincent McBright, zwinkerte Albert zu und deutete auf den freien, vor dem Schreibtisch stehenden Sessel. „Setzen Sie sich."

„Danke."

„Es freut mich zu wissen, dass es wieder einen Arzt in unserer Gemeinde gibt. So ersparen wir uns mehr als eine Stunde Fahrt in die nächste Stadt.“

„Ich ergreife gerne meine Chancen“, versicherte Albert. „Hier, so glaube ich, kann man seine Praxis ausgesprochen erfolgreich und vielversprechend führen.“

„Jeder, der Geld verdienen kann, sollte es tun, lautet das Motto meines Vaters. Wenn ich ehrlich bin, ich mag den Leitsatz.“

„Er klingt vielversprechend.“

„Richtungsweisend“, verbesserte McBright ihn und deutete dann auf die Tür. „Ah, Darling, darf ich dir Doktor Spangler vorstellen. Er hat die Praxis von …“

„Es freut mich, Sie kennenzulernen“, sagte die Albert Spangler den Atem verschlagende, junge, schmalgewachsene Frau, deren braunes, bis zum Hintern reichendes Haar von nichts weiter als fünf silbern schimmernden Spangen in Form gehalten wurde. In ihrem weißen, ihren Körper samtig weich umschließenden Kleid strahlte sie eine distanzierte Schönheit aus, die dem Arzt gefiel. Er konnte verstehen, dass sich McBright in sie verliebt hatte.

„Die Freude liegt ganz auf meiner Seite.“ Sie trat in den Raum und trug einen Geruch nach Jasmin mit sich, der Spangler wie einen Hammerschlag traf. „Auch Ihnen biete ich gerne an, dass …“

„Ich werde auf Sie zukommen, sollte es mir mal den Umständen entsprechend gehen“, sagte sie und richtete den Blick ihrer durchdringenden, graugrünen Augen auf ihren Mann. „Du hast gleich Zeit für mich?“

„Ich wäre schon bei dir, hätte Doktor Spangler sich nicht bei mir vorgestellt.“

Spanglers Gesicht wurde wächsern.

Er merkte, wie etwas in ihm gefror.

Als er den Blick spürte, der von Mrs McBright auf ihn fiel, verflog ihr eben auf ihn gewirkter Zauber wieder.

Ich mache Probleme, dachte er und wünschte sich, eine Krankheit behandeln zu dürfen.

FLUCHT AUFS LAND

Mit einem *Pling* meldete sich Lindseys Handy und ließ sie einen flüchtigen Blick auf den aufleuchtenden Schriftzug ihres Displays werfen. Gegen ihre Gewohnheit griff sie nicht nach dem Smartphone, schaute nicht, wer ihr geschrieben hatte und wer was von ihr wollte.

Lindsey starrte Matthew an.

Unterbewusst, als wäre sie weit weg, nahm sie wie aus der Ferne wahr, dass ihr Frank, ihr Redakteur, eine Anfrage geschickt hatte. Eine den Inhalt kurz anreißende Notiz in der Betreffzeile lautete:

Interesse an einer Sozial-Reise?

Lindsey konnte damit nichts anfangen.

Gar nichts.

Sie war zu beschäftigt, um die in ihr aufsteigende Verwirrung unter Kontrolle zu bekommen, die ihr durch den Kopf rasenden Gedanken einzufangen und sich zu sagen: *So hat er eben nicht reagiert. Matthew ist nicht steif geworden, als ich ihn frech grinsend gefragt habe, wen er heute geküsst habe. Er hat die Hand nicht wieder heruntergenommen, die er sich gerade zum Mund geführt hat, um Chips zu essen. Bitte, o Mann, bitte, lass ihn nicht vielsagend geschluckt haben, in der Hoffnung, Zeit zu gewinnen, damit er auf meine Frage nicht sofort antworten muss.*

Matthew ist nicht blass geworden. Bitte, lass ihn nicht alle Farbe aus dem Gesicht verloren haben.

Lindsey, die das Handy über den Tisch schob, weit weg von sich, der mit Chips gefüllten Schüssel entgegen, versuchte, das Chaos hinter ihrer Stirn unter Kontrolle zu bekommen.

Sie musste an ihre Unterhaltung denken. An den albernen Witz, den sie vor gut zwei Wochen auf Instagram oder Facebook gelesen hatte. Daran, wie sie sich an ihm hochgezogen hatte. Für sie war es ein Muss gewesen, die ihr zugrunde liegende Auffassung von Treue zu verteidigen. Sie hatte auf den Text geschaut, hatte ihn ihrem Matthew gezeigt und gefragt: „Findest du das lustig?"

Der hatte mit den Schultern gezuckt und nuschelnd geantwortet, während er „Der Nebel" auf Netflix schaute: „Keine Ahnung."

„Ich finde das total albern", redete sie weiter und zitierte: „Schatz, ich habe dich betrogen. Ich dich auch. April, April. Ich dich im Mai." Sie hatte den Kopf geschüttelt. Über die Banalität des Scherzes schaffte sie es nicht hinwegzuschauen. Weniger gelang es ihr, ihrer Stimme einen nicht zu süffisant klingenden Ton zu verleihen, als sie sagte: „Das ist so bescheuert!"

Heute bin ich an derselben Position, oder?, fragte sie sich in einem ehrlichen Anflug erschrockener Deutlichkeit.

Sie stierte mit weit aufgerissenen Augen zu dem vor ihr sitzenden, stammelnden Matthew, der mit zuckenden Mundwinkeln und vibrierendem Kinn zurückstarrte. Hilflos. Verloren. Sämtliche Farbe war ihm aus seinem attraktiven, weich geschnittenen Gesicht gewichen. Er setzte sich kerzengerade auf und öffnete den

Mund, ohne was zu sagen. Lediglich einen keuchenden Laut brachte er heraus, der sich weder nach einem Wort, geschweige denn nach einem Satz anhörte.

„Du …?", setzte Lindsey an zu sagen, schaffte es aber nicht weiterzureden.

Ihre Gedanken drehten sich rasant im Kreis. Wirbelten jede von ihr formulierte Antwort, jede Reaktion, jede einzelne von ihr erdachte Verteidigung durcheinander und ließ sie innerlich beten, sich geirrt zu haben. Dass Matthew einen seiner albernen Scherze machte, die sie selten verstand.

Jetzt, wo sie dasaß, ihn anstarrte, war es ihr, als habe man ihr mit der geballten Faust mitten in den Magen geschlagen. Sie schluckte bitter, schmeckte den Geschmack des gegessenen Schokopuddings auf der Zunge und hatte das Gefühl, Gülle wäre ihr den Rachen hinuntergelaufen.

„Du", setzte sie erneut an, während sie merkte, dass ihr Tränen in die Augen schossen. „Du hast nicht?"

Matthew schüttelte den Kopf. Er suchte offensichtlich nach den richtigen Worten, wischte sich, wie er es immer tat, mit der Hand durchs Gesicht, wenn er unsicher war.

„Ich", sagte er, brach ab und schien nicht verstanden zu haben, was sie gesagt hatte.

Lindsey wünschte sich, nicht so flapsig zu sein, wie sie es oftmals war. Nicht so impulsiv, nicht so vorpreschend. Nicht so herausplatzend, wie sie es war, als sie sich neben Matthew auf die Couch setzte und ihn spaßeshalber mit dem Ellenbogen anstieß.

In einem kurzen Anflug von Hilflosigkeit hoffte sie inständig, alles wäre wie immer. Kein Verdacht. Keine

Angst, ihr Leben könne von jetzt auf gleich außer Kontrolle geraten.

Sie holte tief Luft, begriff, dass da ein Gedanke war, der sich unaufhaltsam einen Weg durch ihren Kopf bahnte. Ähnlich eines tosenden Sturms, der jeden Augenblick drohte, auf das Festland zu prallen. Der sich brüllend und dröhnend auf Häuser stürzte, um sie mit aller ihm zur Verfügung stehenden Gewalt in Trümmer zu schlagen.

Wofür das?, fragte sie sich. Damit du in einer Scheinwelt leben kannst? Komm schon! Das kann nicht dein Ernst sein. Sowas willst du nicht. Unwissend sein, um nicht leiden zu müssen?

Niemals!

Es war ein intensiver Gedanke, der ihr da durch den Kopf schoss. Der ihr deutlich machte, in was für eine aberwitzige Situation sie sich katapultiert hatte.

Es brachte ihr nichts, jeden Abend mit Matthew auf der Couch zu sitzen, in den Fernseher zu starren und unwissend zu sein. Nicht zu ahnen, was er getan hatte.

„Sag mir", schaffte sie, stammelnd zu flüstern, „dass du mich auf den Arm nehmen willst."

Matthew verzog den Mund, dessen Winkel unkontrolliert zuckten.

Sie war sich sicher, als sie den Kopf schief legte und ihn anschaute, dass sie in seinem Gesicht ebenso gut lesen konnte wie in einem vor ihr liegenden, aufgeschlagenen Buch. Jede Seite deutlich lesbar. Buchstabe für Buchstabe, Satz für Satz.

„Ich", murmelte er, schlug die Augen nieder.

„Ich habe einen Witz machen wollen, als ich dich eben fragte, wen du heute auf der Arbeit hinter meinem

Rücken geküsst hast." Sie schüttelte den Kopf. „Es war ein Scherz."

„Ja", bekam er dumpf heraus. „Ich weiß."

„Sag mir", begann sie mit bebend heiserer Stimme, „dass du keine andere Frau geküsst hast."

„Das kann ich nicht", brachte er hervor, starrte sie an. „Es tut mir so leid."

„Du hast ...?"

„Es ist einfach geschehen", sagte er, hob abwehrend die Hände, wischte sich über Stirn, Nase und Mund und schüttelte den Kopf. „Kennst du das nicht? Ich meine, diesen kurzen, heftigen Impuls?"

Lindseys Gesichtsausdruck verschloss sich. Sie wünschte sich, dass er von einem Schlag, einem elektrischen Stoß getroffen wurde. Irgendwas, das ihm weh tat.

„Wie lange geht dein Impuls schon?"

„Lindsey", versuchte Matthew, das Gespräch zu unterbinden. Er rückte auf sie zu, griff nach ihrer Hand, die sie mit einem heftigen Ruck zurücknahm.

„Fass mich nicht an!"

„Lindsey, bitte."

„Wie lange?"

„Es passiert nicht wieder. Ganz bestimmt. Ich verspreche dir ..."

„Wie lange schon?", setzte sie nach und starrte Matthew an, der seinen Versuch abbrach, beschwichtigend auf sie einzuwirken.

Er schien zu merken, dass er keine Chance mehr hatte. Dass er sich aus einem unbedachten Moment in eine Ecke manövriert hatte, aus der er aus eigener Kraft nicht entkommen konnte. Wie ein Tier, das seine Erfolgsaussichten abwog, wohin es fliehen konnte, schaute er sich um, rückte von Lindsey ab. „Das ist nicht leicht zu beantworten", erwiderte er, als sie ihn erneut aufforderte, mit der ihr wie ein scharfes Messer ins Fleisch schneidenden Antwort herauszurücken.

„Dann mache es dir schwer." Lindsey spürte, dass der noch immer durch sie hindurchtobende Schmerz einen neuen Grad an Intensität erlangte. War er wie ein unerwarteter Stich gekommen, so spürte sie jetzt ein Brennen. Ein loderndes Fauchen in ihr entzündeter Flammen. Gedanken voller Hass, voller Wut schossen ihr durch den Kopf. Ihr zum Zerreißen bereites Herz schlug wie wild in ihrer Brust. In ihren Ohren rauschte der heiße Zorn. Sie musste sich kontrollieren, um nicht in Tränen auszubrechen. Und damit sie ihm nicht mit der flachen Hand mitten in seine dämliche Visage haute, ließ sie wohlwollend ihren Gefühlen freien Lauf.

Matthew, der stocksteif vor ihr saß, leckte sich über die Lippen. Er schien in ihr zu lesen, Rückte mehr von ihr ab und sagte: „Es ist einfach passiert."

„Wie, passiert?"

„Na, passiert." Er wandte sich von ihr ab, versuchte, eine Position zu finden, die es ihm ermöglichte, offener sprechen zu können.

Als ob er verhindern wollte, auf der Anklagebank zu sitzen.

Darauf sitzt du, mein Freund. Oh, ja, darauf sitzt zu, dachte sie und verzog erneut das Gesicht.

„Es hat sich so entwickelt." Matthew schluckte und begriff offenbar, dass er sich um Kopf und Kragen redete.

Lindsey verschränkte die Arme vor der Brust.

„Es war ein Spruch hier und da. Du weißt schon, so ein Geplänkel und dann …“ Er räusperte sich und sprach mit belegt klingender Stimme weiter. „Ist es irgendwie passiert. Wir standen uns gegenüber, berührten aus Versehen unsere Hände und konnten nicht mehr zurück.“

„Arschloch!“ Lindsey sprang von der Couch auf. Ihr schossen die Tränen in die Augen. Ein kurzer, intensiver Schauer aus Scham und Verletzbarkeit zerschnitt ihr das Herz, fuhr ihr in den Magen und ließ sie glauben, sich übergeben zu müssen. In dem Moment, als sie um den Tisch herum war und auf die Wohnzimmertür zuschoss, erhob sich Matthew von seinem Platz.

Er rief ihren Namen, schaffte es aber nicht, sie aufzuhalten.

Sie blieb stehen, hob die Hand und brüllte: „Du blöder Idiot!“

„Es war nur der Impuls!“, entschuldigte er sich erneut, versuchte, ihr auf irgendeine verquere Art deutlich zu machen, dass es nicht seine Schuld war. Als er sagte: „Ich habe es nicht genossen“, schlug es für sie dem Fass den Boden aus.

„Soll mich das glücklich machen?“, schrie sie und stürmte in die Küche. Als sie eine der Schubladen öffnete, in der die Messer lagen, hörte sie Matthew abrupt stehen bleiben.

„Was hast du vor?“, wollte er mit zitternder Stimme wissen.

„Nicht das, was du denkst“, zischte sie. „Obwohl ich dazu sehr viel Lust hätte.“

„Ich schwöre dir“, setzte er erneut an.

Sie unterbrach ihn, indem sie erneut die Hand hob. Lindsey stand vor der aufgezogenen Messerschublade. Sie betrachtete die im dämmrigen Licht des aufkommenden Abends matt funkelnden Klingen und schüttelte den Kopf, während sie ihre Wut unter Kontrolle brachte.

„Hau ab, oder ich vergesse mich", stieß sie mühsam hervor. „Ich schwöre dir, ich kann für nichts garantieren, wenn du auf mich zukommst, mich anfasst und mich trösten willst."

„Was hast du mit den Messern vor?", fragte er vorsichtig.

„Ich hatte mit dem Gedanken gespielt, deine Reifen zu zerstechen", gab sie zu und schloss die Schublade wieder. „Das würde dir vielleicht genauso wehtun, wie es mich schmerzt, was du mir angetan hast. Aber man soll nicht Gleiches mit Gleichem vergelten …" Sie brachte den Satz nicht zu Ende, sondern weinte hemmungslos.

***

Lindsey seufzte, während sie den Blinker setzte und die Fahrbahn wechselte.

Sie wollte sich nicht wieder von ihren Gefühlen übermannen lassen. Wollte nicht, dass ihr die heißen Tränen des Schmerzes über ihre Wangen rollten. Aber gerade jetzt, wo sie dabei war, das Ziel ihrer Reise zu erreichen, kamen ihr die Erinnerungen an die vergangenen drei Tage in den Sinn. An die von Matthew kümmerlich unternommenen Versuche, mit ihr ins Gespräch zu kommen, die sie davon überzeugen sollten, dass das alles gar nicht so schlimm sei. Dass sie über alles reden konnten.

Lindsey, die all diese Floskeln, all diese inhaltsleeren Worte nicht hören wollte, hatte abgeblockt.

Das, was sie ihm sagte, als er wieder vor der Tür ihres Gästezimmers stand, klopfte und mit traurig klingender Stimme darum bat, eingelassen zu werden, war: „Du hast zwei Wochen Zeit, um deine Sachen zu packen.“

Die Stille war bezeichnend gewesen.

Matthew, der, wie es schien, nicht damit gerechnet hatte, dass Lindsey Nägel mit Köpfen machte, bekam kein Wort heraus. Er stand da, als sie die Tür aufriss und ihn böse anfunkelte. „Zwei Wochen.“

„Ja, aber …“

„Ich habe einen Auftrag bekommen, der mich zwei Wochen in den Norden bringt. Nach Cumbria, zum Lake District. Zwei Wochen für dich, eine neue Wohnung zu finden, deine Sachen zu packen und von hier zu verschwinden.“

„Lass uns doch bitte noch einmal miteinander reden“, bat er sie, während er sichtlich darum bemüht war, seine Fassung zu wahren.

„Worüber? Dass du deine Kollegin noch einmal geküsst hast?“

Matthew hatte angefangen zu stammeln, was Lindsey nicht verstand. Sie war in ihre weiß abgesetzten Sneakers geschlüpft, als sie es zu genießen begann, wie sich das schlechte Gewissen durch das Gemüt ihres Ex-Freundes grub.

Obwohl sie sich innerlich ausgelaugt fühlte, von ihren Gefühlen her müde und erschöpft, war es für sie ein kleiner Lichtstrahl am dunkel erscheinenden Horizont, Matthew so vor sich stehen zu sehen.

Natürlich wusste sie, dass ihr Ex-Freund auf verlorenem Posten stand.

Egal, was er sagte, egal, was er tat, sie konnte ihm alles im Mund herumdrehen und gegen ihn verwenden.

Was fies ihrerseits war.

Andererseits: Es war ihr egal. Total. Sie hatte all ihre Wut, all ihren Zorn in ihre Frage gelegt und genüsslich dabei zugesehen, wie sich Matthews Blick senkte. Wie um seinen Mund herum ein bekümmerter Ausdruck Einzug hielt. Dass der Schmerz, den er ihr zugefügt hatte, mit der gleichen Wucht auf ihn zurückgeschmettert wurde und Matthew einen eisernen Gesichtsausdruck bekommen ließ.

„Ich habe ihr gesagt, dass es ein Fehler gewesen sei."

„Fein."

„Ich möchte mich entschuldigen. Dir sagen, wie leid es mir tut. Aber ... aber ... unser Zusammenleben ..."

Lindsey hatte nicht weiter zuhören wollen. Sie wusste, dass eine Beziehung immer von zwei Seiten zerbrechen konnte. Dass jeder seine Schuld dazu beitrug, wenn etwas aus dem Ruder lief oder man seinen Partner auf unerwartete Art und Weise aus den Augen verlor. Aber in dem Augenblick, als sie Matthews dahingeworfene, lieblos hervorgebrachte Erklärung zu hören bekam, fühlte sie sich erneut wie in den Bauch geschlagen.

Im ersten Moment hatte sie mit dem Gedanken gespielt, ihm eine Brücke zu bauen, wenn man so wollte, die es Matthew ermöglichte, das feindliche Ufer verlassen zu können, auf dem er sich befand.

Er soll drüben bleiben, dachte sie nun und folgte dem Kreisverkehr. Im nächsten Moment meinte Lindsey, während sie die sich wie ein Band durch Englands Seele ziehende Straße hinter sich ließ, ihr würden die Augen aus dem Kopf fallen. Vor ihr breitete sich eine Idylle aus, die sich augenblicklich auf sie niederschlug. Sie hätte niemals erwartet, dass sie sich so sehr für einen See begeistern konnte.

Lindsey hatte sich, kurz bevor sie London verlassen hatte, mit dem Cumbria, dem Lake District und besonders mit dem Ullswater beschäftigt. Hatte in Erfahrung gebracht, dass der See der malerischste Platz in England war. Ein Ort, an dem man nicht nur die Seele baumeln lassen, sondern auch mit diversen Aktivitäten Leib und Auge erfreuen konnte.

Allein jetzt, wo sie das Ticktick, Ticktick, Ticktick ihres Blinkers hörte, sie über den Rand ihrer Sonnenbrille starrte, war es ihr, als machte es in ihr klick.

All die negativen Gefühle, die in ihr tobten, während die Erinnerungen ihr durch den Kopf jagten, waren dabei, an Intensität zu verlieren. Lindsey spürte, wie sich in ihr eine innere Tür öffnete, wenn man es plump beschreiben wollte. Eine Tür, durch die ihr Kummer gehen konnte. Die in ihr angestaute Wut, der Schmerz, die Trauer waren auf einem Rückzug. Sie hämmerten ihr nicht mehr durch den Kopf und ließen sie nicht jede Einzelheit ihrer Trennung minuziös durchleben. Stattdessen hielt Entspannung in ihr Einzug und ihre journalistische Neugier den flüchtig gelesenen Text ihres Redakteurs an Schärfe gewinnen ließ. Sie hatte in Erfahrung gebracht, dass es da einen Edward McBright gab, der das ökologische Projekt leitete, der in all seinem Tun aber einen distanzierten und wortkargen Anschein machte.

Sie schob den Gedanken beiseite.

Ihr Wunsch, einen passenden Artikel zu schreiben, verlor sich. Da war keine innere Anspannung mehr. Nicht der Versuch, jetzt schon schön formulierte Sätze innerlich abzuspeichern.

Etwas anderes breitete sich in ihr aus.

Ihr einstiger, immer wieder wie ein einzelner Lichtreflex in der Dunkelheit aufleuchtender Wunsch nach der Malerei stieg in ihr auf. Es war ihr, als verschiebe sich ihre innere Perspektive. Als verliere sie den Sinn für Worte, um mit jeder ihrer in ihr wohnenden Faser für ihre Zeichnungen zu brennen.

Sie brauchte nur die lang gestreckte Landzunge zu betrachten, die sich am Ufer ausbreitenden Wälder, die in der Ferne aufsteigenden, den Himmel berührenden Berge anzusehen, um das Zucken in ihren Fingerspitzen zu fühlen. Das Gefühl, einen Herlitz Bleistift in der Hand zu halten, war unbeschreiblich. Sie meinte, den Skizzenblock auf ihrem Schoß liegen zu spüren und den Geruch des Papiers in der Nase zu tragen.

Ebenso das Stirnrunzeln, mit dem sie seine Bitte gelesen hatte.

Frank hatte sie verwirrt.

Er hatte etwas in ihr in Gang gesetzt, das sich bis jetzt nicht gelegt hatte. Das sich noch mehr verstärkte, je länger sie ihren Mini über die Straße am Ufer des Sees entlangführte.

Sie wollte ein Projekt der Naturverbundenheit beschreiben, erfahren, wie McBright es versuchte, dass der Mensch einen ökologischen, grünen Daumenabdruck in seinen Häusern und Wohnungen am Seegebiet hinterließ. Dass er nicht wie sonst seinen Plastikmüll überall liegen ließ, dass er sein Wasser nicht verschwendete, seinen allgemeinen Abfall nicht in die Wälder oder an die Ufer des Sees warf.

Darüber hinaus, und das war ihr am wichtigsten, wollte sie wissen, wie die Häuser, die dabei waren zu entstehen, frei von Gas, Öl und anderen schädlichen Verbrennungsrückständen waren. Wie es gelingen sollte, dass man es schaffte, mit der Natur zu leben, anstatt von ihr.

Sie hatte schnippisch geantwortet, was sie ihrer emotionalen Verfassung zuschrieb, dass sie an dem Projekt und nicht an dem Mann interessiert sei.

Woraufhin sie eine Nachricht von Frank erhalten hatte, in der stand, dass das Porträt wichtig sei. Dass der Edward, der den Bau mitleitete, ebenso vorgestellt werden müsse wie die einzelnen Elemente seiner Idee.

Habe verstanden, hatte sie zurückgeschrieben und sich im Hinterkopf bereits die ersten Fragen überlegt und in Erinnerung gerufen, was sie über McBright bisher in Erfahrung hatte bringen können.

Nicht viel.

So gut wie gar nichts.

Was sie neugieriger machte.

Lindsey hatte sich natürlich angekündigt, hatte versucht, ein kurzes Telefonat mit Edward zu führen. Der hatte weder auf ihre E-Mail geantwortet, noch auf ihren Versuch reagiert, mit ihm zu sprechen.

Was mir gerade egal ist, dachte sie, während sie die Geschwindigkeit reduzierte und ihren Blick über das blauschimmernde Wasser schweifen ließ, auf dem sich die Sonnenstrahlen brachen. Sie fühlte sich von den am Ufer des Ullswater wachsenden Wäldern wie verzaubert. Ihre Fantasie begann, Kapriolen zu schlagen. Sie malte sich aus, was man hier alles erleben, was man alles erreichen konnte. Wie sie zwischen den dicht bewachsenen Bäumen entlangschlenderte, wie sie eine kreisrund angelegte Lichtung erreichte, sich auf diesem im Sonnenlicht getauchten Fleckchen Erde niederließ und ein Picknick veranstaltete.

Ihr noch immer romantisch veranlagtes Herz begann, Bilder in ihr zu projizieren, die sie innerlich schmachten und gleichzeitig weinen ließen. Sie begriff, während sie die auf dem See fahrenden Schiffe sah, dass Matthews Betrug in ihr schmerzhafte Stiche hinterlassen hatte. Kleine, blutende Wunden, die, wo sie sich da im saftig grünen Gras sitzen sah, ein Sandwich in der Hand, einen aus Stroh geflochtenen Hut auf dem Kopf, anfingen, unangenehm zu brennen.

Es hätte alles so schön sein können, dachte sie.

Lindsey wollte nicht trübsinnig werden. Sie wollte nicht wieder in ihr altes, trauriges Verhaltensmuster hineingleiten. Aber als sie sich ernsthaft vorstellte, wie es sein könnte, bei einem lauen Lüftchen da an der Landzunge zu sitzen, zu essen, zu reden, sich näherzukommen, um sich womöglich auch leidenschaftlich zu küssen, schlugen zwei Herzen in ihrer Brust.

Eines, das jubelte und in Chören sang.

Eines, das schrie und Flüche ausstieß.

Lindsey schüttelte den Kopf und war im gleichen Augenblick glücklich darüber, als sie das Pling ihres Handys vernahm. Es war nur ein kurzer Blick auf ihr in der

Halterung steckendes Telefon, um zu sehen, dass Frank
ihr erneut geschrieben hatte. Eine in Mousecode verfasste Textnachricht, in der stand:

*Treffen mit McBright organisiert. Ein Uhr am Eingang
seines Anwesens. Du wirst in Empfang genommen.*

Na dann, dachte sie, lächelte und war insgeheim
glücklich darüber, dass ihr Redakteur ein akribischer
Mann war. So nachfassend, so zielorientiert. Hätte sie
ihn in diesen Momenten der inneren Unruhe nicht an
seiner Seite, hätte sie nicht gewusst, was sie getan hätte.

Ob sie ernsthaft an einem Treffen mit diesem rätsel-
haft erscheinenden McBright interessiert gewesen
wäre. Sie hätte ihren Plan verfolgt, über die Ökologie
zu schreiben, über alles, was es über das langsam entstehende Dorf zu berichten gab. Aber mehr nicht.

Sie flüsterte: „Danke, Frank." Und merkte, wie sich
ihre ins Ungleichgewicht geratende Gefühlswelt wieder zu beruhigen begann.

Nur ein kleines, wehmütiges Pulsieren schlug in ihr
an. Ließ sie kurz mit den Tränen kämpfen, als sich ein
Gedanke in ihren Kopf schlich, den sie nicht hatte kommen sehen. Der mit solch einer Gewalt hinter ihrer
Stirn entlang zog, dass sie sich an einen Kometen-
schweif aus einem Captain-Future-Comicfilm erinnert
fühlte. Daran, wie Sterne und Nebelschwaden in den
Weiten des Alls glitzerten und funkelten, in der Unend-
lichkeit der eisigkalten Schwärze des Weltraums verloren gingen. Ein Gedanke, der ihr flüsternd entgegen-
wehte und sagte: „Es hätte alles schön sein können,
wärst du nicht du, sondern jemand anderes. Wärst du

nicht du, Lindsey, wärst du liebenswerter und man hätte dich nicht betrogen."

***

„Kommen Sie, ich habe keine Zeit!"

Lindsey, deren erster Gedanke war: Wow, sieht der gut aus, verzog bei der eiskalten Begrüßung die Nase kraus und schaffte es nur mit Mühe, ein freundliches, liebenswertes Lächeln auf ihre Lippen zu legen. Sie ignorierte die schroffe Art McBrights und ging mit der ausgestreckten Hand geradewegs auf ihn zu.

Der schaute sie verwundert an, hob seinerseits die Hände und sagte: „Keine Berührungen bitte."

„Corona, verstehe."

„Nein, ungerne Kontakt mit Menschen", erwiderte er und sank in Lindseys Ansehen noch mehr. Reihte sich in einer Linie mit Matthew ein, der es ebenso schnell geschafft hatte, aus ihrer Wohlfühlskala zu fliegen.

Lindsey, die sich gedanklich eine gepfefferte E-Mail für Frank überlegte und nicht darauf verzichten wollte, McBright mit Attributen zu benennen, die sich mit arrogant, hochnäsig, unnahbar und distanziert am besten umschreiben ließen, lächelte weiter. Sie war so freundlich, dass ihr schlecht wurde. „Schlecht, wenn man einen Ort schaffen möchte, der für sozial benachteiligte Kinder geeignet ist."

„Das eine hat mit dem anderen nichts zu tun", entgegnete McBright, machte einen Schritt zurück und gab den Weg frei, damit Lindsey an ihm vorbei hin zum Herrenhaus treten konnte.

34

Sie hatte es aus der Ferne schon bewundert und es war ihr als malerischer, irgendwie versteckter, schwarzer Farbklecks in der prächtig gedeihenden und beinahe ungestört wuchernden Natur erschienen. Da waren die Zäune, die das McBright House umgaben und dennoch wirkten, als gehörten sie in die hochwachsenden Büsche, Bäume und Sträucher. Sie hatte die ungebändigten Buchen ebenso gesehen wie die einzelnen Weintraubenreben, die sich über das Gatter schlängelten, durch das sie ihren Mini gelenkt hatte.

Es war ihr, als versuche jemand, etwas Offensichtliches zu verstecken. Als gäbe es da jemanden, der vermeiden wollte, Aufmerksamkeit auf sich zu ziehen.

Hinzu kam, dass ihre ohnehin schnell übersprudelnde Fantasie hinter ihrer Stirn Kapriolen zu schlagen begann. Sie hatte die ersten Zeilen sofort im Kopf, die sie in ihren Artikel packen wollte. Sie wollte damit beginnen, wie es war, wenn man die Umgebung betrachtete. Wie einem zumute war, wenn man einen Blick auf den See warf und sich irritiert davon zeigte, dass da, im Schutz einer malerisch angelegten Bucht, das Herrenhaus der McBrights stand.

Oh, und ich werde über McBright schreiben, dachte sie, als sie ihren Notizblock aus der Hosentasche zog, den Bleistift zwischen die Finger nahm und es nicht lassen konnte, in das Gesicht des Hausherrn zu schauen.

Wie soll ich ihn beschreiben?, dachte sie in einem ehrlichen Anflug von Verzweiflung. Ihr erster Impuls war, ihn als distanziert, als arrogant zu beschreiben, um sich dann zu fragen, was das denn sollte? Was hatte sie davon?

Nichts.

Daher dachte sie: *Ich werde das Anwesen beschreiben und dann den Bogen spannen, dass ich mir nicht vorstellen kann, wie Kinder sich an diesem idyllischen Ort wohlfühlen könnten, wenn sie von jemandem wie Edward McBright begrüßt werden.*

O ja, führte sie ihren Gedanken weiter, während sie merkte, wie ihre Ideen zu sprießen begannen. Ich werde darauf hinweisen, dass ich ernsthaft hoffe, McBright wird einen sympathischen, liebenswerten, die Menschen mit offenen Armen empfangenden Parkleiter einstellen.

Und ich werde schreiben, wie hübsch er doch sei und welche Enttäuschung resultiere, so abgekanzelt zu werden.

Hübsch ...

Nein, nicht hübsch, attraktiv. Mit einer Lindsey abschreckenden Kälte um den Mundwinkel herum, womit sie sich ihr plötzlich in Bewegung geratenes Gedankenkarussell nicht erklären konnte.

Ihre sich überschlagenden Gedanken begannen, sich wie wild im Kreis zu drehen, und fanden ein abruptes Ende. Eigentlich, und da war sie ehrlich zu sich selbst, hatte sie den in ihr herrschenden Gedanken keinen Platz geben wollen. Was sie gewollt hatte, war, sich nicht provozieren, geschweige denn aus der Fassung bringen zu lassen.

Aber in dem Moment, als sie auf Edward McBright zuging, er ein kurzes, ehrliches, sie faszinierendes, nur in seinem Mundwinkel zuckendes Lächeln zeigte, kamen die sie aufwallenden Gefühle wieder zu ihr zurück. Sie waren ebenso intensiv, ehrlich und offen wie in dem Moment, als sie ihren Mini zum Stehen gebracht hatte und ihren vor Staunen offen stehenden Mund nicht geschlossen bekommen hatte.

Ihre mit einem Rotstich versehenen, blonden, zu einem losen Pferdeschwanz geknoteten Haare kamen ihr plötzlich ungestylt vor. Ihre sportliche, schwarze Leggings und die dazu passenden weißen Sneaker waren für sie ein abrupter Ausdruck ehrlich gelebten Proletentums.

Was albern war. Lächerlich. Total an den Haaren herbeigezogen.

Aber in dem Moment, als sie den da auf seine Uhr schauenden, in seinem maßgeschneiderten Anzug dastehenden Edward McBright sah, war ihr der Hals trocken geworden. Ein Blitzlichtgewitter an Gedanken schoss ihr durch den Kopf und ein Kribbeln breitete sich in ihrem Magen aus, das sie so niemals im Leben verspürt hatte.

Was verschwand. Schlagartig. Sofort. Und einem anderen, ebenso intensiven Gefühl von Abscheu Platz machte.

So erinnerte sie auch die Begrüßung an eine ihr nur zu vertraut klingende Stimme ihres jugendlichen, sich gern verliebenden Ichs. Jene Stimme, die sie sich auf merkwürdige Art und Weise erhalten hatte.

Ein kleines, verträumtes Mädchen in ihr, das nicht wahrhaben wollte, dass die Welt, in der sie lebte, von berechnenden, manipulativen und nur dem eigenen Gewinn hinterherhechelnden Menschen dominiert wurde. In ihr lebte jene Unschuld weiter, die es mochte zu fühlen und zu spüren. Die es liebte, wenn sie auf einen Menschen zuging und in ihm lesen und studieren konnte.

Dann musste sie sich etwas von „Ungern Kontakt mit Menschen" anhören. Eine Zurückweisung, mit der sie, verwirrenderweise, nicht gut zurechtkommen konnte.

Sie fühlte sich, und das war ein weiterer Punkt auf ihrer inneren List der Verwirrung, von McBright auf merkwürdige Art und Weise angegangen. Sie hatte ein Gefühl bei ihm, als wäre sie es nicht wert, hier bei ihm zu stehen.

Was sollte das?

So war sie noch nie gewesen und so wollte sie niemals sein.

Bisher hatte sie es immer mit Leichtigkeit geschafft, sich von ihrem Gegenüber nicht aus der Ruhe bringen zu lassen. Sie war es, die mit ihren kecken Fragen und dem frechen Auftreten selbst die steifsten Engländer dazu brachte, sich den Stock aus dem verlängerten Rückenmark zu ziehen und ebenso leicht und locker wie Lindsey zu reden.

Jetzt aber war es ihr, als würde sie gegen eine Wand laufen.

Mit dem Kopf voran.

Offenen Auges.

Was dazu führte, dass sie tief Luft holte und an McBright vorbeischaute, hin zu dem da in der Ferne stehenden, allein wirkenden Anwesen. Zu den Baumgruppen, die nach und nach in den das Haus umschließenden Wald hineinverliefen.

„Einsam hier", meinte sie, während sie noch immer darum kämpfte, ein Lächeln auf den Lippen zu tragen. „Sie mögen das?"

Er nickte. „Manchmal ist es schöner, sich keine Gedanken machen zu müssen, wem man begegnen könnte.“

„Was heißt, dass es Menschen gibt, denen Sie nicht unter die Augen drehen wollen.“

„Mit Ihnen muss nicht die Sensationsjournalistin durchgehen“, erwiderte McBright mit einem schmalen, angedeuteten Lächeln auf den Lippen. Einem Lächeln, das ihr vorhin schon aufgefallen war und sie dazu brachte, für einen kurzen Moment den Boden unter den Füßen zu verlieren.

„Keine Sorge, die reitet jeden Tag Galopp mit mir.“

„Dann zügeln Sie Ihr Pferd und tun das, weshalb Sie hier sind. Sachlich und kompetent über das hier zu schreiben!“ McBright machte eine ausschweifende, alles einschließende Armbewegung und ließ Lindsey sich wieder ärgern, dass sie ehrlich versucht gewesen war, erneut auf das Grübchen da im Mundwinkel hereinzufallen.

„Keine Sorge, ich werde das tun, weshalb ich hier bin.“

„Fein“, sagte McBright. „Sie haben sicherlich Gepäck dabei?“

„Im Wagen.“

„Das holen wir am besten später, um ...“

Er unterbrach sich, als Lindsey, einem Impuls folgend, fragte: „Es leben nicht noch andere Menschen hier auf dem Anwesen?“

„... um ...“, versuchte McBright, seinen verloren gegangenen Faden wieder aufzunehmen.

Seine Reaktion, so bildete sich Lindsey ein, hatte etwas zu bedeuten. Da war etwas, das sie meinte, hier und jetzt analysieren zu müssen. Ein stoischer, maskenhafter Ausdruck von antrainierter Gleichgültigkeit. Eine Fassade, die er errichtet hatte, um auf solche plumpen Attacken nicht eingehen zu müssen.

Nur um dann zu merken, dass es weder eine Fassade war, die McBright aufrechthielt, noch eine andere unter den Tisch fallen lassende Reaktion, die etwas verheimlichen sollte.

Er war von ihrer Frage überrascht worden, ja. Weil sie völlig aus dem Zusammenhang gerissen war. Eben noch hatte er sich mit ihr über das Gepäck unterhalten, um sich dann plötzlich einer Frage ausgesetzt zu sehen, die nicht einmal Bestandteil ihrer losen, oberflächlichen Unterhaltung gewesen war.

„Nein", sagte McBright, der ihren auf ihn gerichteten, starren Blick missdeutete. „Ich bin die meiste Zeit allein. Ab und zu ist meine erste Assistentin, Ann, zu Gast."

„Ah", machte sie und wünschte sich nichts sehnlicher, als keinen weiteren Blödsinn zu reden, um sich dann selbst sagen zu hören: „Eine Frau des Hauses gibt es nicht?"

„Ich glaube, wir sollten uns auf ein anderes Sachgebiet begeben", sagte Edward McBright dünn lächelnd und deutete auf den Wald. „Ich werde Ihnen Ihre Unterkunft zeigen, die Sie die nächsten Tage bewohnen werden."

„Kalte Aristokratie", bemerkte sie und wusste beim besten Willen nicht, warum sie das sagte.

Weil ich ihn kitzeln möchte. Aus der Reserve locken. Was habe ich davon?

Sie fragte sich das ernsthaft. Sie begriff nicht, wie es sein konnte, dass dieser Mann sie so sehr unter Druck setzte.

Er hatte nichts getan.

Nur dagestanden, sie begrüßt und etwas in ihr losgetreten, das sie nicht analysieren oder begreifen konnte.

Lindsey schloss die Augen.

Sie ärgerte sich. So richtig.

Um dann, als sie einen Schritt nach vorn machte, um McBright zu folgen, zu merken, dass noch etwas anderes in ihr in Gang gesetzt worden war.

Etwas, das sie schon immer geliebt hatte, nachdem sie sich das erste Mal in ihrem Leben damit beschäftigt hatte, Journalistin werden zu wollen.

Ein innerer Flug über weitem Lande gleich.

Sie hieß ihr Gefühl willkommen und kannte seinen Namen in- und auswendig.

Neugier.

Vergangenheit, 1987

Dumpf durch die Tür hörte Vincent McBright die Stimme von Albert Spangler, der einem Patienten gerade erklärte, wie er die von ihm verschriebenen Medikamente einnehmen sollte. Die hinter dem Tresen sitzende Arzthelferin, Nancy With, wenn Vincent sich richtig erinnerte, schaute ihn freundlich lächelnd an.

Der, nervös, schaffte es kaum, die von seinem Vater immer wieder heraufbeschworene Haltung zu wahren. Eine Haltung aus Würde, Distanziertheit und unschmeichelhafter Herablassung.

Attitüden, mit denen sich Vincent bis heute weder identifizieren noch sie so offen leben konnte wie sein Vater Augustus.

Er war immer der Meinung gewesen, dass man Menschen aufgeschlossen gegenübertreten sollte; egal, woher sie kamen, wer sie waren und was für ein Bankkonto sie besaßen.

So hatte er es damals in der Schule gehalten und auch auf der Universität, wo er so viele freundliche und liebe Mitstudenten getroffen hatte.

Wie seine Vivien.

Jene ihn noch immer faszinierende Frau, für die ein inneres, nicht mehr zu löschendes Feuer brannte.

Die mich hassen wird, wenn sie wüsste, was ich hier gerade tue.

„Ich dachte, es wäre Mittagspause", sagte er mit einem um Ruhe bemühten Ton, der nicht nur Nancy, sondern auch sich selbst galt.

Er hatte gehofft, als er mit seinem Wagen vor das rote Backsteinhaus gefahren war und kein anderes Fahrzeug gesehen hatte, allein zu sein.

Um schweigend zu sein. Verschlossen. Ohne dass irgendwer sehen konnte, dass er sich hier aufhielt, in der neuen Praxis eines Arztes, den er ebenso wenig einschätzen konnte wie die Launen seines Vaters zurzeit.

Andererseits aber war Spangler der Einzige gewesen, den McBright in den vergangenen Tagen, ach was, Wochen, begegnet war, der ein ehrliches Interesse an ihm gehabt hatte.

Wenn auch unbeholfen geäußert. Merkwürdig hervorgebracht.

Aber dennoch auf eine Vincent erfreuende Art.

Weshalb er sich überhaupt dazu entschlossen hatte hierherzukommen.

„Es war heute etwas voll, Mister McBright“, entgegnete Nancy leise mit einem Lächeln auf den Lippen. „Daher haben wir beschlossen, auf unsere Mittagspause zu verzichten. Was Ihnen ja zugutekommt. Was haben Sie denn?“

McBright spürte, wie ihm die Kehle trocken wurde. „Vertraulich.“

Nancy With legte ihren blonden Wuschelkopf schief, blinzelte und sagte: „Vertraulich?“

Er konnte das Fragezeichen hinter ihrem Wort deutlich spüren.

„Vertraulich“, bestätigte Vincent und hätte nicht gedacht, dass die da vor ihm sitzende Frau so spitzfindig war. Dass sie es schaffte, ihn mit dem schiefgelegten Kopf und der einem Entenschnabel gleichen Skepsis auf den Lippen so aus der Fassung zu bringen.

Was sie schaffte.

Überraschenderweise.

Sie fragte, als er nicht weiter ausführte: „Dann ohne Rechnung?“

„Ich würde die Beratung bar bezahlen“, erwiderte er und musste sich dazu zwingen, nicht hinterherzuschieben: Wenn es geht.

Allein dass er in die Verlegenheit gekommen war, sich unsicher zu fühlen, nervte ihn. Er konnte seinen immer wie einen drohenden Schatten über ihm liegenden Vater hinter sich stehen sehen. Wie dieser die Arme vor der Brust verschränkte, ihn kopfschüttelnd betrachtete und enttäuscht sagte, von einem Seufzer begleitet: „Ich habe dir eine andere Haltung beigebracht, Junge."

Vincent gewann ein wenig seiner Fassung zurück und nickte Nancy zu, um dann wieder nervös zu werden. Denn in dem Moment öffnete sich die Tür zum Behandlungszimmer von Albert Spangler. Der kleine, untersetzte Mann mit dem schütteren, braunen Haar und der schweren Hornbrille auf der Nase hatte seinem Patienten freundschaftlich die Hand auf die Schulter gelegt und meinte: „Sollte es zu keiner Besserung kommen, dann sehe ich Sie in drei Tagen wieder und wir überlegen uns eine weitere Taktik."

„Das machen wir, Doc", sagte der stämmige, hochgewachsene Brutus Light, der Wirt des Orts, der einen gequälten Gesichtsausdruck auf seinem faltig roten Gesicht trug. Er machte einen unsicheren Schritt in den Wartebereich hinaus und bemerkte erst, als er den Kopf hob, den vor ihm stehenden Vincent McBright.

Der lächelte.

Er mochte Brutus.

Wenn auch nicht hier in der Praxis von Albert Spangler. So fleißig und gewissenhaft Light auch war, so gesprächig war er auch. Jeder aus dem Ort wusste, wollte er ein Gerücht streuen, musste er es nur dem Wirt vom *Point Inn* erzählen. Keine vierundzwanzig Stunden später war es im Umlauf und nahm seine wie Unkraut wuchernden Formen an.

„Sie hier, Vinc?", fragte Brutus, ein ausgefülltes Rezept in den Händen. „Wieder die scheußliche Migräne. Quält mich immer wieder."

Vincent wusste, was die Gesprächseröffnung bedeutete.

Er blieb distanziert, ignorierte den auffordernden Blick des dickbäuchigen Mannes, dessen Haare immer weiter zurückwichen und seinen Kopf nur noch als Kranz umschlossen. „Tut mir sehr leid für Sie.“

Vincent wusste, dass der Wirt erwartete, dass er erzählte, warum er die Praxis von Spangler aufsuchte. Weshalb er sich auf den Weg hierher gemacht hatte.

Was Vincent nicht tat.

Er schaute nur zum Arzt und sagte: „Ich würde gerne unter vier Augen mit Ihnen sprechen.“

„Natürlich. Kommen Sie herein!“ Der Arzt machte eine einladende Handbewegung, während er mit der anderen Light noch einmal auf den Rücken klopfte.

„Danke“, sagte Vincent, ging an Brutus vorbei, ignorierte den Wirt und wunderte sich, wie spartanisch der Arzt sein Behandlungszimmer eingerichtet hatte. Natürlich waren einige der typischen Einrichtungsgegenstände zu sehen. Aufbewahrungsbehälter für Spritzen, Kanülen. Spender für Tupfer und Leukosilk.

Es gab nur ein einfaches an die Wand befestigtes Regal, auf dem einige medizinische Bücher standen. Keine Urkunden, keine Belege, wie viele Fortbildungen er gemacht hatte oder was er sonst alles in seinem medizinischen Leben auf die Beine gestellt hatte.

Vincent war beeindruckt.

So etwas hatte er nicht erwartet.

Besonders nicht, nachdem er diesen unsicheren, kleinen Mann vor wenigen Tagen bei sich auf seinem Anwesen kennengelernt hatte. Als da dieser stammelnde Mediziner stand, der händeringend um die richtigen Worte feilschte.

Gerade bei diesen unsicheren Menschen war oft der Hang zur Präsentation vorhanden. Sie wollten zeigen, was sie konnten, wer sie waren, warum sie ihren Beruf ergriffen hatten.

Und, fügte er in Gedanken hinzu, wie gut sie waren. Dass es einen Grund gab, warum sie die waren, die sie waren.

So wie mein Vater ..., kam ihm ein weiterer, leiser, ihn beschämender Gedanke.

Ein Gedanke, der ihn in der letzten Zeit immer wieder heimsuchte. Besonders seit dem Moment, in dem Vivien auf ihn zugekommen war, ihn bei der Hand genommen und ihm zuflüstert hatte: „Ich habe eine Überraschung für dich."

Eine Überraschung, die Vincent von den Füßen geholt hatte.

Was er wörtlich meinte.

Denn als sie ihm diese Worte ins Ohr säuselte, war der dumpfe Verdacht in ihm aufgestiegen, der ihm Magenschmerzen bereitete. Der ihn denken ließ: *Das willst du nicht. Das wolltest du nie. Und du weiß, warum du das nicht willst.*

Deshalb war er hier und nahm Platz, als Spangler meinte: „Setzen Sie sich."

Mein Vater wird herrischer, und von seinen Plänen würde er nicht mehr abweichen. Und er würde keine Verzögerungen für seine Projekte hinnehmen.

Er würde ...

... mich unangespitzt in den Boden rammen.

„Was führt Sie zu mir?"

„Ein Belangen", sagte Vincent nach einem Räuspern und schämte sich dafür, dass er diese Worte überhaupt

in den Mund nahm. Und wäre am liebsten im Erdboden verschwunden, als er sich fragen hörte: „Nehmen
Sie Abtreibungen vor?“

Sieh mal einer an.

Edward McBright wusste, nachdem er Lindsey aus ihrem Wagen steigen sah, dass es Ärger geben würde. Nicht in Form von körperlichen Auseinandersetzungen oder einer unvermeidlichen Nase an Nase stehenden Schreierei.

Es war etwas anderes.

Ein unterschwelliges Wissen, dass er sich in den vergangenen Jahren angeeignet hatte. In einem unaufhörlichen Kreislauf von Konflikten, Anfeindungen und einem Schwall aus persönlichen Erfahrungen.

Edward wäre am liebsten davongelaufen.

Weit weg. Irgendwohin, wo er das drückende Gefühl von aufziehendem Unheil wie eine zweite Haut abstreifen konnte.

So wie damals, als er mit seinem Vater in einen Streit geraten war.

Damals hatte er schon gemerkt, dass etwas nicht stimmte, sobald er in dessen Arbeitszimmer gekommen war. Über seine Bücher gebeugt, hatte er dagesessen, den Kugelschreiber in der Hand, über den Bergen von Papieren brütend.

In dem Moment, wo Edward zu ihm getreten war, seinen Aufsatz über den Rosenkrieg in der Hand, mit dem ihn so begeisternden Ergebnis, war es ihm eiskalt über den Rücken gerieselt. Er hatte gemerkt, wie sich etwas

aufgebaut hatte. Eine merkwürdige, eisige, ihn zurück-
weisende Wand aus Ablehnung, schlechter Laune und
nur unter Zwang kontrollierter Wut.

Ich hätte es merken müssen, dachte er jetzt und musste
unwillkürlich an sein Gefühl Lindsey gegenüber denken. Daran, dass es sich ebenso kalt angefühlt hatte,
wie es ihm den Rücken herunterrieselte. Ebenso sein
Gedanke, der ihn beschlich und ihm zuraunte: Hier
wirst du Probleme bekommen, wenn du nicht aufpasst.
Es wird dir ergehen wie mit deinem Aufsatz. Erinnerst
du dich daran?

Wie er das tat.

Immer in ruhigen Momenten.

Dann, wenn er der Meinung war, seine Vergangenheit sorgsam weggeschlossen zu haben, kamen seine
Erinnerungen wie ein weggeschleuderter Bumerang zu
ihm zurück. Mit solch einer Kraft geworfen, dass er
keine Chance hatte, ihm auszuweichen, geschweige
denn zu fangen.

Er wurde jedes Mal mit voller Wucht am Hinterkopf
getroffen; und die sorgsam in ihm geschlossene Tür mit
voller Wucht aufgestoßen.

Edward hasste es, wenn ihm das passierte; wenn er
sich wieder vorsichtigen Schritts in das Arbeitszimmer
seines Vaters treten sah. Wie er ihn anschaute, ihn betrachtete und die ansonsten so ebenmäßigen, hübschen Gesichtszüge so vor Wut und Zorn entstellt sah.

Nicht, wie er wusste, weil die Bücher mit ihren Ein-
und Auskünften nicht stimmten. Die stimmten immer.
Waren immer prall gefüllt.

Was seinen Vater verärgerte, lag tiefer. Irgendwo in
seinem Kopf.

Der kindliche Edward, der sich immer wieder in dem heutigen zu Wort meldete, vermutete, dass es an ihm lag. Daran, dass er auf der Welt war und die kostbare Zeit stahl, die seinem Vater noch verblieb. Irgendwie. Dass er es war, der seinen Dad irgendwo seelisch berührte, was ihn dadurch ins Ungleichgewicht brachte.

Ob es stimmte?

Edward wusste es nicht.

Er vermutete nur. Wieder und wieder. Tag für Tag, wenn der verfluchte Bumerang zu ihm zurückgeflogen kam.

Warum er bei Lindsey ein ähnliches Gefühl hatte, wusste er nicht.

Was er wusste, war, dass in ihm alle Alarmglocken wie wild zu schrillen begangen. Sie klingelten und rasselten und schrien in einem schrillen Chor aus Panik: „Aufpassen! Gefahr! Vorsicht."

Er schluckte, als sich Lindsey mit einer schwungvollen, wie aus einem Guss gemachten Bewegung herumdrehte und ihn dabei fragte: „Wohin soll es denn gehen?"

„Zu Emily."

„Emily?", fragte sie ihn, verharrte in ihrer Bewegung und wandte den Kopf.

Dabei fiel ein kurz aufblitzender Sonnenstrahl in ihre hellen, blauen Augen. Umspielte ihre weich geschwungene Nase und die ihn faszinierenden hoch angesetzten Wangenknochen.

Er merkte, wie seine Vorsicht in ihm weiter zu kreischen begann.

Dass er sich nur mit Mühe gegen all diese auf ihn einstürmenden Gefühle wehren konnte. Schutzlos, einem auf der Autobahn stehenden Kind gleich, das nur in den immer größer werdenden, grell blendenden Lichtkegel starrte, kam er sich vor.

Nicht dazu in der Lage, sich zu bewegen.

Zur Katatonie verflucht.

Edward antwortete ihr, nachdem er geblinzelt hatte, und es unterdrücken musste, sich nervös – wie damals – mit der Hand durch das Gesicht zu wischen. „Unsere Häuser bekommen alle Namen, um ...“

„Weibliche?“, unterbrach sie ihn.

„Ja“, sagte er mit einem Hauch von aufkeimender Mundtrockenheit. „Um den da einmal einziehenden Kindern unterbewusst zu vermitteln, dass sie hier Geborgenheit finden. Wie in den Armen einer Mutter.“

„Väter geben keine Geborgenheit?“

Sie machen Angst, wollte er aus einem Impuls heraus sagen, den er nur schwer unterdrücken konnte. Der in ihn hineinschoss wie eine alles zerstörende, aus einer Pistole abgefeuerte Kugel.

„Sie sind lehrend“, sagte er schließlich, nachdem er geschluckt hatte. „Oder viele empfinden Väter als autoritär. Das wollen wir vermeiden. Die hier einmal einziehenden Kinder sollen frei sein. Nicht gefangen.“

„Interessanter Ansatz.“

Er zuckte mit den Schultern, meinte dann: „Ich würde Sie fahren.“

„Ach, wie nett.“

„Ich bin nicht nur kalt“, konnte er sich nicht verkneifen zu sagen und fühlte sich das erste Mal, seitdem seine kindlichen Erinnerungen zu ihm zurückgekehrt waren, auf dem Weg der Besserung.

Er vergaß seinen Vater nicht. Nicht das, was ihn im Arbeitszimmer erwartet hatte. Es war ihm lediglich gelungen, das Licht seiner Erinnerungen ein wenig zu dimmen ...

***

Lindsey trat durch die von Edward mit einer schwungvollen Bewegung geöffneten Tür. Sie zeigte sich von *Emily* beeindruckt.

Damit hatte sie nicht gerechnet.

Ganz und gar nicht.

Auch wenn sie keine wirkliche Idee davon gehabt hatte, was sie hier im Wald erwarten sollte, in dem sorgsam wieder aufgeforsteten Gebiet rund um das McBright House, hatte sie damit nicht gerechnet.

Natürlich hatte sie recherchiert, hatte nachgeforscht, aber, wie immer, nichts Aussagekräftiges über McBright und dessen Projekt gefunden.

Die einzige Zeitung, die über einen Bau berichtet hatte, war die *Hundson Times* gewesen – eine einmal pro Woche erscheinende Lokalzeitung, deren Redakteurin ausgesprochen freundlich und gesprächig gewesen war.

Sie hatte Lindsey erzählt, dass es Bauarbeiten gäbe, ja. Und dass McBright kaum dazu bereit sei, über das Projekt zu sprechen, obwohl sie mehrmals angefragt habe.

Und dass sie verwundert sei, dass er jetzt dazu bereit schien, mehr über die Bauarbeiten zu reden.

Warum?

Sie hatte keine Ahnung.

Wie es schien, wusste sie auch nicht, wie einfach, aber auch schön die Häuser eingerichtet waren, in denen mit sozialen und emotionalen Stresssituationen nicht umgehende Kinder einziehen sollten.

Lindsey bekam den Mund nicht zu, als sie die rustikale Einrichtung sah. Den da inmitten des Raums stehenden aus einem Stück Holz gefertigten Tisch, auf dem eine ebenfalls aus Holz gehaltene Schüssel stand, in der Obst zu finden war. Äpfel, Bananen und Weintrauben erkannte sie gleich.

Die Fenster, von einfachen Gardinen verdeckt, ließen sie dennoch einen Blick hinaus in den Wald werfen.

Und den See, bemerkte sie, während sie in den Raum hineintrat. Man wacht mit dem sanften Gefühl von Geborgenheit auf, kam ihr ein weiterer Gedanke, als sie einen Blick zu der nur angelehnten Tür warf, die in ein Schlafzimmer führte.

„Was machen Sie da?"

Lindsey blinzelte.

Sie hatte nicht damit gerechnet, dass es sie so überkommen würde. Dass der so lange in ihr verschüttete Impuls mit solch einer Macht in ihr hervortreten würde.

Sie hörte Edward McBright seine Frage wie aus weiter Ferne stellen. Da war es ihr, als würde sie aus einer Art Trance erwachen.

Eben noch hatte sie dagestanden, die Schüssel mit dem Obst bewundert, den Blick hinaus aus dem halb geöffneten Fenster auf den See genossen und war dann in einen Zustand meditativer Entspannung verfallen.

Nicht, um sich zu entspannen. Nicht, um einen Zustand völliger innerer Ruhe zu finden. Was dazu gehörte, klar. Was sie brauchte, um ihren Geist zu öffnen und sich vorzustellen, wie es war, hier zu sitzen, aus dem Fenster zu schauen und mit Leichtigkeit die ersten skizzierenden Striche auf das vor ihr auf ihren angewinkelten Beinen liegende Papier zu malen.

Sie merkte, wie Edward an sie herantrat.

Ein sanfter Geruch seines dezent aufgetragenen Parfüms traf ihre Nase und der wohlige Schauer von Zufriedenheit rieselte ihr in einer Gänsehaut über den Rücken.

Sie lächelte, als sie sah, dass sie ihre Hände noch erhoben hatte, mit Daumen und Zeigefinger einen gesichtsgroßen Rahmen bildete und durch diesen mit einem zusammengekniffenen Auge hinaus aus der Hütte geschaut hatte.

Lindsey wusste, dass sie nicht nur so dagestanden hatte.

Sie hatte sich bewegt, hatte den Kopf zur Seite geneigt, hatte die Perspektiven geändert und sich in ihren Gedanken schon ausgemalt, wie die ersten Skizzen aussehen würden, die sie auf Papier bannen wollte.

Wie ich später nach draußen gehen und mich an den Tisch setzen werde, um die frische Luft einzuatmen, um neue Eindrücke für das Bild zu sammeln, das ich gerade angefangen habe zu zeichnen.

„Ich", setzte sie an, lächelte, bevor sie sich umdrehte und in das interessierte Gesicht Edwards schaute, „habe mir vorgestellt, wie der Blick aus *Emily* heraus aussehen würde, wenn ich ihn versuche, auf Papier zu bringen."

„Sie zeichnen?“

Lindsey winkte ab, sagte dann mit bescheidenem Unterton: „Meine Eltern sagen, dass ich das tue. Ich sehe darin eher Kritzeleien.“

„Die Bescheidenheit des Künstlers ohne Erfolg, der dennoch weiß, dass er Talent hat.“

Lindsey errötete, obwohl sie das gar nicht wollte. „Ich bin wirklich nicht gut.“

„Ansonsten wären Sie Künstlerin und nicht Journalistin geworden, klar. Aber dennoch denke ich, dass man sein Talent niemals zu klein darstellen sollte. Glaubt man an sich, wird an einen geglaubt.“

„Viele Worte für einen Mann, der sonst sehr schweigsam ist.“

„Worte eines Mannes, der weiß, wie es ist, wenn der Glaube an einen am wichtigsten ist.“

„Das soll was heißen?“

„Dass ich Ihnen gerade mehr von mir preisgegeben habe, als ich wollte.“ Edward deutete mit einer alles einkreisenden Handbewegung auf den kleinen Lebensraum und wechselte das Thema, schneller als Lindsey gucken konnte. Plötzlich meinte er mit trockenem, geschäftsmännischem Ton: „In jedem Haus werden wir drei Kinder unterbekommen. Ich hatte erst nur zwei gedacht. Aber Auflagen, nun …“ Er zuckte mit den Schultern. „… wollten es anders und haben meine Planungen etwas umstrukturiert. Dennoch werden den Kindern allen einen Raum zur Verfügung gestellt, der ihnen allein gehört und der ihnen die Chance gibt, sich zurückzuziehen.“

„Wie kommt es", wechselte sie ebenfalls von vertraut zu professionell, „dass Sie sich so sehr für Kinder einsetzen? Wenn ich richtig informiert bin, war Ihre Familie unternehmerisch tätig."

„Ich möchte denen helfen, die nicht das Glück hatten, wie ich geboren worden zu sein."

„Das ist alles?"

„Muss es mehr geben?"

Er schaute sie durchdringend an. Mit einem Blick, den Lindsey nicht gleich fassen konnte. Der sie auf eine Art verunsicherte und auf eine andere Weise faszinierte. Es war wie vorhin, als sie auf den Parkplatz gefahren war.

Einerseits war da diese Faszination, die von ihm ausging. Andererseits diese sie abstoßende, sie nicht irritierende, sondern wütend machende Distanziertheit.

Weshalb sie schärfer antwortete, als sie wollte: „Jeder Mensch hat mehrere Facetten und jede einzelne lässt uns zu dem werden, der wir sind."

„Ich bin Edward McBright!", erwiderte er und schien zu meinen, damit wäre alles gesagt.

Als müsste das als Antwort reichen.

Lindsey, die gar nicht lachen wollte, tat es trotzdem und wollte dann wissen: „Das ist alles? Edward McBright?"

„Es sollte reichen", sagte er und überrumpelte sie wieder. „Ich wollte Ihnen anbieten, hier in *Emily* zu übernachten. Was meinen Sie? Wäre das erwähnenswert in Ihrem Bericht? Also nicht, dass Sie hier schlafen, sondern wie mein kleines Erholungsheim sich anfühlt? Wie es ist, hier zur Ruhe zu kommen und die Seele zu entlasten?"

„Seele entlasten", murmelte sie, legte den Kopf schief und spürte wieder ihren inneren journalistischen Instinkt anspringen.

„Ich glaube, Sie haben es nötig", drehte Edward ihren ihn musternden Spieß um und versetzte ihr dadurch einen Stoß, mit dem sie nicht gerechnet hatte.

Der ihr dermaßen in die Glieder fuhr, dass sie zusammenzuckte und mehr stotternd als fließend meinte: „Hier? In diesem Haus übernachten?"

„Hätte ich das nicht gewollt, hätte ich das nicht angeboten."

„Die Pension, in die ich mich eingemietet ..."

„Sie müssen nicht die volle Zeit hier schlafen", versicherte McBright ihr und meinte dann, nachdem Lindsey zugestimmt hatte, gern eine Nacht hier zu schlafen: „Sie sollen nur zur Ruhe kommen. Sehen Sie, ich bin nicht nur kalt."

Lindsey senkte den Blick.

„Wollen wir ..."

Zu Lindseys Überraschung hatte sich Edwards ganze Haltung verändert. Er war plötzlich ganz weichgezeichnet. Seine ansonsten in Falten liegende Stirn hatte sich geglättet und seine schroffe, abweisende Art war einer niedlich jungenhaften Unsicherheit gewichen.

Was die Änderung herbeigerufen hatte?

Lindsey wusste es nicht.

Später, als sie allein war, sie nachdachte, meinte sie den Punkt entdeckt zu haben, wo Edward die Wendung vollzog.

Als sie die Hütten betrachteten. Als sie dastand und ihn anschaute und es ihr vorkam, als schweiften

Edwards Gedanken für einen kurzen Moment ab. Irgendwo hin, wohin sie ihm nicht folgen konnte.

Er seufzte, holte tief Luft und berührte den kleinen Beistelltisch. So, als würde er nach einer Erinnerung greifen, die geradewegs nach seinem Herzen griff.

Ihn jetzt aber da so stehen zu sehen, die Lippen fest aufeinandergepresst, die Hände immer wieder dabei, sich zu öffnen und zu schließen, war es, als stünde sie vor einem völlig fremden Menschen.

So, als wäre sie mit ihrem Bleistift über seine schmalen, nach unten hängenden Lippen gefahren, um diesen einen fröhlichen, freundlichen Ausdruck zu verleihen.

Sie fragte: „Ja?" Wollte Edward eine Brücke bauen, über die er ohne Umschweife treten konnte. Eine kleine Hilfe, die es ihm ermöglichte, seine offen zur Schau getragene Scheu abzulegen.

„Nun ja", setzte er an, räusperte sich und ließ Lindsey innerlich lächeln.

Sie freute sich, dass er ihre Hilfe angenommen hatte. Dass er wirklich einen zögerlichen Schritt zwar, aber dennoch einen Schritt auf sie zumachte.

„Ich kann Ihnen noch etwas die Umgebung zeigen. Wenn Sie wollen", schob er hastig hinterher und wischte sich dann mit der Hand über das Gesicht.

„Was gibt es hier denn noch zu sehen?", fragte sie, während sie innerlich ihr Notizbuch erneut öffnete und eine weitere Komponente in das Profil von Edward McBright einfügte.

Versteckte Schüchternheit.

Sie selbst wusste nur zu gut, wie sich dieses Attribut in einem anfühlte. Wenn man immer von anderen

Menschen als stark angesehen wurde, als unbeugsam, jemand, der einen Schritt nach dem anderen geradeaus machte.

Bis man selbst irgendwann glaubte, dass man taff war. Dass einen so gut wie nichts erschüttern konnte.

Nur um dann in Situationen wie dieser hier zu merken, dass einem ebenso schnell die Knie weich wurden und das Herz bis zum Hals schlagen konnte.

Da war dann plötzlich nichts mehr davon zu spüren, wie schlagfertig man war oder wie oft man sich mit offenem Visier ins nächste Abenteuer stürzte.

Eben weil Lindsey wusste, wie sich McBright jetzt gerade fühlte, war sie froh, dass er ihre Hilfe dankend annahm und sagte: „Der See. Wunderschön."

„Ich?", witzelte sie und sah, wie McBright die Augen zu schmalen Schlitzen verengte. Wie sich seine Stirn in Falten legte und um seinen Mund der harte, unnachgiebige Zug zurückkehrte, den sie insgeheim gehofft hatte, hinter sich zu lassen.

„Nur ein Spaß, der See natürlich", meinte sie und wünschte ihre große Klappe ganz weit weg.

„Der See", versicherte er ihr und hatte seine Fassung wiedergewonnen. Edward trat einen halben Schritt in den Raum hinein, machte eine einladende Handbewegung Richtung Tür und sagte: „Nach Ihnen."

„Danke."

„Gerne! Was essen Sie denn gerne zum Abendbrot? Ich werde Ihnen das Essen natürlich zubereiten lassen."

„Machen Sie sich meinetwegen keine Umstände, bitte. Etwas Brot, Konfitüre und ein Apfel oder Weintrauben und ich bin zufrieden."

„Sehr gerne." Mit den Worten holte Edward sein Handy hervor und richtete sein Blick auf das Display. Während er eine typische, ihr vertraute wischende Bewegung mit dem Daumen vollführte, um das Smartphone zu entriegeln, bildete sich eine steile Falte auf seiner Stirn. Er kniff die Augen zusammen und schien etwas zu lesen, das er nicht sofort verstand.

Alles gut?, wollte sie erst fragen, um sich dann zurückzuhalten. Sie wollte das brüchige Vertrauen, wenn man es so denn nennen wollte, nicht aufs Spiel setzen. Sie hatte in den vergangenen Minuten selbst erfahren, wie schnell ihre Gefühle wegen Edward Achterbahn fahren konnten. Mit was für einer rasenden Geschwindigkeit sie in die Tiefe stürzte, aber ebenso schnell wieder emporgehoben wurde.

„Wo muss ich hin?", fragte sie stattdessen.

„Äh." Er hob den Kopf, schaute sich um und deutete dann auf einen kleinen, zwischen Büschen und Bäumen angelegten Pfad, der verschlungen Richtung Wanderweg führte. „Da entlang."

***

Edwards Herz schlug bis zum Hals.

Nicht, weil er einem inneren Impuls nachgegeben und Lindsey angeboten hatte, mit ihr hinunter zum See zu gehen. Nein, das hatte er aus einem kurzen Anflug ehrlich empfundener Fröhlichkeit getan.

Was sein Herz zum Schlagen brachte, was ihn glauben ließ, das Blut würde ihm in den Ohren rauschen und den Boden unter den Füßen wegreißen, war die Nachricht, die er bekommen hatte.

Eine E-Mail, dessen Absender ebenso irreführend klang wie die für ihn bereitgestellte Information.

Ehrlichkeit ist der Weg der Tugend.

Edward war innerlich wie gelähmt. Geschockt. Nur um sich dann aus einem Anflug heraus verteidigen zu wollen, auf den Antwortknopf zu drücken und mit Verwunderung festzustellen, dass ein kleines Kästchen aufleuchtete, in dem zu stehen war:

Auf die zugegriffene E-Mail kann nicht mehr reagiert werden.

Die Nachricht war gelöscht worden …

***

„Sie … Sie kennen sich hier nicht zufällig aus?", rief ein in der Ferne stehender Mann mit kratzender Stimme.

Lindsey und der schweigsame Edward hatten sich daran gemacht, hinunter zum See zu gehen. Hin zu einer kleinen Landzunge, die sich pfeilartig ins Wasser erstreckte und an dessen äußerstem Punkt sich ein Fischer eine kleine aus Holz und Blech gefertigte Hütte erstellt hatte.

Hier, auf den nicht befestigten Wegen, die nur ausgetreten waren, hätte Lindsey nicht damit gerechnet, auf andere Menschen zu treffen. Besonders deshalb, weil Edward ihr auf die Frage, ob die Kinder hier komplett von der Außenwelt abgeschnitten seien, geantwortet hatte: „Wir möchten, dass unsere Schützlinge so wenig Kontakt wie möglich in die moderne Außenwelt haben. Deshalb haben wir hier unser Dorf errichtet. All das hier …" Dabei hatte er eine ausschweifende, alles umfassende Handbewegung gemacht. „… gehört meiner Familie. Alles ist Privatbesitz. Nur die Wanderwege, die sind Allgemeingut."

Lindsey wusste nicht, ob sie es sich nur einbildete oder ob es wirklich geschehen war. Aber in dem Moment, als Edward davon geredet hatte, dass das alles hier ihm gehöre, war sie der Meinung gewesen, dass sich ein dunkler Schatten über sein Gesicht gezogen hatte.

Ein klitzekleiner Anflug ehrlich empfundenen Missmuts.

Nur um sich dann darüber zu wundern, dass der dickliche, winkende Mann auf sie beide zukam.

Ein Tourist, wie Lindsey vermutete, dessen dunkler Vollbart nicht sonderlich gepflegt aussah. Dessen braunen Augen vor Freundlichkeit leuchteten. Das Lächeln auf seinen Lippen meinte Lindsey, schon dutzende Male gesehen zu haben. Meistens bei Männern, denen es schlicht egal war, wie sie aussahen. Die nichts weiter vorhatten, als sich an den Dingen zu erfreuen, die da gerade vor ihnen lagen.

Er strich sich mit einer unbeholfen anzusehenden Geste durch das Haar und hielt in der anderen Hand sein Smartphone, auf das er immer wieder schaute und nicht zu verstehen schien, wohin ihn die elektronische Wanderkarte leiten wollte.

„Ich glaube, ich habe mich völlig verfranzt", meinte er und seufzte dann. Er hob sein in eine Batman-Hülle eingeschlossenes Smartphone. „Ich habe hier immer wieder Verbindungsabbrüche. Wenn ich endlich wieder

Empfang habe, sagt mir das blöde Ding, ich sei fünfhundert Meter in die falsche Richtung gelaufen.“

„Wo möchten Sie denn hin?“, fragte Lindsey, der nicht entgangen war, dass Edward sich auffallend zurückhielt.

„Ich wollte nur zum McBright House. Einen kurzen Blick darauf werden.“

„Wieso das?“, wollte Edward wissen.

„Reiseführer“, sagte der Mann und klopfte auf seine Brusttasche. Er lächelte noch immer. „Im Netz steht, dass man das Haus besichtigen könne. Ebenso das Grundstück.“

„Fehlinformation. Weder das eine, noch das andere ist möglich.“

„Aber ich habe gelesen, dass ...“

„Fehlinformation“, wiederholte Edward.

„Die Gruft ist dann auch geschlossen?“

„Die erst recht!“

Lindsey hörte in der Stimme Edwards etwas kippen. Seine Stimme, beherrscht und ruhig, hatte eine Nuance angenommen, die nach – was klang?

Wut?

Im ersten Moment und aus einem Impuls heraus hätte sie Ja gesagt. Nur um sich dann wenige Sekunden später zu revidieren und eine andere Beschreibung von Edwards Gemütszulage zu finden.

Verzweiflung!

Es war ihr, als wollte Edward irgendetwas von sich schieben. Als wäre da ein schwarzer, dunkler Fleck auf seinem Herzen, den er, egal, was er versuchte, nicht abgedeckt bekam. In solchen Momenten wie diesen, wo ein völlig fremder Mensch nach brauchbaren Informationen suchte, brach das Mal wieder hervor.

„Aber wenn ich auf www…"

„Fehlinformationen. Ich habe dem Reiserführer schon mehr als einmal deutlich gemacht, dass die Besichtigungen ebenso aufgehört haben wie die Führungen um das Haus herum."

„Ja, aber …"

„Wenn Sie den Weg da hinuntergehen …" Edward zeigte an der Landzunge vorbei, hin zu dem dicht bewachsenen Wald, der bis zum Ufer des Sees reichte. „… kommen Sie an einer kleinen Jagdhütte vorbei. Da gabelt sich der Weg und Sie erreichen dann, wenn Sie sich rechts halten, den Ort Fallowcamp. Von da aus sollten Sie einen schönen Ausflug rund um den See planen können."

„Oh, Mann", sagte der Mann, fasste sich an die Stirn, schaute auf sein Handy und schüttelte den Kopf. „Da hat mich das Handy wirklich komplett in die falsche Richtung gelenkt. Danke für Ihre Hilfe, Mister …?" Der Mann nahm Edward genau ins Auge.

„Einen schönen Tag noch", sagte der, legte seine Hand in Lindseys Rücken und drehte sie mit sanftem Druck dem ausgetretenen Pfad entgegen, der auf eine Wiese zuführte, die in einer ausgestochenen Sandmulde endete. „Hier entlang."

Als Edward einen skeptischen Blick über die Schulter hinweg dem Mann hinterherwarf, der, ohne sich umzudrehen, seines Weges ging, fragte sie: „Haben Sie nicht gesagt, dass niemand den Ort hier kennt? Außer den Anwohnern?"

Edward blieb stehen.

„Haben Sie gesagt.“

„Es gab“, setzte Edward an, „früher eine Zeitlang, als mein Vater versuchte, die Familienkassen aufzufüllen, Führungen über das Anwesen und übers Grundstück. Ich habe sie eingestellt. Nicht sehr ergiebig.“

„Also ist der Ort hier doch bekannt“, meinte Lindsey. „Sie möchten ihn zu einem schwarzen Fleck auf der Landkarte machen.“

„Der Kinder wegen“, versicherte Edward ihr, während sie zusammen über die sich weit erstreckende Wiese hin zum Wasser schlenderten.

„Darf ich noch eine Frage stellen?“

„Nicht, wenn es um meine Familie geht“, griff Edward ihr schmal lächelnd vor. „Über die verliere ich nur ungerne ein Wort.“

„Okay“, sagte sie und dachte: *Schade … Und machte sich gedanklich die Notiz: Was verheimlicht er?*

Vergangenheit 1987

Vincent ahnte, dass es zum Streit kommen würde, als er sich heute Morgen vorgenommen hatte, das sensible, ihn umtreibende Thema anzusprechen.

Er wäre naiv gewesen, wenn er es nicht angenommen hätte.

Aber gerade jetzt, wo er kurz davor stand, den entscheidenden Durchbruch bei Vaters Geschäftspartnern zu erzielen, musste er auch privat für Klarheit sorgen.

Ihm blieb gar nichts anderes mehr übrig.

Deshalb setzte er sich nicht zu seiner Verlobten an den Frühstückstisch, sondern blieb im Türrahmen der auf den Balkon führenden Tür stehen.

Er sah sie da sitzen; in ihrer unendlichen, ihn immer wieder aufs Neue faszinierenden Schönheit. Mit dem wellenden, langen Haar, das sie mit Spray ebenso in Form gebracht hatte, wie die Wickler es lockig machten. Ihr grünes, ärmelloses Kostüm, das mit dem handbreiten Gürtel eng an ihren Körper geschmiegt wurde, ließ Vincent den Kopf schütteln. Nicht, weil er sein Glück nicht fassen konnte, dass solch eine Frau sich für ihn entschieden hatte. Er schüttelte den Kopf, weil er mit ihr etwas besprechen wollte – musste – was unausweichlich war.

Jeder andere Mann würde mir einen Vogel zeigen und fragen, ob ich noch alle Tassen im Schrank habe.

„Vivien?", fragte er sie, als er einen Schritt auf den Balkon zumachte, der im morgendlichen Sonnenlicht gehüllt war. „Ich muss mit dir sprechen."

„Hast du keinen Hunger?"

Er hörte ihre Frage, begriff, dass sie um Ruhe bemüht war. Dass sie seinen Unterton in der Stimme ebenso zu überhören versuchte wie er ihren.

Was keinem von beiden gelang.

Das wusste Vincent.

Zu lange schon kannte er seine Vivien, hatte in ihr zu lesen begonnen wie in einem Buch. Da war eine Verbundenheit gewesen, die er niemals zuvor gespürt hatte. Die ihn heute noch, vier Jahre, nachdem er sie gefragt hatte, ob sie seine Frau werden wolle, aufs Höchste faszinierte.

Es war ihm, als könnte sie ihm in den Kopf schauen.

Als wäre es ihr möglich, einen von ihm lose aufgenommenen Gedankenfaden zu Ende zu führen.

Als wären wir eins.

„Nein, keinen Hunger“, sagte er mit belegt klingender Stimme und räusperte sich.

„Setz dich“, bot sie ihm an.

„Ich stehe lieber.“

„Ich kann auch mit dem Marmeladentöpfchen werfen“, meinte sie schmunzelnd ernst und nahm ihn fest in den Blick.

Sein Herz rutschte Vincent bei der Bemerkung in die Hose. Sein Gedankenimpuls, heiß, schwer, wie eine Feuerlohe, ließ ihn panisch denken: *Sie weiß, was ich will. Sie weiß, was ich von ihr möchte.*

Er holte tief Luft. „Weiß du“, setzte er endlich an und flüsterte. „Ich war bei Doktor Spangler.“

„Ich hörte davon“, meinte sie kalt. „Ich habe gestern Mittag Brutus getroffen.“

„Oh.“

„Er sagte mir, dass du sehr besorgt ausgesehen und nicht gesagt habest, weshalb du Doktor Spangler aufsuchen wolltest.“

„Weil …“

„Ja?“

Er machte einen unentschlossenen Schritt nach vorn, wollte nach Viviens Schultern greifen, sie berühren, sie massieren, ihr das Gefühl geben, dass er nur ihretwegen den folgenschweren Schritt in den Ort hinein zu Albert Spangler gemacht hatte.

Aber als er seine Stimme erhob, er sagen wollte: Ich habe es deinetwegen getan, versagte sie ihm. Er begriff, was er da getan hatte. Was er ohne Viviens Wissen unternommen hatte.

Das schlechte Gewissen traf ihn wie ein Hammerschlag.

Die ganzen düsteren Gedanken, alle Ahnungen, alle Befürchtungen, die er wegen dieser Konfrontation gehabt hatte, waren wieder da. Sie griffen ihn an. Sie sprangen ihm an den Hals, ins Herz, in die Seele und jedes einzelne wollte gehört und gefühlt werden.

Vincent begriff, dass er die vergangenen Tage all diese Emotionen nur weggedrückt hatte.

Dass er sie, wenn sie in ihm emporgestiegen waren, einem lodernden Flammenstrahl aus Ignoranz gleich, zurück in den dunklen Korridor befördert hatte, aus denen sie hervorgekrochen gekommen waren.

ES gleich. Das Licht scheuend, immer in der düsteren Kanalisation Derrys unterwegs, in einer Albträume generierenden Welt gefangen, die sich niemand anderes als Stephen King hatte ausdenken können.

Und so, wie sich die Freunde um Bill damals gefühlt hatten, als er in die dunklen Behausungen dieser lichtscheuen, schrecklich anzusehenden Kreatur kletterte, so fühlte sich Vincent jetzt.

Hilflos und von unendlich vielen Ängsten heimgesucht, dass er am liebsten nichts anderes getan, als sein Heil in der Flucht zu suchen.

„Hast du Sorgen?", riss Vivien ihn aus seinen Gedanken. Sie saß noch immer da, den Kopf ihm zugewandt, ein schmales Lächeln auf den Lippen, das Vincent nicht gefallen wollte.

Obwohl es ihren zartgeschwungenen Mund umschmeichelte, fehlte dem Ausdruck etwas. Es war, als habe sie es nur aufgelegt, ohne es zu fühlen.

„Ja."

„Nicht deinetwegen", bemerkte sie.

„Nein."

„Ist es das Baby?", wollte sie wissen und drehte sich ihm nun entgegen. „Macht dir das Sorgen, *mein Schatz?*"

Vincent seufzte.

Er holte tief Luft und wusste, dass er das Gespräch beginnen musste. Es war ihm nicht mehr möglich, den inneren Morloks zu entkommen.

Deshalb sagte er mit bleiern belegter Stimme: „Wir können das Kind nicht behalten."

Viviens Augen verengten sich.

Bevor sie ihren Protest kundtun konnte, sie eine Kakofonie aus Beschimpfungen, Flüchen und Beleidigungen von sich geben konnte, redete Vincent weiter.

Schnell, hektisch, heiser.

„Du weißt, was für Sorgen ich mir deshalb mache. Das habe ich dir damals gesagt, als wir uns kennenlernten, und ich bleibe auch jetzt dabei. Ich", er verbesserte sich, „*wir* können das nicht machen. Unmöglich."

„Du willst, dass ich es …", sie schluckte, brachte das Wort nur unter größten Schwierigkeiten hervor, „… abtreibe?"

„Will ich, ja", meinte er und hätte nicht gedacht, dass ihm sein Wunsch so leicht über die Lippen kommen würde.

Vincent hatte, wenn er ehrlich war, damit gerechnet, dass sich seine Kehle zuschnüren würde. Dass er ein

Feuerwerk an Gedanken hätte unter Kontrolle bringen müssen. Irgendetwas, das es ihm unmöglich machte, sofort auf Viviens bissig gestellte Frage zu reagieren.

Nichts von dem.

Seine Haltung war klar. Deutlich. Präzise. Unverrückbar.

Mein Vater wäre stolz auf mich gewesen, dachte er in einem kurzen Moment des inneren Triumphs und war der felsenfesten Überzeugung, dass er das Gespräch und seine Forderungen genauso fortsetzen konnte.

Ohne mit der Wimper zu zucken und ohne auf die möglichen emotionalen Scheidewege achten zu müssen.

So machte er einen Schritt auf sie zu und drängte den Impuls zurück, seine Hände auf Viviens Schultern zu legen und mit einfühlsamer, verständlicher Stimme zu sagen: Sieh doch, welche Möglichkeiten wir haben ...

Stattdessen meinte er hart: „Das ist die beste Entscheidung, die wir treffen können."

„Die beste Entscheidung?", fuhr Vivien auf und erinnerte Vincent an einen plötzlich ausbrechenden Vulkan.

Ähnlich wie er jetzt mussten sich die Bewohner Pompejis gefühlt haben. Eben noch sicher und festen Schritts auf der Straße des Lebens gehend, um dann in der Ferne ein donnerndes Krachen zu hören, das einherging mit einer in den sommerlichen Himmel aufsteigenden schwarzen Rauchwolke. Wohlwissend, dass das, was man hier gerade beobachtete, nichts Gutes verheißen konnte.

„Hast du sie noch alle?", fuhr Vivien ihn weiter an und warf ihr Brot zurück auf den Teller. „Es geht hier um ein Baby. Um *dein* Baby. Und du willst mir allen Ernstes sagen, dass es das Beste wäre, wenn ich abtreibe? Abtreibe?" Sie schrie.

Laut. Grell. Hysterisch.

Vincent hätte nie im Leben damit gerechnet, dass Vivien so reagieren würde.

Einige Tränen, ja, okay. Das eine oder andere Flehen, na gut.

Aber das hier überstieg den begrenzten Rahmen seiner mangelhaft ausgebildeten Fantasie.

„Ich dachte …"

Vivien wischte mit der Hand durch die Luft und schnitt ihm damit die Worte ab.

Sein noch einmal stammelnd hervorgebrachtes: „Doktor Spangler …", ignorierte Vivien ebenfalls.

Sie kam drohenden Schritts auf ihn zu, den Finger ausgestreckt, einem auf ihn gerichteten Lehrerstock gleich. „Gib mir nur einen triftigen Grund, der mich überzeugt, das in mir wachsende Kind abzutreiben. Nur einen. Und ich werde davon absehen, dich in der Luft zu zerfetzen."

Vincent spürte eine kurze Kälte in sich aufsteigen.

Sie hatte im ersten Moment etwas Bedrohliches für ihn gehabt. Etwas Beängstigendes. Um sie dann im nächsten Augenblick willkommen zu heißen.

So sehr sie ihn auch mit Angst erfüllte, ihn kurz schüttelte, ihn glauben ließ, mit nur einem Schnippen des Fingers klirrend zerspringen zu können, war da auch etwas in ihm, das ihm Ruhe gab.

Ein kurzer Anflug ehrlich empfundener, kurzer Stille, die es ihm ermöglichte, seine Gedanken zu sortieren.

Er blendete die vor ihm stehende, noch immer pumpend den Atem über die Lippen pressende Vivien aus.

Sie verschwamm hinter einem inneren vorgezogenen Vorhang und ließ Vincent den Augenblick der innerlichen Ruhe genießen.

Dann hörte er sich selbst etwas sagen, das für ihn wie aus weiter Ferne gesprochen klang.

Einem Ruf gleich, der aus dem Tal seiner selbst herauf in die Berge seines Verstands hallte.

„Ich könnte wie Vater sein …"

Die Recherche

„Ich möchte einen positiven Bericht, keine journalistische Aufarbeitung eines einsam lebenden Mannes, Lindsey", hörte sie Frank mürrisch sagen.

Sie konnte sich vorstellen, wie ihr Redakteur da in seinem Büro saß. Weit in seinen Sessel zurückgelehnt, einen Kugelschreiber in der Hand, dessen Mine er mit einem dauerhaften *Klick, Klick, Klick, Klick* aus der Fassung rein- und rausspringen ließ. Dabei zeichnete sich sein in der letzten Zeit deutlich gewachsener Bauch unter dem sich spannenden Hemd ab und die ihm bis zum Hinterkopf zurückgewichenen Haare standen ihm wirr vom Kopf ab.

„Ich weiß, aber hör mir doch erst einmal zu, bevor du ein Nein von dir gibt."

„Lindsey", sagte Frank und klang so, als würde er unverstanden den Kopf schütteln. „Ich wollte nur einen Bericht über das neu eröffnende, ökologisch neutral betriebene Kinderdorf bei den McBrights. Kein Familiengeheimnis. Keine Dramen. Nichts. Nur eine ordinäre Geschichte, die uns allen vermittelt: Alles wird wieder gut, egal, was wir tun. Kinder werden gerettet, jippie. Die Umwelt wird entlastet, hurra. McBright ist glücklich, juchhu. Mehr nicht."

„Das weiß ich alles. Aber ..."

„Warum stellst du dann alles infrage, indem du von mir wissen möchtest, wie es um die Familie McBright in Wirklichkeit steht? Ich meine, hey, darum geht es mir in dem Artikel einfach nicht."

„Es ist, weil mich das eine oder andere interessiert. Das mit Emily zum Beispiel …"

„Emily?", fragte Frank wenig interessiert.

„Ja, wer war das? Warum wurde das erste Haus nach ihr benannt, das mir gezeigt wurde? Alle Häuser haben Namen aus seiner Familie. Margret. Vivien und Emily. Wer ist das? Spreche ich ihn darauf an, sagt er mir, dass weibliche Namen Muttergefühle auslösen sollen. Über eine Emily habe ich nichts gefunden." Sie seufzte. Lindsey musste zugeben, das Edward sie nicht nur vor ein Rätsel stellte.

Die vergangenen Tage mit ihm zusammen waren verwirrend und gleichzeitig schön gewesen.

Hinter der Fassade des distanzierten Geschäftsmanns verbarg sich ein feinsinniger und liebenswerter Charakter.

Lindsey musste nur daran denken, nachdem sie den Touristen getroffen hatten, wie es in Edwards Augen aufgeleuchtet hatte, als er von Kindern zu sprechen begann. Das waren keine platten Attitüden gewesen. Keine auswendig gelernten Sätze, die Wohlklang auslösen sollten.

Lindsey hatte gesehen, dass ihm das Projekt etwas bedeutete.

Edward wollte hier was bewegen.

Sie schüttelte innerlich den Kopf über die zweischneidige Klinge Edward McBright.

Da war er, stand vor ihr, lächelte, schaffte es mühelos, sie um den Finger zu wickeln, ihr ein gutes Gefühl zu geben, um nicht sagen zu müssen, ein Kribbeln im

Bauch, das sie niemals für möglich gehalten hätte nach dem Desaster mit Matthew.

Andererseits war da diese ihn umgebende Wand. Eine nicht zu erklimmende Mauer.

Weshalb sie mit deutlich hörbarem Frust in der Stimme zu Frank sagte: „Dazu das rigorose Verneinen, wenn es um seine Familie geht. Frank, ich bitte dich, ich habe eben etwas erlebt, das ich nicht beschreiben kann. Ich meine, da kann ich einen kurzen Blick in McBright Eingangshalle werfen und mir das Bild anschauen, das da an der Wand hängt, und mit ihm geht eine Veränderung vor sich, die du noch nie im Leben gesehen hast. Ich schwöre dir, an der Sache ist etwas dran.“

„Ich schwöre dir, dass ich dich von dem Projekt abziehe und Theodor zu McBright schicke, wenn du nicht aufhörst, dich in etwas hineinzusteigern.“

„Theodor?“ Lindsey riss die Augen auf. „Das machst nicht. Niemals.“

„Doch, tue ich, wenn du nicht aufhörst, Luftschlösser zu bauen.“

„Die baue ich doch gar nicht“, verteidigte sich Lindsey, die in dem kleinen Häuschen auf- und abwanderte, unentwegt ihren wie wild durcheinanderwirbelnden Gedanken hinterherjagte und versuchte, die einzelnen Enden zu fassen zu bekommen, um sie verknoten zu können.

Was ihr nicht gelang.

Ganz und gar nicht.

Sie erinnerte sich nur zu gut daran, wie sie in die Empfangshalle getreten war, einer Laune folgend.

Edward hatte es weder verhindert, noch sie mit einem für ihn typischen, schiefen Blicken bedacht, als er gemeint hatte: „Ich hole Ihnen noch etwas Infomaterial. Darin können Sie gerne lesen, wenn Sie möchten.“

Sie war hinter ihm in die Empfangshalle getreten und hatte sich in dem steril wirkenden Raum umgeschaut. Ihr Blick war an einem Bild hängen geblieben. Von jemandem mit Ölfarben gezeichnet, der es verstand, den auf der Leinwand abgebildeten Personen ihre Lebendigkeit zu bewahren.

Einem der holländischen Künstler gleich, die es damals wie kein anderer schafften, das Leben auf der Leinwand zu verewigen.

Sie musste nur an Johannes Vermeer denken. An das Bild *Brieflesendes Mädchen*, das sie in der Gemäldegalerie Alter Meister in Dresden bestaunt und bewundert hatte. Wie sie mit offenem Mund dagestanden und den inneren in ihr wachsenden Wunsch verspürt hatte, ebenfalls so filigran und leicht zeichnen zu können.

Mit solch einer Detailversessenheit, dass man meinen konnte, das betrachtete Gemälde würde leben.

Allein, wie Vermeer es geschafft hatte, die junge Frau da am offen stehenden Fenster zu malen. Wie leicht es aussah, dass ihr Blick stoisch auf den in ihren Händen liegenden Brief gerichtet war.

So, als würde sie wirklich lesen.

Als wäre das, was sie da tat, in Wirklichkeit geschehen.

Gerade in den Moment, als ihr Blick über das Gemälde der drei Generationen der McBrights gewandert war, fiel ihr ein, wie begabt viele Menschen waren. Wie sie es mit wenigen Pinselstrichen, gezogenen Linien und aufgetragenen Farben schafften, einen aus dieser Welt in eine andere zu katapultieren.

Natürlich, Lindsey liebte Literatur, genoss jedes einzelne gelesene Wort.

Aber im Inneren, in ihrem Herzen, war sie dennoch eine leidenschaftliche Malerin. Jemand, der ebenfalls eine Frau auf Leinen verewigen wollte, die in einem Zimmer mit aufgeworfenem Bett stand und einem schwungvoll roten, über das Fenster geworfenen Vorhang.

Als sie sah, dass Edward ebenso filigran gezeichnet war, der da zwischen seinem Großvater und Vater stand, war eben diese Sehnsucht in ihr erwacht wie damals in Dresden, als sie ihre Deutschlandreise mit Matthew ...

Da waren ihre Gedanken für einen kurzen Moment abgebrochen.

Von einem siedend heißen Stich mitten ins Herz gekappt.

Sie hatte nicht daran denken wollen. Nicht daran, wie sie aus dem Bus gestiegen war und staunend in dieser alten Stadt gestanden und sich nichts sehnlicher gewünscht hatte, als hier mit ihrem Freund die Zeit zu verbringen.

Durch die engen Straßen zu laufen, Hand in Hand, um sich an dem zu erfreuen, was einst von Menschenhand geschaffen worden war.

Sie schauderte, als ihr die Erinnerungen zurück in den Kopf kehrten, und sie sich selbst da in dem Hotelzimmer im Bett liegen sah.

Matthew über ihr, den Blick in ihre Augen gerichtet, mit einer Tiefe versehen, die sie damals ebenso beeindruckte wie heute noch.

Nur mit dem Unterschied, dass sie ihn heute am liebsten dafür geschlagen hätte, dass er es damals mit Leichtigkeit geschafft hatte, sie für sich zu gewinnen.

Erst als sie Edward sagen hörte: „Das sind die Unterlagen, die ich meinte", war sie aus der Vergangenheit in die Gegenwart zurückgekehrt.

„Oh ... danke", hatte sie gesagt und nach den beiden ihr gereichten Prospekten gegriffen. „Das da ist Ihr Großvater? Und der Herr, der die Hand auf Ihre Schulter legt, Ihr Vater?"

„Schatten der Vergangenheit, würde ich sagen", hatte er ihr kurz geantwortet. „In den Unterlagen finden Sie alles Nützliche, um zu verstehen, wie wir einen ökologischen Fußabdruck in unseren Wäldern hinterlassen, anstatt das Gehölz weiter unter Druck zu setzen."

„Ich weiß, wir beide kennen uns nicht. Aber darf ich fragen, weshalb Sie auf meine Fragen immer ausweichend antworten?"

„Sie haben es eben selbst gesagt", hatte Edward erwidert und Lindsey in einen Zustand peinlicher Berührtheit versetzt.

Was hatte sie sich auch gedacht?

Dass McBright ihr alles erzählte, was sie wissen wollte?

Dass er ihr sein Herz öffnete, weil sie jetzt vier Tage nett und freundlich zu ihm gewesen war?

All das schoss ihr jetzt durch den Kopf, während sie versuchte, Frank davon zu überzeugen, dass ihre Reportage mehr als eine Lobduselei auf das hier entstehende Kinderreservat werden sollte.

Frank war es, der sie erneut schockierte: „Wir machen da nichts.“

„Aber …“

„Ich habe dir zwei Wochen gegeben. Auf meine Kosten. Noch mehr Recherche und noch mehr Informationen heißen auch für mich mehr Arbeit. Lindsey“, sagte er schließlich mit leiser, nach Freundschaft klingender Stimme, „ich bitte dich, mach deine Arbeit. Nicht mehr und nicht weniger, ja? Ich habe hier echt zu kämpfen. All unsere Magazine und Zeitungen sind im Printbereich rückläufig. Ich brauche deine Story. Ohne großes Tamtam.“

Sie wusste im ersten Moment nicht, wie sie auf Franks offene Worte reagieren sollte.

„Aber er hat gesagt, dass sein Großvater verschwunden ist“, platzte es aus Lindsey heraus, die sich wieder daran erinnerte, wie sie die ihr gereichten Prospekte entgegengenommen hatte. Wie sie noch einmal ihren Blick über das da an der Wand hängende Gemälde hatte schweifen lassen und Edward gefragt hatte, wie sein Großvater hieß.

„Augustus“, war seine schmallippige Antwort gewesen. „Mein Vater Vincent. Und, ja, ich habe das Gemälde hier nur hängen, weil es Tradition in unserer Familie hat, dass zur Begrüßung unserer Geäste drei Generationen der McBrights anwesend sein sollen. Woher dieser Unfug kommt? Keine Ahnung.“

„Sie haben keine Kinder", hatte sie murmelnd gesagt und hatte sich nicht getraut, ihn auf eine mögliche Partnerin anzusprechen.

„Es wird kein weiteres McBright-Porträt geben, genau."

Das hatte sie nicht nur verwundert, es hatte sie im wahrsten Sinne des Wortes aus den Socken gehauen. Sie erinnerte sich, wie sie da in der Eingangshalle gestanden, das Bild betrachtet und in das offene, freundlich lächelnde Gesicht des kleinen Edward geschaut hatte. Dabei war ein Gefühl in ihr emporgestiegen, das sie nicht lokalisieren oder gar beschreiben konnte. Um dann, als sie den Kopf wandte und zu Edward schaute, es doch benennen konnte.

Kummer.

Sie hatte seinetwegen den unangenehmen Druck der Traurigkeit verspürt.

Weil ich mir nicht vorstellen kann, dass jemand, der so viel für Kinder tut, selbst keine haben möchte.

„Lebt Ihr Großvater noch?"

„Nein", hatte er geantwortet. „Mein Vater ... hat sich zurückgezogen. Wir stehen nicht mehr im Kontakt."

Da hatten all ihre inneren journalistischen Alarmsirenen angefangen zu jaulen und zu schrillen.

Deshalb hatte sie Frank angerufen.

Genau deshalb.

Da war etwas, was geklärt werden musste – geklärt werden wollte.

In Edward war etwas gewesen, das sie nicht genau beschreiben konnte. Eine innere Haltung, eine Abneigung, die nichts mit ihr zu tun hatte.

Sondern mit ihm.

Er wollte nicht über seine Familie reden.

Warum?

Sie sagte, als sie sich aus ihren Gedanken befreite: „Ich glaube, wir machen einen Fehler, wenn wir nicht mehr über ihn herausfinden."

„Wir oder du?", wollte Frank in seiner unverblümten Art wissen.

Lindsey schluckte.

Sie sagte nichts.

Auch dann nicht, als Frank zu ihr sagte: „Du solltest an das Wir denken ... Das Du ist noch immer verletzt."

Ihr schossen Tränen in die Augen.

***

„Sie werden heute den Tag ohne mich bestreiten müssen", sagte Edward ihr, während er sich mit einer Stoffserviette den Mundwinkel abtupfte, in dem einige Krümel seines Marmeladentoasts klebten. „Ich habe gleich noch ein Treffen mit dem Bauleiter sowie dem Innenarchitekten. Und die Elektronik will in den hinteren vier Häusern auch noch nicht so, wie ich es mir vorstelle. Deshalb ist auch der Elektriker mit seinem Team zu einer Besprechung nachher hier. Daher tut es mir leider ..."

„Das ist ja wie bei Dracula", kam es aus Lindsey heraus, die noch immer verwundert darüber war, dass sie mit Edward gemeinsam frühstückte. „Erst am Abend kommen Sie zurück, um mehr über London zu erfahren und wie die Menschen dort leben."

„Nur dass ich nichts über London wissen will und ich Sie und nicht Sie mich über Dinge informieren."

Lindsey schwieg.

Mit solch einer Antwort hatte sie nicht gerechnet.

Sie hatte sich ihrer eigenen Leichtigkeit wieder hingegeben. Hatte sich – um ehrlich zu sein – darüber gefreut, dass Edward heute Morgen bei ihr an der Tür geklopft und sie mit einer steif wirkenden Frage behelligt hatte, die implizierte, ob sie nicht gemeinsam essen wollten.

Nur um dann zu merken, dass er wieder auf Distanz zu ihr ging. Dass er ein Gespräch gar nicht aufkommen lassen wollte.

Warum war er dann hierhergekommen?

Wieso saß er ihr gegenüber, tupfte sich den Mundwinkel ab und erklärte ihr, dass er sie den Tag über nicht sehen würde?

Aus Höflichkeit?

Weil er meinte, dass man so mit einem Gast umzugehen hatte?

Lindsey versuchte, in dem maskenhaften Gesicht ihres Gastgebers zu lesen, und wollte nicht schnippisch klingen, als sie antwortete: „Sie mögen Bram Stocker nicht.“

„Ich liebe ihn“, entgegnete Edward. „Ich mag es nur nicht, wenn literarische Kontexte falsch gezogen werden. Sie haben noch Fragen zu meinem Projekt?“

„Die kommen sicherlich im Laufe des Tages.“

„Ann wird Ihnen an meiner statt Rede und Antwort stehen.“

Es war keine Frage, sondern eine Feststellung. Ein Befehl.

„Ann Goldsmith treffe ich erst morgen“, entgegnete sie knapp.

„Ah", machte Edward. „Dann hoffe ich, dass Sie alles erfahren, was erfahrenswert ist. Und heute haben Sie was vor?"

„Weitere Informationen sammeln. Etwas über die Gegend recherchieren und vielleicht das ein oder andere Gespräch führen. Mal sehen."

„Gespräch führen?"

Sie nickte, sagte dann: „Mich interessiert, was die Menschen über Edward McBright zu sagen haben."

Er lächelte bemüht. Lindsey konnte sehen, dass es ihm nicht gefiel, was sie sagte.

„Dass sie ihn nicht mögen", entgegnete er leise.

„Ist das so?"

„Es wird so sein." Er erhob sich, nahm sein Gedeck mit und fragte, als er auf Lindseys noch halb gefüllte Müslischüssel deutete: „Sie essen noch?"

„Satt."

„Fein." Er griff nach der bunt bedruckten Porzellanschüssel und nahm sie mit aus dem Haus hinaus, um sich dann mit einem „Schönen Tag" zu verabschieden.

Werde ich haben, dachte sie. Um sich dann über die Bitte Franks ebenso hinwegzusetzen wie über ihre eigene gezogene Linie, dem Wunsch ihres Redakteurs zu entsprechen.

Sie *musste* mehr über Edward McBright erfahren.

So griff sie nach ihrer Laptoptasche und zog den silbern glänzenden, mit einigen Aufklebern beklebten Laptop hervor und klappte ihn auf.

Die Verbindung zum Netz war sofort hergestellt.

Sie gab in die Suchleiste ihrer Suchmaschine ein: *Edward McBright …*

***

Brutus Light war ein freundlicher Mann.

Das hatte Lindsey in den Rezensionen gelesen, die sie bei Google gefunden hatte, nachdem ihre Recherchen über Edward im Netz ins Nirwana gelaufen war. Enttäuscht darüber, keinen Erfolg gehabt zu haben, hatte sie beschlossen, hinunter in den Ort zu fahren. Hin zu einem Ort, wo sie meinte, Informationen sammeln zu können.

Was sie zu Brutus Light führte.

Zu jemandem, der gern redete. Der laut lachte und unentwegt darauf bedacht war, dass es seinen Gästen an nichts mangelte. Nachdem sie ihre Apfelschorle leer getrunken hatte, sie ihn freundlich anlächelte, kam er zu ihr und wollte wissen, ob sie noch etwas wollte.

Sie verneinte, sagte: „Nur was wissen."

„Der Gast ist König", sagte er und beugte sich mit seinem massigen Körper vor. Die grauen Haare auf seinem mit Leberflecken übersäten Kopf waren nur noch spärlich vorhanden. „Meine Antwort kennen Sie doch schon", sagte er plötzlich und überraschte Lindsey.

„Ihre Antwort?", fragte sie.

Er lächelte wissend. „Ich werde nichts Schlechtes über Edward oder seine Familie sagen."

„Ich wollte nicht, dass …"

Er winkte ab. „Sie sind die junge Frau, die oben bei Edward lebt, habe ich erfahren und ich weiß, dass Sie Journalistin sind. Daher: Nein, ich werde nichts Schlechtes über Edward sagen. Er ist ein guter Junge. Er kann nichts für die Vergangenheit."

„Das heißt was?" Lindsey legte den Kopf schief. Sie hatte gelesen, dass Brutus Light die beliebteste Gastwirtschaft führte. Hier gab es, so hieß es, das beste Essen, die besten Getränke und den nettesten Service.

Natürlich hatte sie vorgehabt, mit dem Gastwirt zu sprechen.

Wie er ihr zuvorkam, irritierte und überraschte sie.

„Dass Edward ein guter Junge ist. Wirklich."

„Was ich Ihnen ja glaube."

„Dann glauben Sie mir bitte auch, dass ich inständig hoffe, dass Edward wieder glücklich wird."

„Wieder?"

Brutus nickte, während er das vor ihm stehende Glas von links nach rechts schob und Lindsey aus seinen dunklen, fast schwarzen Augen anstarrte, als wollte er ihr Gewissen erreichen. „Tun Sie ihm nicht weh, das ist mein einziger Wunsch. Er hat es verdient, glücklich zu sein."

„Ich verstehe nicht, was Sie meinen."

Was ehrlich gemeint war.

Der ihr zugeworfene Blick hatte etwas, das sie nicht begriff. Er sprach sie auf mehreren Ebenen an. Ebenen, die sie unter Verschluss gehalten lassen wollte.

Weshalb sie noch einmal nachdrücklich sagte: „Ich weiß nicht, was Sie meinen."

„Dann ist gut. Die Sache mit Emily war schwer genug für ihn."

„Schwer genug?"

Brutus winkte ab, schlug sich dann gegen die Stirn. „Alter, geschwätziger Greis", polterte er und erinnerte Lindsey für einen kurzen Moment an den Wirt des *Tänzelnden Ponys* aus *Der Herr der Ringe*. Ebenso verwirrt, ebenso redselig, mit dem Wunsch beseelt, den falschen Menschen nicht die falschen Informationen zu geben.

„Ich sage da nichts weiter zu. Nur, dass es Edward nicht gutging, als sie verschwunden ist. Es hat ihn getroffen. Daher ...“ Er richtete den Finger auf Lindsey. „... niemandem wehtun, egal, wer er ist. Und, ja, ich bin einer, der nicht alles verloren hat. Ob ich deshalb so positiv über ihn rede?“ Brutus zuckte mit den Schultern. „Keine Ahnung. Ich weiß nur, dass ich ihn mag. Ich will nicht, dass er es noch schwerer hat als sowieso schon. Daher, sagen Sie Ihren Kollegen und merken Sie sich: Nein, ich werde kein Interview geben. Und, nein, ich werde niemals sagen, dass Edward ein böser Mensch ist.“

Lindsey legte die Stirn in Falten, fragte dann: „Kollegen?“

Brutus winkte ab. Schließlich fragte er: „Wollen Sie noch was trinken?“

***

„Es gibt keine Zufälle, nur Bestimmungen“, hatte Lindseys Vater immer gesagt, wenn etwas passierte, das seine kleine Tochter sich nicht vorstellen konnte. So wie damals, als sie am Spielplatz mit ihm gestanden und geweint hatte, weil kein anderes Kind hier war, das sie kannte.

Ihre beste Kindergartenfreundin war um die Ecke gebogen gekommen, mit ihrer im kalten Londoner Wind wippenden Pudelmütze auf dem Kopf, hatte sie mit lauter Kinderstimme gerufen: „Was für ein Zufall!“ Und ihr Papa hatte ihr, später, während sie neben ihm hopste, erklärt, dass es keine Zufälle gäbe. Nur die Bestimmung dessen, was man selbst in die Hand nahm.

Ihr Papa hatte nicht gewusst, was er mit seinen Worten in seiner kleinen Tochter anrichtete. Die jedes seiner Worte wie ein Schwamm aufsog, die alles verinnerlichte und es mit einem ihr bis heute typischen inneren, skeptischen Blick betrachtete. Die sich beim besten Willen nicht vorstellen konnte, dass es keine Zufälle, keine höhere Macht gab.

Wie erklärte man sich dann Dinge, die einfach passierten?

So wie die Begegnung mit Edward McBright zum Beispiel, als sie am Nachmittag hinunter zum See gegangen war und sich an den sich ihr bietenden Anblick verlieben konnte. Der ihr so gut gefiel, dass sie ihn unbedingt auf Papier bannen wollte.

Weshalb sie ihren Malblock ebenso dabei hatte wie die fünf Bleistifte mit unterschiedlichen Härtegraden.

Sie musste diesen Moment festhalten.

Musste in späteren Tagen noch einmal auf die von ihr gemachte Zeichnung schauen und sich an der malerischen Schönheit dieses Ortes erfreuen. Sich in ihm verlieren. Dasitzen und mit den Fingerspitzen die gezeichneten Linien nachziehen und sich daran erinnern, wie es hier an diesem Platz gewesen war.

Wie sehr sie den Anblick liebte.

Ihn in sich aufnahm.

Wobei sie sich in ihre eigenen Gedankenwelten zurückziehen konnte. An jene Augenblicke zum Beispiel, als sie mit Brutus sprach und sich ein weiteres, inneres Kapitel in ihr auftat und sie denken ließ: *Ich muss die*

Dabei erinnerte sie sich an den Anblick, der sich ihr jetzt gerade bot.

Daran, wie in der Ferne eine der vielen Fähren und Ausflugsboote zu sehen waren, während sie die kleinen Dörfer, Siedlungen und Ausläufer von Städten erkennen konnte, die in die malerische Landschaft gewachsen waren.

Hier, wo der Wind leicht auffrischte, er den Geruch nach Gräsern, Laub und Wald mit sich brachte, konnte sie sich vorstellen zu leben.

Was ihr bisher nicht einmal in den Sinn gekommen war.

Sie war Londonerin. Durch und durch.

Sie war der festen Überzeugung, dass sie dieses Pulsieren, das Beben, das unermüdliche Leben der Großstadt brauchte.

Sie musste nur an China Town denken, an die Restaurants, die sich dicht an dicht durch die Straßen drängenden unzähligen Touristenströme. Allein dann stieg in ihr ein Gefühl puren, echt empfundenen Glücks auf.

Sie liebte es, wenn sie Menschen entgegenkam, sie sich an ihnen vorbeizwängen musste, sie spürte dann stets, dass der eine in Hektik war, während der andere da stand und die im Wind baumelnden und schwankenden über die Straße hängenden Lampions bewunderte.

Die Gerüche, die aus den unterschiedlichsten asiatischen Küchen drangen, hatten für Lindsey immer etwas Befreiendes, etwas Lebendiges gehabt.

Dann, wenn man auf den Disney Store zukam, war sie wieder das kleine, an der Hand ihres Vaters herhüpfende Mädchen, das ganz fest daran glaubte, dass es das pure Glück gab, gestärkt durch Zufälle.

So wie jetzt.

Wo sie mit vor der Brust verschränkten Armen am Ufer des Sees stand und hinaus in die Ferne schaute. Dorthin, wo sie sich ausmalte, wie es sein könnte, morgens in der Stille der Natur zu erwachen.

Es fühlte sich verrückt an, nicht richtig; im ersten Moment. Um dann, als sie tief in sich hineinlauschte, sie ihre Trauer, ihre Wut, ihre Verletztheit über Matthew wegwischte, dieses verlangende Wispern nach Ruhe zu hören. Ähnlich dem Gefühl, das sie damals schon in sich hatte aufsteigen spüren, während sie über die Autobahn gefahren war, um hierherzukommen.

Konnte es Bestimmung sein?

Nein, Zufall.

Ohne Matthew wäre sie nicht hierhergekommen. Hätte dem von Frank angebotenen Artikel nicht zugesagt.

Sie wäre weiter durch das pulsierende London getaumelt, immer darauf aus, den in ihr brennenden Schmerzen irgendwie mit Theater, Kino, Treffen mit einer Freundin, einer langen durchtanzten Nacht zum Schweigen zu bringen.

All ihre Gedanken beiseite wischen, die ihr irgendwie unangenehm sein konnten.

Aber jetzt, wo sie hier stand, ihre Gedanken kreisten, sie sich über das im Klaren zu werden versuchte, was sie über Edward versucht hatte herauszufinden, kamen die Ideen an einen Neuanfang.

An ein Leben, das so viel mehr für sie bereithalten konnte, als stundenlang lauter Musik zu lauschen, Alkohol zu trinken und sich über nichts und niemanden klar zu werden.

Sie schluckte, während sie begriff, dass es Zufall war, dass Edward gerade jetzt, in einem ihrer verletzlichsten Momente, auf sie zukam. Dass er gerade in diesem Augenblick ebenfalls hier herunterkam, das Gesicht düster verschlossen, die Stirn in Falten gelegt. Den Anblick eines lebendig gewordenen Porträts bot.

Eines, das sie malen wollte. Malen musste.

Sie lächelte, nachdem sie sich von dem sich ihr bietenden Anblick gelöst hatte und den in düsterer Stimmung versunkenen Edward betrachtete.

Lindsey hob den Malblock, zog die ersten, schwungvollen Linien seines lockigen Haars und rief, als er die Hände in die Hosentaschen seines Anzugs vergrub: „So stehen bleiben, bitte. Genau so. Nicht weiter bewegen.“

Edward legte die Stirn tiefer in Falten.

Sie konnte sehen, dass er nicht erfreut darüber war, das zu tun, was sie verlangte.

Oder mir begegnet, meldete sich ein unangenehm klingender, *ihr* wehtuender Gedanke, den sie ebenso schnell zum Schweigen brachte, wie sie das stechende Gefühl ignorierte, das ihr mitten ins Herz fuhr.

„Nein, nein“, sagte sie und lachte dabei. „Du sollst stehen bleiben.“

Edward seufzte.

„Bitte?“, fragte sie mit einer hochgezogenen Augenbraue, einem kecken Lächeln im Mundwinkel.

Er verdrehte die Augen, blieb aber zu ihrer Verwunderung stehen. Er verzog die Lippen, betrachtete sie aus zu Schlitzen verengten Augen und ließ eine niedliche Faltenwulst auf seiner Nase entstehen.

Obwohl alles in ihm auf Ablehnung gestellt zu sein schien, meinte Lindsey dennoch, etwas in seinem Gesicht zu erkennen, das sie an Belustigung, wenn nicht sogar Heiterkeit erinnerte.

Sie musste an Barrys Geschichte *Peter Pan* denken. Daran, wie er Mrs Darling beschrieb. Wie sie da stand, ein Lächeln im Mundwinkel, in dem ein Küsschen versteckt war.

So wirkte Edwards Art auf sie.

Lindsey wusste nicht genau, woran sie es ausmachte.

Aber in dem Moment, während ihr ein erster, klarer Gedanke kam, der ihr zuwisperte, dass sich in Edward etwas verändert habe, sie ihm spielerisch zurief, sich nicht zu bewegen, war sie sich sicher gewesen.

Edward trug ein Lächeln im Mundwinkel.

Eines, das erobert werden wollte.

Lindsey, von einer plötzlichen Unsicherheit ergriffen, sagte noch einmal, diesmal heiser, leise: „Nicht bewegen." Und setzte erneut den Bleistift auf das Papier.

Sie zog weitere Linien.

Sah jetzt schon, dass ihr das Bild gelingen würde. Besonders in dem Augenblick, als sie die Kontur seines Kinns ansatzweise zeichnete und die in Falten gelegte Stirn mit Schatten ausmalte.

Besonders aber faszinierten sie seine Augen.

Diese immer skeptischen Blicke, die er zur Schau trug und hinter denen etwas anderes zu liegen schien.

Etwas ... Sie kam erst nicht auf das Wort, wollte es Eroberung nennen, um sich dann umzuentscheiden und zu denken: *Das entdeckt werden will.*

„So", sagte sie, um sich selbst aus ihren Gedanken zu lösen, ihr Blick von dem Bild zu nehmen, sich wieder zu ordnen. Sie hatte begriffen, als ihr Finger den Bleistiftstrich verwischte, dem Gesicht Edwards dadurch einen vernebelten Ausdruck verlieh, dass sie dabei war, sich in ihn zu verlieben.

Was albern klang, das wusste sie.

Aber als ihre Finger über die Konturen wischten, sie sah, wie Edward sie aus dem Bild heraus fragend anschaute, war sie innerlich unruhig geworden.

Ihre Gedanken hatten einen merkwürdigen, sie irritierenden Klang angenommen und ihr Herz in einem ihr nicht mehr bekannten Rhythmus geklopft.

Selbst die sie sonst immer an Matthew erinnernden Gedanken, wenn ihr Gutes widerfuhr, waren nicht aufgeklungen. Sie hatten sich, wie es schien, zurückgezogen, in eine dunkle Ecke ihres Herzens, um den Gefühlen Platz machen zu können, die wie ein zum Rennen bereitstehendes, auf den Startschuss wartendes Pferd.

„Darf ich?", fragte Edward sie und blieb vor ihr stehen, wartend.

„J...ja", sagte sie, nickte schließlich und fuhr sich mit der Hand durch die Haare. „Natürlich. Sollte auch gar nicht so lange ..." Sie konnte ihren Satz nicht beenden.

Sie sah, wie Edward sich anspannte, hörte dann im selben Moment den klagenden, weinenden Ruf eines Kindes.

„Mein Ball. Mein Ball. Mami, mein Ball!"

Sie drehte den Kopf und entdeckte die hilflos am Ufer des Sees stehende Mutter. Die Hände vom Körper abgespreizt, machte sie mit den Schultern eine zuckende Bewegung und ging dann vor ihrem Kind in die Knie.

Lindseys Blicke glitten über das seicht wellig aufgeworfene Wasser. Konnte erst nicht ausmachen, weshalb der Junge weinte, wieso er so verzweifelt war.

Um dann das Übel zu erkennen.

Den auf dem Wasser hinaustreibenden, in den Farben des Regenbogens schillernden Ball.

Sie streckte die Hand aus, zeigte hinaus in die Weite und sagte unnützerweise: „Da!"

Edward hatte längst reagiert.

Zu Lindseys Überraschung war er an ihr vorbeigelaufen, hatte gleich zum Sprint angesetzt und rannte direkt in den See hinein, das Wasser links und rechts um sich herum aufspritzend.

Sogar als er bis zu den Hüften im Wasser stand, konnte er den Ball nicht greifen, obwohl er mit dem Finger die glatte, nasse Außenhaut berührte.

Der Ball drehte sich um sich selbst, trieb weiter hinaus auf den See.

Edward warf sich ins Wasser.

Komplett.

Ohne mit der Wimper zu zucken.

Er schwamm kraulend auf den See hinaus, Lindsey sah es mit vor Staunen offen stehendem Mund.

Wegen eines Balls?

War er denn verrückt?

Hatte er den Verstand verloren?

Lindsey legte das Papier beiseite, platzierte den Bleistift auf dem Block und ging zu einem am Steg befestigten Ruderboot.

Lindsey kletterte über die Reling des in Rot gehaltenen Bootes.

Sie nahm Platz.

Griff die Riemen, stieß sich von der Stegkante ab und tauchte die Ruder in die dunklen Wasser des Sees.

Sie musste sich erst koordinieren, musste sich auf das Rudern einstellen, um ein Gefühl für das Boot zu bekommen; für die Richtung, die es einschlug, wenn sie die Ruder ins Wasser stach.

Sie kam schnell voran und erreichte den im Wasser treibenden Edward. Fragte ihn, als sie ihm das Ruder hinhielt, damit er sich daran festhalten konnte: „Hättest du auch von selbst drauf kommen können, oder?"

***

Lindsey blinzelte verwundert.

Sie hatte mit allem gerechnet, als sie mit dem vor Nässe triefenden Edward durch die Tür seines Anwesens getreten war.

Mit einer Haushälterin, die erschrocken die Hand vor den Mund nahm, fragte, ob sie irgendwie helfen konnte.

Einen Hausangestellten, der in seinem Tun innehielt und ihr anbot, Edward zu stützen, damit sie sich ihrer eigenen durch Edward durchnässter Kleidung entledigen konnte.

Irgendetwas, das normal erschien.

Aber nicht mit dem, was ihr jetzt widerfuhr.

Vor ihr war ein breitschultriger, in einen schwarzen Anzug gekleideter Mann aufgetaucht. Ein Tablet in der Hand, den Blick auf das Display gerichtet. Dabei hatte dieser automatisch zu reden begonnen, anstatt aufzuschauen: „Das Sicherheitsupdate, Mister McBright, ist damit abgeschlossen. Die Schwierigkeiten mit dem

94

nächtlichen Update sind dabei, behoben zu werden. Nur noch wenige Tage und das Anwesen sollte komplett überwacht werden. Miss Goldsmith ist ebenfalls über die noch vorhandene Fehlerkette informiert worden.“

Erst, als er den Blick hob, sah er, dass McBright, triefend vor Wasser, von Lindsey begleitet, in misslichen Umständen war.

„Mister McBright“, sagte der Mann mit finsterem Gesichtsausdruck. „Was ist geschehen?“

Lindsey Verwunderung darüber, den kahlgeschorenen Mann zu sehen, hatte in ihr etwas wachgerufen, das sie nicht geglaubt hatte, in diesem Ausmaße zu besitzen.

Beschützerinstinkt.

Sie umfasste Edward fester, kniff die Augen zusammen, dass sie nur noch Schlitze waren.

„Mister Turner, darf ich Ihnen Miss Hamilton vorstellen?“, sagte Edward mit vor Kälte zitternder Stimme und war dann, weiter schlürfenden Schritts eine Wasserbahn hinter sich herziehend, Richtung hinterster Tür gegangen, die tiefer ins Anwesen führte.

„Miss Hamilton“, begrüßte der hochgewachsene Mann sie. „Sicherheitschef.“

„Sicherheitschef?“

„Auftrag Sicherung des Anwesens“, meinte Turner und schaute zu Edward.

„Sch... sch... schon gut. Ich ... ich ... bi... bi... bin nur ins Wasser gefallen. Über alle wichtigen Informationen und Updates können Sie mich zu einem späteren Zeitpunkt informieren.“

Lindsey legte ihre Hand auf Edwards Rücken, lotste ihn Richtung Tür.

„Ich werde alles veranlassen", setzte Turner an, und wurde von Edward unterbrochen.

„Schon gut. Kümmern Sie sich weiter um das Update und die Sicherheit des Anwesens. Miss Hamilton und ich bekommen das schon hin."

Er schaute Lindsey an.

Kurz. Intensiv. Durchdringend.

Sie schluckte und merkte nicht zum ersten Mal, sie mochte es, von ihm genauso angeschaut zu werden.

***

Lindsey musste sich im wahrsten Sinne des Wortes auf die Lippen beißen, um nicht einen spöttisch klingenden Spruch in Richtung vor dem Kamin sitzenden Edward zu feuern. Der da saß, die Decke um die Schultern geworfen, zitterte und einen Blick zur Schau trug, der sie an ihren Hund aus der Vergangenheit erinnerte, der auch immer so geschaut hatte. Immer dann, wenn er etwas getan und erst im Nachhinein begriffen hatte, dass sein Handeln Reaktionen hervorrief.

Was Lindsey aber am meisten beschäftigte, vor ihrem Spruch und die Erinnerung an ihren Hund von damals, war die Tatsache, dass sie merkte, wie ihr Herz anfing, in Flammen zu stehen.

Sie fand den Vergleich selbst albern. Wusste, dass sie allein durch ihr journalistisches Tun viele andere, schönere Beschreibungen kannte. Aber in dem Moment, als sie in das Haus gekommen war, hatte sie begriffen, dass

Edward ihr nicht die ganze Wahrheit gesagt hatte, was die hier ab und zu auftauchenden Personen betraf.

Obwohl Edward herunterspielte, was er getan hatte, fühlte sich Lindsey verpflichtet, bei ihm zu bleiben. Ihn zu begleiten und dafür Sorge zu tragen, dass ihm nichts Schlimmes passierte.

Weil ich gesehen habe, wie er sich selbstlos ins Wasser geworfen hat, um den auf dem See dahintreibenden Ball zu retten? Damit er verhinderte, dass der da am Ufer stehende Junge in Tränen ausbrach?

Sie war ehrlich zu sich selbst.

Lindsey wusste es nicht.

Als sie sich ins Ruderboot gesetzt, sie die Ruder das erste Mal ins Wasser gestochen hatte, war sie noch erheitert gewesen. Ein wenig spöttisch.

Nur um dann, als sie Edward ins Boot zog, zu sehen, wie seine Lippen blau wurden, er am ganzen Leib zu zittern begann, und zu merken, dass da etwas anderes in ihr in Gang geraten war.

Ob es die einzelnen Wassertropfen waren, die ihm aus den Haaren über die Stirn hin zur Nasenspitze liefen, die dann auf seine Lippen tropfen, wusste sie nicht genau zu sagen.

Es war auch etwas in seinem Blick gewesen.

Dieses von unten nach oben gerichtete sie Betrachten; so, als könne er selbst nicht glauben, was er sah. Als wäre es ihm nicht möglich zu verstehen, dass er von Lindsey gerettet worden war.

Sie merkte, dass auch in Edward etwas in Bewegung geraten war.

Eine unmerkliche, kaum wahrnehmbare Spannung, die sie jetzt noch, da sie neben ihm am Kamin stand, zu spüren glaubte. Die sie unter Strom zu setzen drohte. So wie damals, als sie das erste Mal mit ihrem großen Schulschwarm allein auf dem Spielplatz gewesen war. Sie sich im Sonnenschein in dem Kletterhaus gegenübersaßen, sich anschauten und es der Moment war, der zu ihrem ersten Kuss führte.

Lindsey seufzte innerlich, während sie an genau diesen Moment dachte.

Als sie an den Geruch ihres Freundes dachte, daran, wie es war, das erste Mal die Augen zu schließen, die Lippen zu spitzen, und wie er ihr nahekam.

Ihr Herz hatte damals ebenso laut und wild geklopft wie in dem Moment, nachdem sie Edward über die Kante ihres Ruderboots gezogen hatte.

Sie hätte ihn am liebsten geküsst.

Was ihr Verlangen noch mehr entfachte, war die Tatsache, dass er, als er vor Wasser triefend, am ganzen Körper zitternd, den Ball unter seinem nassglänzenden Jackett hervorzog und ihr auf ihre Frage antwortete: „Gerettet ist gerettet."

Sie musste lächeln.

Im Boot wie auch jetzt.

„Soll ich dir nicht doch einen Tee holen?", wollte Lindsey jetzt wissen. „Damit du dich etwas aufwärmen kannst."

Edward zog die Decke fester um seinen Körper. Er schüttelte zitternd den Kopf. „Alles gut."

„Das sehe ich!", meinte Lindsey. „Ich hole dir was. Keine Widerworte." Sie hob den Zeigefinger, als Edward zum Widerspruch ansetzte. „Ich hole dir jetzt was zu trinken. Was Warmes."

Sie erhob und straffte sich. Lindsey sah wie der Zipfel der Decke über die Schulter zu rutschen drohte. Sie griff danach und erschrak, weil Edward dasselbe tat. Dass er ebenso wie sie nach dem Stück Stoff fasste und dann innehielt, als sich ihre Hände für einen kurzen Moment berührten.

Sie hielt ebenfalls inne.

Erst war sie ein wenig enttäuscht, als sie seine Hand auf der ihren liegen fühlte.

Enttäuscht deshalb, weil sie ernsthaft damit gerechnet hatte, dass etwas mit ihr geschehen würde. Ein Zucken vielleicht. Das erschrockene Aufreißen der Augen. Das Gefühl von tausend Nadeln auf der Haut.

Nichts.

Überhaupt nichts.

Nur das ungläubige gegenseitige Anstarren, das ihr schon unangenehm wurde.

„Entschuldige", flüsterte sie, nahm die Hand zurück und hatte dann das Gefühl, mit voller Wucht einen Schlag gegen den Kopf zu bekommen.

Sie spürte, wie alles in ihr zu beben begann. Wie ihre Knie weich wurden, alles in ihr zitterte.

Sie schaffte es nicht, ihren Blick von den sich immer weiter von Edwards Hand entfernenden Finger zu nehmen. Erst als das Zittern aus den Knien zu ihren Händen wanderte, ihr ganzer Körper bebte, musste sie sich eingestehen, sich geirrt zu haben.

Ihre Reaktion war nicht die typische, die erwartete.

Es öffnete sich etwas in ihr.

Intensiver. Voller Emotionen. Als sie zu zittern begann, schoss es heiß durch ihren Magen und entflammte – was stimmte – ihr Herz.

Sie schluckte, während sie einen Schritt zurückmachte.

Lindsey blinzelte, vernahm Edwards heiser klingende, zurückhaltende Stimme. Sie dachte, ohnmächtig werden zu müssen, als sie ihn sagen hörte: „Von dir lasse ich mir gerne die Decke zurechtrücken.“

***

Lindsey war am Abend schon, nachdem sie Edward verlassen hatte, mit einem mulmigen, merkwürdigen Gefühl eines schlechten Gewissens zur Hütte zurückgekehrt. Unentwegt waren ihr die Gedanken durch den Kopf gewabert, einer zerfasernden Wolke gleich, ohne dass sie diese in irgendeiner Art und Weise in die gewünschte Richtung lenken konnte.

Dabei hätte sie sich nichts sehnlicher gewünscht, als das in ihr ausgebrochene Gefühlschaos endlich unter Kontrolle zu bekommen.

Alles hätte sie dafür gegeben, um sich selbst sagen zu hören: „Jetzt weiß ich, was ich will.“

Was sie nicht tat.

Nicht eine Sekunde.

Zwischen all ihren wilden, beflügelten Gedanken war einer in ihr emporgestiegen, den sie nicht kontrollieren konnte. Obwohl sie alle ihr zur Verfügung stehenden Kräfte mobilisiert hatte, war sie nicht dazu in der Lage gewesen, ihn zu ignorieren.

Sie hatte es versucht. Das unangenehme Gefühl im Magen, das sich vermischte mit den tausenden von Schmetterlingen, die wie wild in ihr herumflogen, hatte sie nicht mehr ignorieren können.

100

Während sie dachte, ihre Hand würde in Flammen stehen, als Edward die ihre berührt hatte, war da noch etwas anderes gewesen.

Ein kurzer, intensiver Impuls, der ihre Hand zurückzucken lassen wollte.

Der zur gleichen Zeit mit dem in ihr aufsteigenden Gedanken gekommen war.

Du spielst nicht ehrlich, hatte sie sich selbst denken hören. Und war über sich selbst erschrocken.

Lindsey hatte das nicht gewollt.

Ganz gewiss nicht.

Denn das Gefühl, das sie hatte, während sie Edward betrachtete, wie er da saß, zitternd unter seiner Decke, war ehrlich gewesen. Echt. Von solcher Intensität, wie Lindsey sie noch nie zuvor in ihrem Leben gespürt hatte.

Ebenso das negative, böse Gefühl.

Sie war verloren gewesen.

Zwischen den Fronten aufgerieben.

Sie erinnerte sich an das mit der hiesigen Redaktion geführte Telefonat. Damit, dass die Assistentin von Alice meinte, dass die Chefin zurzeit nicht zu sprechen sei.

Und an das Gespräch mit Brutus Light. Daran, dass sie in Dreck gewühlt hatte.

Sie rieb sich auf.

Einerseits wegen ihrer Arbeit, andererseits wegen ihres noch immer von Kummer erfüllten Herzes, das sich nichts sehnlicher wünschte, als geliebt zu werden und, was am allerwichtigsten war, Liebe zu schenken.

Auch jetzt fühlte sie sich elend.

Am nächsten Morgen.

Weil sie dabei war, da weiterzumachen, wo sie gestern Vormittag aufgehört hatte.

Informationen sammeln.

Lindsey schluckte, während sie ihren Mini in eine kleine Parkbucht lenkte und sich wünschte, nicht hierhergekommen zu sein. Nicht dem Drang zu folgen, mehr über das herauszufinden, was sie meinte, verfolgen zu müssen.

Edwards Vergangenheit.

Aber ebenso wie ihr Hochgefühl aus Verliebtsein, Verwirrung und die Hoffnung auf Glück hatte sich auch ihr Arbeitseifer in ihr gemeldet. Unnachgiebig. Zielgerichtet. Wissend.

Denn als sie mit Edward geredet hatte, ihn angestarrt hatte, begriffen hatte, dass sie mehr für ihn zu empfinden glaubte als anfangs angenommen, hatte ein Gedanke in ihr seine Kreise drehen begonnen.

Ein Gedanke, der sie fragen ließ: *Wer ist Augustus McBright? Wer Margret?*

Wieso ist Vincent verschwunden?

Gibt es Informationen über Edwards Mutter?

Was sich ebenso noch in ihr bewegte, wie zwei Murmeln in einem Glas klirrend aneinanderschlug, war die Frage nach Emily.

Jene junge, einmal an Edwards Seite stehende Frau.

Ich mache das nur, um für mich Klarheit zu bekommen, raunte sie sich selbst innerlich zu, um das Gefühl eines schlechten Gewissens besser unter Kontrolle zu bekommen. Nur kurz im städtischen Archiv auf Recherche gehen und hoffen, dass ich verstehe, weshalb Edward so sehr darum bemüht ist, seine Familiengeschichte aus allem herauszuhalten.

Als wollte er verhindern, dass seine jetzigen Taten mit denen aus der Vergangenheit in Verbindung gebracht werden.

Lindsey hatte den Gedanken erst keine Aufmerksamkeit schenken wollen. Nur um sie jetzt weiter zu verfolgen. Besonders deshalb, weil sie sich auf alle weiteren Eventualitäten vorbereiten wollte, mit denen sie noch konfrontiert werden könnte.

Sie schloss die Augen, während sie sich abschnallte. Sie versuchte, die unangenehme Schwere in ihrer Brust zu ignorieren, öffnete die Tür ihres Wagens, schwang die Beine hinaus und erhob sich federleicht.

Nachdem sie die Tür zuschlagen hatte, sich nach der Möglichkeit umschaute, ein Ticket zu ziehen, meinte sie erst, sich geirrt zu haben.

Als wäre ihr ein Geist in der Art Charles Dickens begegnet.

Einem Nebelhauch gleich, von dem man wusste, dass er nicht zu dieser Welt gehörte.

Dann aber begriff sie, dass ihre Augen ihr keinen Streich spielten. Dass da wirklich die rundliche Gestalt geradewegs auf sie zukam, die sie schon kannte.

Sie lächelte, dachte: *Was für ein Zufall,* und wollte sich nicht weiter darum kümmern, stockte aber.

Der Mann, dem sie mit Edward unten am Fluss begegnet war, hatte die Hand gehoben und winkte ihr zu.

Sie schaute sich verwundert um.

Erst dachte sie, dass er vielleicht einen Freund oder eine Freundin hinter ihr gesehen habe und auf sich aufmerksam machen wollte. Nur um dann zu merken, dass dort niemand zu sehen war.

Die Straße war leer.

Nur Lindsey und der fremde Mann waren hier.

Aus reiner Vorsicht hob sie die Hand, deutete auf sich und kniff die Augen skeptisch zusammen.

Der Mann nickte.

Freundlich lächelnd kam er auf sie zu und löste in Lindsey wieder das Gefühl merkwürdiger Beklommenheit aus. Ein Gefühl, das sie zur Vorsicht mahnte.

Was sie begriff, war, dass der Mann da vor ihr zwar lächelte, dennoch aber auf der Lauer zu liegen schien. Einem herumstreifenden Raubtier gleich, das gelassen um eine Wasserstelle trabte und den Anschein erwecken wollte, als könnte es keinen Grashalm umknicken.

„Zufälle gibt es", sagte er. „Ich bin ehrlich. Ich hätte nicht gedacht, dass ich Sie noch einmal wiedersehen würde."

„Der Ort ist ja nicht so groß", ließ sie leise verlauten und betrachtete den bärtigen Mann, der in seinem weiten Mantel aussah wie ein Fass.

„Schon richtig. Aber ich hatte angenommen, dass Sie mit McBright oben am Haus leben würden. Wie ich in meinem Reiseführer gelesen habe, sind die McBrights nur selten hier unten anzutreffen."

„Ich bin ja kein McBright."

Der Mann legte den Kopf schief, grinste und deutete mit einem auf und ab wippenden Zeigefinger auf sie. „Gute Antwort."

„Ich habe noch zu arbeiten und muss mich beeilen." Lindsey fühlte sich immer unwohler und ahnte, dass sie den Mann nicht so schnell wie gehofft loswerden würde.

Er hatte etwas Klebendes an sich.

Etwas, das es Lindsey unmöglich machte, ihn einfach abzuschütteln.

„Im städtischen Archiv?", fragte er sie geradeheraus und deutete auf das vor ihnen stehende, altertümliche Gebäude, dessen Eingang aus breiten, hochangesetzten Stufen bestand, während das Vordach von einfachen Säulen gehalten wurde.

„Kann ich irgendetwas für Sie tun?", fragte Lindsey, ohne auf die Frage des Mannes einzugehen.

„Ich will Sie nicht lange stören", sagte er und sah so aus, als wollte er ihr freundschaftlich die Hand auf die Schulter legen.

Lindsey machte instinktiv einen Schritt zurück. Fühlte sich dabei an die unangenehme Zeiten in der Disco erinnert. Daran, wie einige Menschen nicht verstanden, was es hieß, respektvoll Abstand zu halten. Die einen immer berührten, anfassten, wenn sie mit einem sprachen.

Damals wie heute hatte sie solch ein Verhalten als abstoßend empfunden. Hatte immer ein unangenehmes, ein Gefühl von Beklommenheit in sich, wenn ein Mensch ihr zu nahe kam.

„Wenn ich ehrlich bin, dann stören Sie schon. Ich habe wirklich keine Zeit. Nicht eine Sekunde."

„Aber Sie wollen doch ins Archiv."

„Ich wüsste nicht, was Sie das angeht."

„Ich will da auch hinein. Mich etwas über die Stadt und so erkundigen. Wenn Sie wollen ..."

„Ich möchte nicht", gab sie offen zu und machte einen Schritt auf die Treppe zu. „Ich arbeite hier und brauche dafür meine Ruhe."

„Oh", machte der Mann, hob die Hände, als habe er begriffen, dass er nicht nur eine klar gezogene Linie mit dem Fuß überschritten, sondern mit einem Hechtsprung über sie hinweggesprungen war. „Verstehe. Entschuldigen Sie bitte. Ich wollte nicht zu aufdringlich sein."

Lindsey versuchte es mit einem freundlichen Lächeln, nickte und sagte: „Schon gut. Manchmal ist man etwas unaufmerksam."

„Das wird es sein", meinte der Mann. „Haben Sie mit Mr McBright eigentlich schon einmal über Enteignungen gesprochen und wie er dazu steht? Und, was mich auch noch interessieren würde, wie es um seine Ehrlichkeit bestellt ist?"

Es lief ihr kalt den Rücken hinunter. Lindsey drehte sich um und schaute den Mann fragend an.

Der grinste, kam die Treppe herauf und sagte, als er zwei Stufen unter ihr zum Stehen kam: „Mich interessiert ehrlich, wer dieser Mann und was diese Familie ist. Und Sie ..." Er zuckte mit den Schultern. „... nun, scheinen einen gewissen Draht zu McBright zu haben. Also? Was hält er von ehrlichen und offenen Worten? Was sagte er persönlich über seine Familie?"

Lindsey drehte sich weg, hauchte mehr, als dass sie sagte: „Ich weiß nicht, wovon Sie sprechen", und war froh, nachdem sie die schwere Flügeltür aufgestoßen hatte und in die Kühle des Archivs getreten war, den Mann hinter sich zu lassen.

Der, wie sie mit einem Blick über ihre Schulter feststellte, die beiden eben noch heraufgegangenen Stufen wieder hinabgestiegen war.

Und, was sie zu einem erleichterten Ausatmen brachte, weder am Fuße des Archivs stehen blieb noch sie anschaute. Er schlenderte die Straße hinunter, die Hände tief in den Taschen seines Mantels vergraben.

***

Lindseys Frustlevel hatte sich ins Unermessliche gesteigert.

Sie hatte nichts gefunden.

Gar nichts.

Nicht einen wirklich brauchbaren und interessanten Satz. Keine Möglichkeit, sich ein Bild von demjenigen zu machen, mit wem sie es hier zu tun hatte.

Egal, wie viele nach Staub riechende Zeitungsblätter sie auch umblätterte, sie fand keine brauchbare Information.

Das Einzige, was sie gelesen hatte, war, dass Augustus McBright vor gut zwanzig Jahren auf eine Reise gegangen war, um nicht wieder zurückzukehren.

Wieso?

Keine Ahnung.

Warum fand sie nichts über Vincent McBright?

Oder gar von Edwards Mutter?

Über die hatte sie nur erfahren, dass sie Vivien hieß, eine sich für das Sozialwesen in England starkmachende Frau gewesen war, um dann ebenfalls auf eine Wand aus Schweigen zu treffen.

Es war ihr, als habe sie leere Luft konsumierte.

Augustus McBright war in einigen der Artikel erwähnt worden, nicht immer wohlwollend, ab und zu lobend. Dennoch war es Lindsey, als würde sich, je mehr sie las, eine Mauer aus Schweigen um sie herum erheben.

Sie hatte gehofft, als sie ihre Schritte in das Archiv lenkte, sie in alten Zeitungen blätterte, sich durch einige auf Mikrofilm verewigten Artikel wühlte, etwas zu finden. Eine Kleinigkeit vielleicht. Ein Aha-Erlebnis.

Nichts.

Sie hatte rein gar nichts entdecken können.

Nur eben, dass die familiären Unternehmungen von jetzt auf gleich eingestellt worden waren.

Dass die Familie McBright wie nach einem Fingerschnippen aufgehört hatte, in der Geschichte der Menschen zu existieren ...

Sie seufzte und tat etwas, was sie erst nicht hatte machen wollen.

Die hiesige Redaktion anrufen.

„Lindsey Turner hier", stellte sie sich vor und gab der auf der anderen Seite der Leitung sitzenden Chefredakteurin eine grobe Skizzierung ihres Problems.

„Edward McBright? Na, herzlichen Glückwunsch, meine Liebe, da haben Sie sich aber eine schöne Aufgabe herausgesucht", trötete Alice Short durch das Telefon. „Und so leid es mir tut, Süße, an dem wirst du dir die Zähne ausbeißen."

Marget wusste nicht, ob Augustus mitbekommen hatte, dass sie in sein Lesezimmer getreten war. Ob er wahrnahm, dass sie überhaupt in seiner Nähe war.

Seit Tagen schon hatte sie das unterschwellige, unangenehme Gefühl, als würde sich Augustus in ihrer Gegenwart verändern. Als würde ein Schalter in ihm umgelegt, wenn er den Kopf beim Frühstück hob, lächelte und sie betrachtete, um dann diesen merkwürdigen Ausdruck in seinen Augen aufsteigen zu lassen. Eine Art düsterer Vorhang, der in seinem Inneren fiel.

Sie machte einen Schritt in das abgedunkelte Arbeitszimmer ihres Mannes hinein.

„Augustus?", fragte sie leise, als sie das Tablett auf seinem Schreibtisch abstellen wollte.

Eine Aufgabe, die für das Dienstmädchen bestimmt war.

Eine Tätigkeit unter Margrets Niveau.

Aber alle aufgesetzte Etikette, alle von Augustus gewünschte Einhaltung der Würde war ihr egal.

Sie wollte mit ihm reden.

Mit ihm ein Gespräch anfangen, das zur Klärung der unangenehmen Stimmung führen sollte, die sich in den vergangenen Wochen zwischen ihnen aufgebaut hatte.

Natürlich, sie wusste, wie angespannt Augustus seit dem Beginn der Planung für das neue Batteriewerk war. Dass er auf einen Erfolg angewiesen war.

Aber das war er in seinen kaufmännischen Tätigkeiten in den vergangenen Jahren immer gewesen.

Nur mit dem Unterschied, dass er ihr gegenüber kälter geworden war – distanzierter. Er war noch nie der Mann gewesen, der seine Gefühle offen und ehrlich nach außen trug. Der Margret in der Öffentlichkeit überschwänglich küsste, in den Arm nahm oder ihre Hand streichelte.

Er behielt immer mehr Abstand.

Sie fühlte sich einem imaginären Strom hinuntergetrieben und in den tosenden und tobenden Fluten eines seelischen Wasserfalls hinuntergestürzt.

Augustus schaute sie kaum noch an, sobald sie in seine Nähe kam.

Sein sonst immer im Mundwinkel liegendes Lächeln, wenn sie sich auf einem der Flure begegneten oder sie zu ihm ins Arbeitszimmer kam, war erloschen.

Selbst das morgendliche Küsschen, das zu ihr Herumdrehen, während er aufstand, gab es nicht mehr.

Er starrte sie nur noch auf diese besorgniserregende, ihr ein ungutes Gefühl verursachende, um nicht Angst sagen zu müssen, Weise an.

Sie fühlte sich von ihm in die Enge gedrängt, ohne dass er ernsthaft vor ihr stand.

Augustus hielt Abstand zu ihr.

So viel wie noch nie in ihrer langen Ehe, in ihrer gemeinsamen Zeit.

Natürlich, sie hatte damals schon gewusst, als er sein Interesse an ihr bekundete, er sie auf der kleinen Feierlichkeit ansprach, dass er ein Mann voller innerer Hemmnisse war. Dass er sich ertappt fühlte, wenn sie zu forsch war, zu impulsiv. Wenn sie wie damals seine Hand nahm, während er steif neben ihr herging und ihr von einer seiner Theorien erzählte, für die sie sich nicht interessierte. Er war da unten am See, da, wo der heutige Steg angelegt worden war, abrupt stehengeblieben. Die Augen weit aufgerissen, den eben noch unentwegt plappernden Mund zu einem O der Überraschung geformt. Er hatte sie angeschaut und dann mit Verwirrung im Blick zu der ihn festhaltenden Hand geschaut.

Um dann zu fragen, monoton, leise, voller Unsicherheit: „Und das ist was?"

„Meine Hand in deiner", hatte sie ihm frech geantwortet, sich auf die Zehenspitzen gestellt und ihm einen Kuss auf die Wange gehaucht. „Und das ein Küsschen."

Augustus war so verwirrt gewesen. So unsicher. In einer nicht zu beherrschenden und überschaubaren Situation, die er nicht kontrollieren konnte.

Wie heute, wenn sie ihm begegnete, hatte sie sich auch damals gefühlt. Nur kurz. Einem davonwehenden Laubblatt gleich, unter das ein Windstoß gefahren war.

Aber, und das musste sie zugeben, damals hatte sich ein Unwohlsein in ihr ausgebreitet. Eine stille, langsam wachsende Vorahnung, die jetzt wieder zum Vorschein kam. Die sie an eben diese Situation zurückdachte, als sie Augustus überrascht und ihm deutlich gemacht hatte, dass sie seine zurückhaltende, aristokratische Art nicht gut ertrug.

Mit den Jahren hatte sie ernsthaft geglaubt, dass sie seine ihn umgebende Schale hatte knacken können. Dass sie ihn aus seiner hochgestochenen, langweiligen Art herausholen konnte.

Was sie in Urlauben geschafft zu haben glaubte. In den Momenten, wenn sie keinen Besuch auf dem Landsitz bewirteten, er nicht in irgendwelchen kaufmännischen Aktivitäten verwickelt war.

Waren sie allein, ungestört, von niemandem beäugt, hatte er seine innere Steifheit verloren. Da war er dann auch auf sie zugekommen, hatte den eng gebundenen Krawattenknoten gelockert und sich zu ihr herübergebeugt, um ihr ein Küsschen zu geben. Ihre Hand zu nehmen, diese zu küssen, oder ihr, was ihr immer ein angenehmes, kribbelndes Gefühl verursachte, einen bestätigenden Blick geschenkt, der geradewegs in ihr Herzen gedrungen war.

Das war ihm abhandengekommen.

Nach und nach.

Schleichend.

Jetzt, wo sie einen Schritt in sein abgedunkeltes Arbeitszimmer machte, sie mit ihm sprechen wollte, mit ihm sprechen musste, fühlte sie wieder diesen eisigen Schauer des Entsetzens über ihren Rücken rieseln.

Margret meinte nicht nur, unerlaubt in sein Refugium eingedrungen zu sein. Sie hatte plötzlich das sie befallende Gefühl, in eine Raubtierhöhle getreten zu sein. Umgeben von undurchdringlicher Dunkelheit und dem scharfen Geruch nach Gefahr und Verwesung.

„Augustus?", fragte sie erneut mit leiser, um Vorsicht bemühter Stimme. „Ich möchte dich nicht stören. Aber, wir beide sollten uns einmal unterhalten."

Nichts.

„Augustus?"

Sie kniff die Augen zusammen und fasste, aus einem Instinkt heraus, nach links, nach dem auf Brusthöhe angebrachten Lichtschalter.

Licht flutete den Raum. Riss die Buchregale ebenso aus den Schatten wie die Leseecke, in der sie ihren Mann vermutet hatte. Die Beine übereinandergeschlagen, ein Buch auf den Knien, seine stechenden Blicke geradewegs auf sie gerichtet.

Nichts.

Ihre innere Spannung, das unmögliche Einstellen auf eine direkte Konfrontation, fiel von ihr ab. Ließ sie ausatmen und sich im nächsten Moment fragen, warum sie erleichtert war. Sie hatte doch reden wollen. Augustus fragen, was es war, was ihn die vergangenen Wochen derart beschäftigte, dass er nichts weiter als abneigende Blicke für sie übrig hatte.

Sie machte einen weiteren Schritt in das Lesezimmer hinein. Auf die Leseecke zu, die ihr Mann sich ganz schlicht, ganz persönlich eingerichtet hatte. Sie sah den hochangesetzten Ohrensessel, vor dem eine kleine Fußbank stand. Der runde, weiße Abstelltisch, auf dem er immer seinen Tee abstellte, die Sandwiches. Und der mahagonifarbene Lesetisch, auf dem sich einige Bücher stapelten wie auch lose, handgeschriebene Blätter Papier.

Sie fragte noch einmal, ob ihr Mann in der Nähe war.

Was ja sein konnte.

Vielleicht war er zu einem der hinteren Regale gegangen, die, die im Erker standen, in der sich die Familienchroniken befanden.

Oder vielleicht in den kleinen Nebenraum, in dem es nicht mehr gab als eine Toilette.

„Wenn ich dich störe", setzte sie wieder an, erreichte die Leseecke und fuhr mit dem Finger über die weißen Papiere hinweg, die allesamt mit der filigranen, kleinen, verkniffen anzusehenden Handschrift ihres Mannes versehen war.

Erst wollte sie weitergehen, ihren Satz beenden, den sie eben begonnen hatte.

Nur um dann innezuhalten.

Es schnürte ihr die Kehle zu.

Der über die Papier gewanderte Finger verharrte. Ihr Herz klopfte ihr bis zum Hals, während sich ihre Augen zu Schlitzen verengten und ihr Kopf begriff, was sie da eben zu lesen bekommen hatte.

Ihre erste Annahme, sich geirrt zu haben, verflog ebenso wie das Gefühl von Befreiung.

Alles in ihr gefror.

Ihr Blick heftete sich auf Augustus Notizen. Hätte es Geräusche in der Bibliothek gegeben, wären sie für sie in den Hintergrund geraten. Um sie herum wäre nichts mehr zu hören gewesen. Nur das laute, wild pochende Schlagen ihres Herzens und das durch ihre Ohren rauschende Blut.

Sie schluckte, als sie mit zitternder Hand das Papier anhob, es sich vor die Augen hielt und begriff, dass sie sich nicht getäuscht hatte.

Das, was sie eben im Vorbeigehen gemeint gesehen zu haben, stand da tatsächlich.

Sie schluckte.

Ihr Hals war trocken wie Wüstenstaub.

Als sie raschelnd das Papier anhob, ihre Lippen unbewusst die dort niedergeschriebenen Worte formten, meinte sie, ihre Knie würden unter ihr nachgeben.

„Margrets Untreue bereuen lassen", las sie und wäre am liebsten vor Wut, Scham und Erniedrigung kreischend explodiert.

***

Augustus wusste, dass Margret ein falsches Spiel mit ihm trieb.

Er wusste es, nachdem er gesehen hatte, wie sie im Dienstboteneingang stand!

Wie Schuppen von den Augen fiel es ihm, als er sah, wie sein bester Freund, sein ältester Freund, sie begrüßte. Ihm war nicht entgangen, dass sie anderen Männern schöne Augen machte, wenn er Bankette ausrichtete, Einladungen aussprach und sich mit Geschäftspartnern traf.

Sie alle kamen nicht seinetwegen, nicht wegen seiner Ideen, seiner Visionen.

Sie kamen, weil sie sich allesamt mit Margret vergnügen wollten.

Mit dieser selbst noch im Alter so gut aussehende, so verführerisch gewachsene Frau, der die vergangenen Jahre nicht sonderlich zugesetzt hatten.

Nicht so wie ihm.

Augustus merkte, dass das Alter unbarmherzig auf ihn niedergegangen war. Dass es seine Krallen in sein Fleisch schlug und ihm begierig Herzschlag für Herzschlag metaphorisch das Blut aussaugte.

Sein Haaransatz war zurückgewichen – deutlich. Das Kinn, früher immer der Ausdruck ehrlicher, unnachgiebiger Härte, war zurückgewichen. Selbst der sorgsam gepflegte Kinnbart täuschte nicht darüber hinweg, dass Augustus merkte, wie ihm die Jahre durch die Finger glitten.

Wie auch?

Sein Bart war von schlohweißen Haaren durchzogen.

Dazu taten ihm die Knie weh, die Hüfte wurde steif und in seinem Kopf schien sich unentwegt ein Karussell zu drehen, das er nicht mehr anhalten konnte – egal, was er tat, egal, was er versuchte.

Er konnte die Gedanken nicht mehr zurückhalten. Sie nicht mehr stoppen oder verlangsamen. Sie rasten in einer wilden Abfolge durch seinen Kopf, dass ihm ganz schwindelig wurde.

Augustus kniff die Augen zusammen, als er merkte, wie seine von Altersflecken bedeckte Hand sich in seiner Hosentasche zur Faust ballte.

Er hatte erst angenommen, dass es wegen seines Zorns auf Margret war. Auf seine Frau, die er abgöttisch liebte und von der er niemals im Leben angenommen hatte, dass sie ihm auf so schändliche Weise in den Rücken fallen würde.

Der wahre Grund, weshalb er Zorn in sich aufsteigen spürte, war jetzt nicht Margret.

Es war Vincent.

Sein Sohn, der da mit Vivien an der feinsäuberlich geschnittenen Hecke stand, ihre Hand hielt und ununterbrochen auf sie einredete. Ihr irgendetwas zu sagen versuchte, was sie – diese Ziege, diese Zicke, dieses elende Weib, das sich wie das Alter in Augustus in die Familie gekrallt hatte – mit einem vehementen Kopfschütteln abtat.

Augustus, der seinem Sohn zur Hilfe eilen wollte, der ihm die Stütze sein wollte, die ein Vater für sein Kind sein sollte, verlangsamte seine von Zorn angetriebenen Schritte, als er hörte, wie Vincent sagte: „... Spangler will doch nur ein Gespräch mit dir führen."

„Das ich nicht führen will", entgegnete Vivien, hinter deren hübscher Fassade ein leibhaftiger Dämon steckte. Davon war Augustus überzeugt.

Er musste nur an ihr erstes Kennenlernen denken. Daran, wie sie, hochgewachsen, stolzen Schritts auf ihn zugekommen war und ihn nach moderner, weiblicher Attitüde begrüßte, ein gewinnendes Lächeln auf den Lippen. Wie sie ihm ohne Respekt begegnete.

Zu der Zeit hat auch Margret sich verändert, dachte er jetzt, wo er Vivien betrachtete und zu wissen glaubte, dass in jenen Tagen das Karussell in seinem Kopf angefangen hatte, sich unaufhörlich zu drehen.

„Das kannst du dir aus dem Kopf schlagen", sagte Vivien energisch und riss Augustus aus seinen Überlegungen.

Aus seinen verirrten Tagträumen, die, zu seinem eigenen Erschrecken, Überhand in ihm nahmen.

„Vivien, du weißt, was es bedeutet, wenn wir ..."

Sie schüttelte den Kopf und tat etwas, das Augustus zutiefst verärgerte. Nicht nur, weil es eine ungeheuerliche, freche, respektlose Geste war. Sondern deshalb, weil sein eigener Sohn, sein Fleisch und Blut, alles über sich ergehen ließ.

Einem einfachen Bauernlümmel gleich, der nicht weiter als bis fünf zählen und bis zur nächsten Scheunentür denken konnte.

Sie zeigte Vincent den Finger.

Sie richtete ihn anklagend auf ihn und zischte mit dieser lieblichen, mit dieser lieben, beinahe schon verführerischen klingenden Stimme: „Manchmal muss man Risiken eingehen. Besonders dann, wenn es sich dabei um ein Leben handelt."

„Das Risiko, Vivien", sagte Vincent tonlos, den Blick gesenkt, „das ist ein Himmelfahrtskommando. Wie kannst du das nur eingehen wollen? Es ist nicht dein Leben, das du ruinierst."

Augustus kniff die Augen zusammen.

Worüber redeten sie da?

Was sollte das?

Er ging auf die beiden zu, davon überzeugt, seinem Sohn helfend zur Seite zu stehen.

Augustus blieb abrupt stehen.

Er schluckte und war wie vor den Kopf geschlagen.

Was Vivien sagte, entfachte die in ihm schwelende Wut nur noch mehr. Sie loderte in ihm auf und ließ ihn schier explodieren.

„Deine Mutter ist meiner Meinung und sie ist dafür, dass wir das Kind austragen …"

GESPRÄCHE

„Ich wollte etwas mehr über die Familie erfahren, finde aber nichts …", gestand Lindsey Alice Short und wollte gar nicht so verzweifelt klingen, wie sie sich in ihren Ohren anhörte. Aber als sie hörte, wie die Redakteurin meinte, dass Lindsey nicht mehr herausfinden würde, war Mutlosigkeit in ihr aufgestiegen wie aufkochender, blubbernder Teer.

„Unser lieber Edward ist verschlossen wie eine Austernschale, ja, ja, das wissen wir hier nur zu gut. Mit Ann Goldsmith haben Sie schon gesprochen?"

„Morgen."

„Dann sind Sie genauso weit gekommen wie wir hier."

„Aber es muss doch irgendetwas geben. Irgendeine Möglichkeit, um mehr über Edward herauszufinden. Ich meine, die McBright sind …"

„… waren …", verbesserte Alice sie.

„… eine angesehene Familie hier. Sie haben doch mit dem Ort und dem Land hier zu tun. Ich meine …" Lindsey drehte die Handflächen von innen nach außen. „… die McBrights haben hier viel bewirkt. Viel getan. Sie haben Bauvorhaben in die Tat umgesetzt. Haben versucht, aus den verstaubten aristokratischen Strukturen moderne Bedingungen zu schaffen. Dennoch kann mir keiner auch nur annährend sagen, wer diese Menschen hier sind. Euer auf Edward angesetzter Reporter …“

„Unser was?“

„Na, der Journalist, der hier durch den Ort wandert“, sagte Lindsey, der eben noch, als ihr die Idee kam, der Mut bis zur Unterlippe gestanden hatte, ihr jetzt aber schlagartig verloren ging, als sie Alice diese zwei skeptisch hervorgebrachten Wörter sagen hörte. „Und mich beim Archiv angesprochen hat.“

„Wer soll das denn gewesen sein?“

Lindsey beschrieb den Mann.

„So jemand arbeitet hier nicht. Wäre mir neu. Und ein Freier ist das auch nicht. Die laufen alle wegen der Abrechnungen über meinen Schreibtisch.“

„Hmmm …“, machte Lindsey. „Ich hätte schwören können, dass er auch ein Journalist ist. Jemand, der sich für Edward interessiert. Er hat so seltsame Fragen gestellt.“

„Jeder beißt sich an den McBrights die Zähne aus“, meinte Alice und seufzte dann. „Austernschalen, mein Kind, Austernschalen. So waren sie aber schon immer. Sie haben die Pressetermine herausgegeben. Sie haben bestimmt, was geschrieben wird und was nicht. Haben wir mal ein Interview führen oder darüber berichten wollen, womit die McBrights ihr Geld verdienen. Nichts. Gar nichts. Wir waren froh, wenn wir wenigstens eine schriftliche Ablehnung bekommen haben. Als unser damaliger Chef den Artikel verfasste ,Bauvorschriften umgangen. Umweltschäden durch die neue Batteriefabrik noch nicht absehbar‘, gab es hier eine Klage, die uns sowas von die Hosen ausgezogen hat, dass wir seitdem sehr vorsichtig sind, wenn es um die McBrights geht.“

„Verstehe. Wie hieß der Redakteur, der den Artikel schrieb?“

„Schätzchen“, flötete Alice. „Der kann nicht mehr sagen als ich.“

„Weil?“

„Weil er verschwunden ist. Spurlos. Von einem Tag auf den anderen. Deshalb habe ich seinen Job.“

„Verschwunden? Einfach so? Weil er kritisch über die McBrights berichtet hat?“, fragte Lindsey mit einer Enge im Hals, einer dunklen Ahnung im Kopf.

Alice lachte laut und scheppernd. Lindsey konnte hören, wie sie mit der Hand auf die Tischplatte ihres Arbeitsplatzes schlug. Was Erleichterung wie auch Scham in ihr aufsteigen ließ. Erleichterung, weil sie begriff, dass ihre blind hervorgebrachte Vermutung albern gewesen war. Scham spürte sie, weil sie glaubte, die blutigste Anfängerin zu sein, die sich jemals Journalistin genannt hatte.

„Wir sind hier doch nicht bei Edgar Wallace. Auch wenn es sich manchmal so anfühlt. Nein. Er verschwand 2004. Da war der *Spuk*, und den setze ich mit Absicht in Anführungszeichen, mit den McBrights längst vorbei. Er wollte zum hier ansässigen Sanatorium, wie wir recherchiert haben. Da ist er aber nie angekommen.“

„Sein Wagen?“

„Wurde nie gefunden.“ Alice machte eine kurze Pause, redete dann weiter. „Merkwürdig ist sein spurloses Verschwinden, weil Clarence ein Ausbund an Korrektheit war. Die kleinste Möglichkeit, ein Gesetz zu brechen, hat ihn in größte Aufregung versetzt. Deshalb ja auch seine Artikel wegen der Umweltprobleme und so. Das Recherchieren gegen die McBrights. Deshalb kann ich mir nicht vorstellen, dass er einfach verschwunden ist. Ohne Nachricht. Ohne Ziel. Er hat niemanden hinterlassen, außer uns. Aber auch das würde sein spurloses Verschwinden nicht erklären. Und bevor du fragst: Ja, er hat jeden seiner Schritte protokolliert. Hat uns immer informiert. Und dann war er fort. Einfach so. Als habe er sich in Luft aufgelöst.“

„Wie tragisch.“

„Ein großer Verlust. Leider. Ich habe ihn sehr gerne gemocht. Sie wohnen bei McBright auf dem Grundstück?“

„In einem der neuen Häuser, die er bauen lässt. In *Emily*.“

„Spannend“, kommentierte Alice.

„Weil?“

„Warum hat McBright Sie eingeladen und nicht einen aus unserem Haus? Wir wissen nicht einmal genau, was er da oben treibt.“

Lindsey merkte, dass sie es plötzlich war, die ausgefragt wurde. Was ihr nicht gefiel. Sie löste sich von ihrem Platz, dem Fenster, das ihr einen wunderschönen Blick auf den im vormittäglichen Sonnenlicht daliegenden See gewährte. „Mein Redakteur hat gute Arbeit geleistet.“

„Und wie ist *Emily* so?“

„Wie meinen Sie das?“

„Ist sie verschwunden oder noch da?“

Lindsey kniff die Augenbrauen zusammen. „Was soll das heißen?“

„Sie haben noch nichts von Emily in Erfahrung gebracht? Ich bitte Sie, Schätzchen, das stand doch in der
Zeitung.“

***

Lindsey glaubte, sich verlesen zu haben, nachdem
Alice ihr den Zeitungsartikel zugeschickt hatte, den
ihre Zeitung vor gut drei Jahren herausgebracht hatte.

Edward McBright allein auf Wohltätigkeitsball,

lautete die Überschrift, um dann einen Artikel zu präsentieren, der in jedem Boulevardmagazin einen Platz
in der Ehrengalerie bekommen hätte. Es gab ununterbrochen Anspielungen, keine Beweise, nur Mutmaßun-
gen.
Aber dennoch eine Aussage, die Lindsey zum Nachdenken brachte:

*Die seit vier Jahren ununterbrochen an Edward McBrights
Seite auftretende Emily Right ist plötzlich nicht mehr an-
wesend. Sie verschwand von einem Tag zum anderen.
„Sie ist geschäftlich verreist“, lautete die Antwort
McBrights auf Nachfrage.
Bei so einer Antwort fragt man sich nur, wohin eine Erzie-
herin geschäftlich reisen sollte?*

***

Lindsey meinte erst, sich getäuscht zu haben.

Ein Opfer ihrer eigenen Fantasie geworden zu sein.

Aber als sie da am offenen Fenster saß, auf ihren Laptop starrte, den Artikel las und die aufkommende frische Brise des heraufziehenden Abends zu genießen begann, war sie sicher gewesen, das Knacken im Unterholz gehört zu haben.

Nur um sich dann, während sie den Kopf hob und in die wieder aufkommende Stille lauschte, selbst einzureden, dass sie sich geirrt hatte.

Habe ich aber nicht, dachte sie jetzt, als sie in die sich weiter ausbreitenden Schatten schaute, hin zu dem kleinen Waldstück, das sich über den Abhang hinunter zum See erstreckte.

Da war etwas.

Erst nicht deutlich zu erkennen. Nicht identifizierbar.

Womöglich ein Tier. Ein Wildschwein vielleicht. Ein Reh. Oder eine herumstreunende Wildkatze.

Irgendetwas, das dabei war, die abendliche Dämmerung für seine Streifzüge zu nutzen.

Lindsey hatte davon gehört, dass der eigene Kopf einem Streiche spielen konnte, wenn man in einem Zustand innerer Erregung gefangen war. Dass der Verstand die eigenen Übersprungshandlungen zu kompensieren versuchte.

Darüber zu lesen und selbst zu erfahren, waren zwei Paar Schuhe, wie sie begriff.

Damals, als sie den Artikel gelesen und sich vorgestellt hatte, wie es war, wenn der Kopf einem illusorische Streiche spielte, hatte sie abfällig geschmunzelt. Sie hatte Matthew – würg – darauf angesprochen. Ähnlich wie damals, als sie *Der Nebel* guckten und sie über die schrecklichste aller Informationen stolperte, über die man innerhalb einer Beziehung fallen konnte.

Sie hatte ihn gefragt, ob er sich vorstellen konnte, dass man mehrere Gedanken auf einmal haben konnte.

Woraufhin er, ganz wie es seine Art war, desinteressiert mit den Schultern zuckte. Dabei murmelte er etwas, als er sich die Chips in den Mund schaufelte.

„Terry Pratchett?", hatte sie ihn gefragt, verwirrt und verwundert zugleich.

„Ja, in seinen Tiffany-Weh-Romanen schreibt er von mehreren Denkebenen. Wenn eine gerade in höchster Konzentration ist, greifen andere ein, um der angeschlagenen dabei zu helfen, sich zu erholen. Außerdem gibt es mehrere Ebenen des Denkens. Ein erster Gedanke, ein zweiter und so weiter. Fand ich sehr spannend."

Sie hatte innerlich abgewunken und die Fantastereien eines Terry Pratchetts als Ideen eines zu lebhaften Geists abgetan.

Nur um jetzt zu merken, dass ihr dasselbe passierte, während sie dasaß und aus dem Fenster in die Dämmerung starrte.

Da hatte eine Gaukelei innerhalb ihres Kopfs begonnen, der sie nicht Herr werden konnte. Sie versuchte, den gegebenen Tatsachen einen anderen Anstrich zu verleihen. Lindsey begriff, dass sie das Wildschwein, das Reh, die Wildkatze deshalb in Betracht gezogen hatte, weil ihr Verstand ihr den Schreck ersparen wollte, der sie jetzt siedend heiß und messerscharf durchfuhr.

Ihr Herz begann wie wild zu klopfen.

Schweiß brach ihr aus.

Der sie durchzuckende Gedanke, den sie krampfhaft zurückzuhalten versucht hatte, weil sie sich nicht eingestehen wollte, dass das wahr war, was eben passierte, kreischte ihr entgegen: *Da ist jemand im Wald. Da ist jemand entlanggeschlichen.*

Du hast ihn gesehen.

Du hast die Gestalt erkannt.

Lindsey war überrascht davon, dass sie sich so sehr dagegen wehrte, was sie gesehen hatte.

Warum es so war und weshalb es ihr ausgerechnet jetzt passierte, begriff sie nicht. Sie wusste nur, dass ihr Herz ihr bis zum Hals schlug und sie das Gefühl hatte, in ihrem Magen würde ein Loch entstehen.

Ihre Knie wurden weich, obwohl sie auf einem Stuhl saß.

Ihr Kreislauf begann, sich mit wehenden inneren Fahnen zu verabschieden, und ließ sie glauben, jemand habe ihr einen Leinensack über den Kopf gestülpt, durch den sie nur noch verschwommen hindurchsehen konnte.

Da war ein schweres, bleiernes Gefühl in ihr, das sie nicht abschütteln konnte.

Erst als sie ein weiterer Gedanke erreichte, einer, der hinter ihrer Beobachtung gesessen hatte und, wie es schien, den Ausfall des Verstands zu kompensieren versuchte, lichtete sich der Nebel des Schreckens um sie herum.

Jemand möchte auf das Grundstück gelangen.

Illegal.

Lindsey erhob sich schwankend von ihrem Platz.

Die nach ihr greifende Verwirrung, all diese sie heimsuchenden und über sie wie eine Wasserwelle hereinbrechenden Emotionen fielen nicht von ihr ab. Nicht so wie in hunderten von Geschichten beschrieben.

Ihre Verwirrung und Beklommenheit blieben, als sie den Stuhl mit ihren Kniekehlen zurückschob.

Sie hatte unzählige Novellen gelesen, immer wieder Romane verschlungen und sich darüber gefreut, wenn die Autoren darüber schrieben, wie der Mut in jemandem zu wachsen begann. Wenn das Verantwortungsbewusstsein einem zuschrie, dass man sich dem Bösen entgegenstellen solle.

Bei ihr war es anders.

Sie hörte wieder ihren ersten Gedanken panisch brüllen: *Du begibst dich in Gefahr!*

Während ihr zweiter Gedanke dem ersten zustimmte und fragte: *Willst du das wirklich?*

Erst der dritte, ein neuer, ein nicht aus einem Impuls heraus geborener Gedanke ließ sie sich das erste Mal wie in einer von ihr gelesenen Geschichten fühlen.

Er wisperte ihr, leise, versteckt, beinahe schon schüchtern entgegen: Du kannst Unheil verhindern.

Was sie wollte.

Und andererseits auch nicht.

Sie war überrascht von ihrer Wankelmütigkeit und der Tatsache, dass sie dennoch klar und deutlich für sich entscheiden konnte.

Sie hatte Angst, aber auch den Willen, ein mögliches Unheil von McBright abzuhalten.

Warum auch immer.

Aber wo sie jetzt an Edward dachte, daran, wie sie ihm hinterherschnüffelte, hatte sie mit einem schlechten Gewissen zu kämpfen.

Sie wollte nicht hinter seinem Rücken agieren. Nicht das eine oder andere herausfinden, das ihm womöglich sauer aufstoßen konnte.

Ihr innerer journalistischer Drang wollte das.

Nicht sie.

Was albern war. Das wusste Lindsey.

So wie eben, als ihr der erste Gedanke kam, fühlte sie sich auch jetzt.

Immer nach einer Ausrede suchend. So, als habe sie nichts anderes vor, als sich selbst in die Tasche zu lügen.

Natürlich wollte sie hinter seinem Rücken mehr über Edward in Erfahrung bringen. Natürlich war sie daran interessiert, Informationen zu finden, die ihr ein gesamtes Bild vermittelten, mit wem sie es eigentlich zu tun hatte.

Deshalb wollte sie hinaus in die Dämmerung.

Um sich insgeheim bei Edward zu entschuldigen.

Einem kindlichen Gedanken gleich, der ihr erzählte, dass es okay sei, wenn sie etwas Schlechtes tue und mit einer anderen Geste diese Geste mit positiver Energie fülle.

Lindsey griff mit zitternder Hand nach der Türklinke, hörte, wie sie diese herunterdrückte.

Die Tür schwang geräuschvoll auf.

Ihre einzige Waffe, die sie bei sich hatte, als sie hinaustrat, war nicht mehr und nicht weniger als das hölzerne große Brett, auf dem sie sich ihr Abendbrot zubereitet hatte.

Sie spürte, dass sie einen Fehler begehen würde.

Sie wollte schon in die Dunkelheit rufen: Ist da wer?

Was albern war.

Lächerlich.

Warum sollte ein möglicher Einbrecher ihr antworten wollen?

Also hielt sie sich zurück.

Schon immer hatte sie diesen Ruf als albern empfunden. Egal, ob in irgendwelchen trashigen Horrorfilmen oder in Büchern und Romanen.

Ihr Gedanke dabei war immer gewesen: *Wie blöd kann man nur sein?*

Und sich dabei zu erwischen, dass sie gerade dabei war, denselben Unsinn zu verzapfen, den sie immer verteufelt hatte, ließ ihre Unsicherheit, aber auch eine Spur Humor in ihr wachsen.

Unsicherheit, weil einer ihrer Gedanken ihr zuraunte, dass sie unvorsichtig war. Leichtsinnig. Sie konnte durch ihr Verhalten dem Schleicher da vor ihr verraten, dass man ihm auf der Fährte war.

Ihr Humorzentrum wurde angeregt, weil sie sich vorstellte, wie lächerlich sie da mit ihrem Brett aussehen musste. Im Türrahmen ihrer Waldhütte stehend, das verkniffene Gesicht der Ausdruck ihrer inneren Angespanntheit.

Dann eben der fast ausgestoßene Ruf.

Sie war dabei, sich lächerlich zu machen.

Weshalb sie einen vorsichtigen Schritt nach vorn machte, um alle Anspannung zu verlieren. Sie wollte den Druck endlich loswerden, der sie wie eine eiserne Faust umschloss und drohte, ihr die Luft abzuschnüren.

So schlich sie weiter. Hinaus in die Dunkelheit, ihr Gehör immer auf die umliegende Umgebung gerichtet.

Dabei merkte sie, wie schnell sie sich von der um sie herum herrschenden Geräuschkulisse ablenken ließ. Irgendwo knackte ein Ast und sie zuckte zusammen. Über ihr im Geäst raschelten Blätter, nachdem ein leichter Windhauch durch sie gefahren war – und sie begann zu zittern.

Weicher Wind streifte ihr Gesicht und sie erschauderte.

Es war ihr, als würden ihre Sinne überdimensional beansprucht und andererseits auf ein Minimum reduziert zu werden. Sie wollte sich nicht ablenken oder gar weiter ins Bockshorn jagen lassen.

Dennoch aber musste sie mit so vielen Gefühlen und Empfindungen gleichzeitig zurechtkommen, dass sie zu glauben begann, es würde sie innerlich zerreißen.

Um dann ganz still zu werden. Ruhig. Auf einen Punkt fokussiert.

Wer den inneren Knopf in ihr gedrückt hatte, konnte sie nicht sagen.

Sie kniff die Augen zusammen, schaute durch die Dunkelheit hin zum Rand des Waldes. Dahin, wo die natürliche Grenze begann, lichter zu werden, und der Wald schließlich gar nicht mehr präsent war und in ein sauber angelegtes, ordentlich geschnittenes Rasenstück überging.

Da konnte sie die Gestalt sehen, die sich mit ihrer dunklen Kleidung gegen das Mondlicht absetzte.

Regungslos wie Lindsey stand sie da, schien ebenso wie sie zu lauschen und zu beobachten. Um sich dann mit schnellen Schritten in Bewegung zu setzen. Nicht, wie Lindsey erst angenommen hatte, um Richtung Kinderdorf zu laufen, sondern geradewegs auf den sich durch den Rasen hindurchschlängelnden Fußweg zu.

Um – was zu machen?

An das Gittertor zu gelangen, an das sich der meterhohe Zaun schloss, der das gesamte Grundstück der McBrights umgab?

Lindsey irritierte das.

Weshalb eine erneute Stimme in ihr rief: Du beschützt McBright nicht nur, du rettest ihn.

Sie setzte sich in Bewegung, eilte an den noch nicht fertiggestellten Blockhütten vorbei, lief über den Grillplatz und passierte die kleinen, aus Holz gefertigten Sitzreihen, die in einem weichen Bogen angelegt und zentriert auf eine Bühne hin ausgerichtet waren.

Sie wollte nur noch der huschenden Gestalt hinterherkommen, um zu sehen, was die da trieb.

Die eiligen Schritts auf den Zaun zulief und dann stehenblieb. So, als würde ihr bewusst werden, dass sie hier mit dem Zaun ein größeres Hindernis vor sich hatte als anfangs angenommen.

Nur um Lindsey dann ernsthaft zu überraschen.

Der oder die Fremde zog etwas aus der Jackentasche hervor.

Dietriche oder einen Schlüssel, irgendetwas, mit dem man das schmiedeeiserne, vergitterte Tor öffnen konnte.

Lindsey hörte, wie es knirschte und knarrte, als an dem Schloss gearbeitet wurde.

Noch überraschter war sie, als sie hörte, wie das Tor mit einem leisen Knarren aufschwang.

Sie verharrte kurz und beobachtete, wie sich die Gestalt in Bewegung setzte. Huschend und geduckt, auf einem Weg, den sie selbst bisher noch nicht gegangen war.

Als sie ebenfalls auf leisen Sohlen durch das offen stehende Tor schlich, sah sie, wie sich der Eindringling nach Westen wandte, hin zu dem kleinen, gepflegt angelegten Hain. Plötzlich wusste sie, welches Ziel der Fremde hatte.

Die Gruft!

Jener merkwürdige, von Edward so vehement verteidigte Ort, der auf Lindseys Liste ebenso stand wie auf der des Eindringlings. Als dieser durch die wie zu einem Portal rund geschnittenen Bäume trat, konnte sie nicht mehr an sich halten.

Sie rief: „Hey, was machen Sie da?" Und schob etwas hinterher, was sie bisher immer als völlig lächerlich und banal empfunden hatte, wenn andere Menschen spießerhaft darauf bestanden: „Das hier ist Privatbesitz!"

Die Person verharrte mitten in der Bewegung.

Stocksteif stand sie da, als habe eine unsichtbare Hand aus der Erde heraus nach ihrem Knöchel gegriffen.

„Das ist Privatbesitz", rief Lindsey wieder und fragte sich, ob das ein Fehler gewesen sei. Sie hoffte, dass der Klang ihrer durch die Nacht wabernden Stimme hatte. Dass sich die Person herumdrehte, in die Dunkelheit starrte und zu erkennen versuchte, wer da gerade auf sie zukam.

Irgendetwas, das es Lindsey ermöglichte, den da vor ihr stehenden Menschen zu erreichen und dingfest machen zu können.

Ihr Ruf bezweckte aber offenbar das genaue Gegenteil.

War der Eindringling eben noch geschockt gewesen, von dem Umstand überrascht, dass er entdeckt worden war, wandte sich die Gestalt nun, wie von einer Bogensehne geschossen, um und begann wegzulaufen.

Von Null auf Hundert in wenigen Sekunden.

Noch nie hatte Lindsey einen Menschen aus dem Stand heraus so schnell rennen sehen.

Es war, als bräuchten die Füße gar keinen Halt auf dem Boden mehr. Als wäre ein innerer Turbo gezündet worden, der den Fremden einfach weglaufen ließ.

Lindsey, zu überrascht, um angemessen schnell zu reagieren, sah nur, wie die Gestalt in einem kurz angeschlagenen Bogen um sie herumlief und Richtung Tor rannte.

Lindsey setzte sich ebenfalls in Bewegung.

Drei Sekunden zu spät.

Als sie angefangen hatte zu laufen, war der Eindringling schon durch das Tor hindurch und schlug es scheppernd und krachend hinter sich zu.

Sie wusste, als sie die Klinke herunterdrückte, dass sie den Fliehenden nicht mehr einholen würde.

Er war im Dickicht des Walds verschwunden; geschluckt von der Dunkelheit, verborgen von den tiefen Schatten ...

***

Edward hatte nur aus der Ferne das Scheppern des Tors vernommen und erst gedacht, dass es nicht sein konnte. Um sich dann, als ihm bewusst wurde, wer da in *Emily* wohnte, augenblicklich von seinem Platz zu erheben.

Jenen kleinen Ort, an den er sich seit seinen Kindheitstagen immer zurückgezogen hatte.

Der Steg.

Klein und immer baufällig, obwohl er ihn ununterbrochen instand halten ließ.

Hier, wo zwei Ruderboote notdürftig an die Pfeiler gebunden waren, um sie daran zu hindern, hinaus auf den weitläufigen See zu treiben.

Wo er vor nicht einmal zwei Jahren eine bei Ebay gefundene, von Hand gefertigte Bank aufgestellt hatte, um vor ihr einen Tisch zu platzieren, der es ihm ermöglichen sollte, an diesem wunderschönen Ort in Ruhe einen Wein zu trinken oder gedankenverloren sein Frühstück zu sich zu nehmen.

Am liebsten aber saß er am Rand des Stegs, die Beine über den Rand baumeln lassend, wobei die Sohlen seiner Schuhe nur wenige Zentimeter über der wellenschlagenden Oberfläche des Wassers schwebten.

Hier am Steg war er immer allein, aber nie einsam gewesen.

Hier konnte er sich in Ruhe zurückziehen.

Nachdenken. Sich ausruhen. Ganz auf sich konzentrieren.

Jetzt, wo er den Kopf hob, den Gedanken nicht abschütteln konnte, der mit dem *Klirr* und *Bong* des Tors einherging, konnte er sich nicht mehr konzentrieren.

Nicht mehr in seinen Erinnerungen schwelgen oder seine Gedanken in die Vergangenheit richten.

Er konnte nur noch eines denken: Lindsey!

Sie war es, die da oben Radau machte. Sie war es, die angefangen hatte, aufgestellte Regeln zu umgehen. Sie wusste von dem noch nicht sicher laufenden Update der Überwachungskameras. Sie war es, die … hetzenden Schritts und mit rudernden Armen den Abhang heruntergelaufen kam. Sie war schnell. Unglaublich geschwind. So rasend, dass Edward jetzt erst begriff, dass sie ihre Arme kreisend bewegte, weil sie krampfhaft darum bemüht war, das Gleichgewicht zu halten.

Was ihr gut gelang, wie Edward zugeben musste.

Er wäre sicherlich schon gefallen, hätte sich mit dem Fuß in irgendeiner Wurzel verfangen, wäre bäuchlings hingeschlagen und den Abhang heruntergerutscht, anstatt ihn elegant hinter zu schweben.

Seine eben noch in ihm aufkommende Wut darüber, dass Lindsey bewusst Grenzen überschritten hatte, erlosch ebenso in ihm wie die Annahme, sie würde zu tief in ihn eindringen. Zu viel von ihm wissen wollen.

Was ihn befiel, war Sorge.

Echte, ehrliche, nur selten so intensiv gespürte Befürchtungen, ihr könne es nicht gutgehen.

„Lindsey", sagte er und vergaß alle Höflichkeitsformen. Er kam kopfschüttelnd auf sie zu, die Arme ausgebreitet, dazu bereit, sie aufzufangen und ihren wilden Lauf zu stoppen.

„Verfolgen", hörte er sie japsend sagen. „Da."

Er verstand nicht.

Edward stand nur da, starrte die auf ihn zukommende Lindsey an und wollte gerade mit dümmlich klingender Stimme fragen: „Wen verfolgen?"

Als sie ihm das Wort mit einer hastigen Bewegung abschnitt. „Da läuft er!"

Edward drehte den Kopf und sah zu seinem Erschrecken tatsächlich jemanden da über den schmalen Uferweg hinweglaufen auf einen weiteren, dunklen Teil des Waldes zu. Dorthin, wohin eigentlich nur die Forstarbeiter gelangen mit ihren schweren Maschinen und den allradgetriebenen Jeeps.

„Aufhalten", japste Lindsey wieder und war dann an Edward und dem Steg vorbei. „Turner rufen!"

Edward setzte sich ebenfalls in Bewegung und eilte der noch immer rennenden Lindsey nach. Bis er sie einholte, war schon das vertraute, saugende Matschen von im aufgeweichten Boden versinkender Schritte zu hören.

Er hatte das Handy in der Hand, drückte die Schnellruftaste.

„Mist", rief sie noch, als sie ausglitt und bäuchlings zu Boden fiel.

Edward ging neben ihr in die Knie, stoßweise atmend.

„Turner", meldete sich Edwards Sicherheitschef augenblicklich.

Edward legte seine Hand auf Lindseys Rücken, berührte ihren Arm und schaute den im Dunkel liegenden Forstweg hinab.

„Ein Eindringling", sagte er knapp. Er konnte die Gestalt nicht mehr ausmachen. Edward sah nichts mehr.

Dann bekam er Bauchschmerzen, als Lindsey sich aufrappelte, auf die Knie setzte und sich mit einer dreckverschmutzten Hand eine ins Gesicht gefallene Haarsträhne nach hinten wischte. Bauschmerzen deshalb, weil er sich fragen hörte: „Was ist passiert?" Und er ihre Antwort erwartet und doch gehofft hatte, sie nicht ertragen zu müssen.

„Jemand hat sich der Gruft genähert ..."

***

Spangler war überrascht, als er in seinem Handydisplay eine ihm unbekannte Nummer aufleuchten sah. Als er, der Einsamkeit folgend, in der er seit Jahren steckte, das Gespräch annahm, in der irrigen Annahme, es könnte sich ein interessantes Gespräch ergeben, bereute er es.

„Sie kennen mich nicht, dennoch möchte ich etwas von Ihnen wissen", hörte er die aufgesetzte, leise Stimme eines ihm unbekannten Menschen und bekam augenblicklich Bauchschmerzen.

Sein erster Impuls war, die Verbindung gleich wieder zu kappen. Das Gespräch mit einem hastigen „Entschuldigen Sie bitte, Sie müssen sich verwählt haben" zu beenden.

Nur um dann das Gefühl zu haben, mit einem Eimer eiskalten Wassers übergossen worden zu sein.

Während er noch darum kämpfte, seine innere Mitte wieder zu finden, die ihm schlagartig abhandengekommen war, hörte er den Fremden fragen: „Sie haben doch eine Minute für mich, oder?"

„Äh."

„Ausgezeichnet", sagte der Anrufer und stellte ihm dann eine Frage, die den alternden Arzt im wahrsten

Sinne des Wortes den Boden unter den Füßen wegzog. Er schluckte. „Sie sind sicherlich daran interessiert, etwas zu verdienen, oder? Wo Sie doch so lange der Leibarzt waren und dann, von heute auf morgen, entlassen worden sind?"

Vergangenheit, 1987

„Margret", begrüßte Simon Speller die in der Empfangshalle stehende, in ein geblümtes Kleid gehüllte Frau Augustus' mit einem breiten Lächeln. „Ich frage mich, wie du es machst, jedes Mal, wenn wir uns sehen, noch hübscher auszusehen. Eine Augenweide wie eh und je." Dabei streckte er der freundlich lächelnden Frau die Hand entgegen, umschloss ihre Finger sanft und führte sie in einer eleganten, ruhigen Bewegung zu seinen Lippen und hauchte einen Kuss über ihre Haut.

Was ihr sicherlich gefällt, dachte Augustus, der wie verlassen seitlich neben Simon stand, die zur Begrüßung ausgestreckte Hand langsam zurücknehmend, in einem Anflug rasender, sich wie ein Vulkan in ihm ausbrechender Eifersucht. *Sehr sogar. Schau doch nur, wie sie Simon anschaut.*

Augustus blinzelte und begriff, dass die Wucht seiner eigenen Gedanken ihn aus dem Gleichgewicht gebracht hatten. Dass seine wie brennend in ihm sich ausbreitenden Gefühle nichts anderes in ihm in Gang gesetzt hatten als rasende Eifersucht.

Nur um jetzt zu bemerken, dass dieses Gefühl es war, das ihn aus der beginnenden, losen Konservation gerissen hatte.

Ohne dass er es wollte.

Er merkte, wie er dastand, nicht dazu in der Lage, sich auf die plötzlich neu vorherrschende Situation einstellen zu können.

Obwohl er sich räusperte, er in würdevoller Weise seine plötzlich nach ihm greifende Unsicherheit nicht zeigen wollte, wusste er doch, dass er überrumpelt war.

Er hatte sich selbst in eine Situation gebracht, die er nicht überblicken, geschweige denn beherrschen konnte.

Er stand da, lächelte schief und fragte noch einmal, um Ruhe in der Stimme bemüht: „Du hast was sagen wollen, alter Freund?"

„Dass du mit deiner Frau mehr Glück als Verstand gehabt hast. Sieh sie dir nur an."

Simon, dicklich und von zu vielem guten Essen im Gesicht rötlich angelaufen, machte einen anerkennenden Schritt zurück, während er noch immer die Hand Margrets hielt. „Mehr als ein Geschenk."

„Mein Glück", versicherte Augustus, der insgeheim hoffte, den unter seinen Füßen schwankenden Boden verlassen zu können. „Seit fast vierzig Jahren."

„Vierzig Jahre, sind wir schon so alt?", wollte Simon wissen, der sich Augustus zuwandte, ihn angrinste. „Waren wir nicht gestern erst gemeinsam auf dem College und haben versucht, die lokale Fußballmeisterschaft zu gewinnen?"

„Wie die Zeit vergeht."

„Sie fliegt davon", meinte Simon und ließ zu Augustus' Missfallen die Hand von Margret nicht los. Er hielt sie noch immer fest, betrachtete die geschmeichelt wirkende Frau eine Spur zu lange, wie Augustus fand, und ließ nicht einmal von ihr ab, als Vincent am oberen Rand der in den ersten Stock führenden Treppe erschien.

„Onkel Simon“, rief er zur Begrüßung und kam, zu Augustus’ Verblüffung, ohne Vivien.

Dabei hatten sie abgesprochen, dass Vivien bei dem gemeinsamen Geschäftsessen mit dem möglichen Investoren ebenso anwesend sein sollte, wie Margret es war.

„Junge“, rief Simon und machte einen Schritt nach vorn auf die erste Stufe der Treppe zu, ohne die Hand Margrets loszulassen. „Was ist aus dir geworden? Nicht nur ein Mann, nein, ein Herr.“

„Du weißt es noch immer, mir Honig ums Maul zu schmieren.“ Vincent lachte, während er federnden Schritts die Treppe heruntergestiegen kam. Die Hand ausgestreckt, um den alten Freund der Familie würdig zu begrüßen.

Augustus, der bemerkte, dass Vincent ihn keines Blickes würdigte, spürte erneut den dumpfen, nicht zu kontrollierenden Druck seiner Gedanken in sich aufsteigen.

Es war wie ein kurzes, intensives Vibrieren unter der Schädeldecke. Zu vergleichen mit einem leichten Schlag gegen den Hinterkopf. So wie sein Vater ihm ab und zu einen Klaps versetzt hatte mit den Worten: „Konzentriere dich!“

Nur, dass er mit diesen Taten das genaue Gegenteil bewirkt hatte.

Er hatte es nicht geschafft, dass sich Augustus fokussierte.

Er hatte sich verloren.

Angst war in ihm aufgestiegen ebenso auf wie Wut.

Angst, weil er befürchtet hatte, seinem Vater bei einem weiteren Fehler nicht mehr zu gefallen.

Wut, weil er nicht den Mut gehabt hatte, sich gegen seinen mächtigen Vater zu wehren, und es nicht schaffte, die Schatten von sich selbst abzustreifen.

Ebenso fühlte er sich auch jetzt.

Nicht dazu in der Lage, sich gegen Simon und Margret durchzusetzen. Sich nicht von dem Gedanken loszumachen, dass sein bester Freund mehr im Schilde führte, als sich heute die ersten Entwürfe des gemeinsam angestoßenen Projekts anzuschauen.

Dazu der Zorn auf Vincent, dass er ohne Vivien erschien. Dass er die Treppe herunterschritt, ach was, jungenhaft heruntergesprungen kam, als wäre nichts dabei, den Wünschen seines Vaters nicht zu entsprechen.

Dazu der Affront, ihm nichts von dem Baby gesagt zu haben, das in der Hyäne, der Schakalin, der Schlange heranwuchs.

Um die er sich bei gegebener Zeit noch kümmern musste. Der er sagen wollte, was er von ihr hielt. Und dass er darauf bestand, dass das zu erwartende Kind in der Obhut der McBrights verblieb und nicht ein Vagabund wurde, wie sie einer war.

O ja, er hatte noch an vielen Fronten zu kämpfen.

Augustus wollte nicht mit den Zähnen knirschen. Nicht den Gedanken *Auch Vincent ist gegen dich* zulassen. Er wehrte sich gegen die Angst, die ihn beschlich. Kämpfte gegen weitere Wortfetzen, die durch seinen Verstand waberten und geisterten. Die alle jaulten und schrien, die jammerten und wimmerten: *Er unterstützt bestimmt auch diese schrecklichen Umweltaktivisten. Füttert sie mit Informationen. Sagt ihnen, wo sie ihre verdammten Proteste anzetteln und gegen mich richten können. Gibt diesem windigen Journalisten Tipps, wie er mich mit seinen ekelerregenden Zeitungsartikeln unter Druck setzen kann.*

„Hören wir doch auf mit den Schmeicheleien und den leeren Worten", hörte er sich härter als gewollt sagen und spürte, wie sie ihm dennoch Entlastung brachten.

Für kurze Zeit.

Für einen Moment der Ruhe.

Um dann einen Sturm in sich ausbrechen zu fühlen, der ihn beinahe von den mentalen Füßen gerissen hätte.

„Kommen wir zum Punkt, weshalb du hierhergekommen bist, Simon!" Dabei versuchte Augustus nicht in das Gesicht Margrets zu schauen. Er wollte nicht sehen, wie sich in ihre Blicke die Enttäuschung schlich, dass ihr Mann sie aus den Fängen dieses charmanten, dicklichen Manns lotste.

Weil es ihr gefällt, wie sie von ihm umgarnt wird. Sie liebt es, dass er ihr seine Aufwartung macht, dachte er und ignorierte auch Vincent – diesen Umweltschützer. Diesen Verräter. Diesen Rückenfaller. Diesen Schwängerer. Zuchtbulle.

„Die Entwürfe liegen im Salon bereit zur Begutachtung durch dich. Liegen sie doch?", schob er wohlweislich hinterher, in der vollen Absicht, Vincent mit imaginären Pfeilen zu beschießen.

Der zuckte, wie erhofft, unter den Treffern zusammen. Er räusperte sich, ging schnell dazu über zu sagen: „Natürlich, Vater, so wie du es gewünscht hast."

„Fein", sagte er und hob die Hand, als Margret sich in Bewegung setzte. „Du nicht."

Sie schaute ihn ebenso verwundert an wie die anderen.

Augustus begann zu zittern. Er merkte, wie seine Knie weich, seine Hände von einem Tremor befallen wurden. Sein Kinn zuckte, als wäre er wieder ein Kind und kämpfte darum, nicht in Tränen auszubrechen.

„Auf dich warten andere Aufgaben", sagte er herrisch und ignorierte den skeptischen Blick seines ältesten Freunds. „Du hast noch mit dem Zulieferer zu reden, wie ich weiß."

„Um zwölf", sagte sie. „Das sind noch zweieinhalb Stunden, Liebster."

Liebster …

Liebster …

Liebster!

Augustus wäre am liebsten aus der Haut gefahren, hätte sie angeschrien, mit dem Finger auf sie gezeigt und ihr verboten, ihn jemals wieder so zu nennen.

So wie gestern erst, als sie ihn bei einem Telefonat gestört hatte.

Ihm diesen abscheulichen, vollgekritzelten Zettel unter die Nase gehalten und von ihm hatte wissen wollen, was das zu bedeuten hatte.

Wie er darauf kam, dass sie ihm untreu sei.

Pah.

Hier konnte man es doch sehen. Hier war der Beweis.

Weshalb er sich gestern noch verwundert über den Zettel gezeigt hatte, ihn mit in Falten gelegter Stirn entgegengenommen, ihn betrachtet und einen noch nie gekannten Grad an Verwirrung in sich aufsteigen gespürt hatte, war ihm jetzt ein Rätsel.

Ebenso seine verwunderte Zurückhaltung.

Sein gestammeltes: „Das soll ich geschrieben haben?"

Er musste jetzt nur an das „Liebster" denken, um wieder in Rage zu geraten.

Ihre ihm angedachte Zuneigung öffentlich zu zeigen, war, wie ein weißes Leinentuch durch Schmutz zu ziehen.

Er beherrschte sich. Wie immer. Er blieb ruhig. Sagte leise, um ein freundliches Lächeln bemüht: „Du wirst etwas finden, das dich beschäftigt! Wollen wir?"

„Natürlich", sagte Simon, der noch immer dastand und Augustus musterte.

Blicke, die sich wie kleine Nadelspitzen auf der Haut anfühlten.

„Deshalb bin ich hier."

„Deshalb bist du hier", echote Augustus und deutete an der Treppe vorbei hin zu einer Tür. „Nach dir."

Simon setzte sich in Bewegung und wandte sich nicht an seinen Freund, sondern an dessen Sohn, als er fragte: „Wollte Vivien nicht bei uns sein?"

„Ihr ist nicht gut", wich Vincent aus.

„Hoffentlich nichts Ernstes."

„Nein", sagte Vincent und schüttelte den Kopf, um dann an Simon vorbeizueilen und die Tür zum Salon zu öffnen. „Sie hat Nachrichten bekommen, die sie beschäftigen. Ich will ihr die Ruhe gönnen, die sie benötigt, um eine gute Gastgeberin zu sein."

„Vorbildlich", sagte Simon und trat dann vor Augustus und dessen Sohn in den weitläufigen Salon, in dessen Mitte ein langer, auf Hochglanz polierter Tisch stand. „Der moderne Mann weiß, wie er seine Frau zu behandeln hat …“

Augustus hatte das Gefühl, von tausend rasiermesserscharfen Klingen getroffen zu werden.

***

Vincent wusste, dass sein Vater in düsterer Stimmung war. Schlimmer noch als vor wenigen Tagen, als er Vivien und ihn bei ihrem Gespräch überraschte. Er wusste, dass sein Vater alles andere als erfreut sein würde, wenn er ihm den Gast ankündigte, der sich vorhin nur via Telefon gemeldet und sein Kommen verkündet hatte.

Clarence Williams.

Chefredakteur der hiesigen Zeitung.

Ein hochgewachsener Mann, der die Haltung der britischen Oberschicht mit seiner Muttermilch aufgesogen zu haben schien. Der so steif und korrekt war, dass er von spitzen Bemerkungen und Spitzfindigkeiten ebenso wenig hielt wie schlammig durchgeführte Recherchen und Rechtschreibefehler in den Artikeln seiner Mitarbeiter.

„Mister Williams will mit dir sprechen“, sagte Vincent, nachdem er die Tür zum Büro seines Vaters geöffnet und schon beim bloßen Anblick Augustus’ bemerkt hatte, dass dieser in übler Stimmung war.

„Ich nicht mit ihm.“

„Er meint, es sei wichtig.“

„Ich nicht mit ihm“, wiederholte Augustus, der nicht einmal den Kopf hob, sondern ununterbrochen damit beschäftigt war, sich eiligst Notizen auf einem milchig weiß schimmernden Blatt Papier zu machen.

„Es geht um unser Projekt.“

Hätte Vincent es nicht besser gewusst und dass solche Geräusche nur in albernen Komödien vorkamen oder zur Übertreibung neigenden Comics, so wäre er sich sicher gewesen, dass der Kugelschreiber seines Vaters ein bremsendes Geräusch von sich gab.

„Was interessiert es ihn?“, wollte Augustus wissen.

„Darüber wollte er mit dir sprechen.“

Augustus hob das erste Mal den Kopf, betrachtete seinen Sohn. „Was hast du ihm gesteckt?“

Vincents Herz schlug ihm bis zum Hals. „Vater?“, fragte er, nicht mehr um Gelassenheit bemüht. Nicht mehr darauf aus, einen Konflikt offen auszutragen.

„Zuchtbulle“, zischte Augustus, um sich dann zu strecken. Alles in ihm veränderte sich. Da war keine Gereiztheit mehr. Keine kühle, auf Krawall gekämmte Attitüde mehr. Nur noch ein distanziertes, vornehmes Desinteresse an dem, was um ihn herum passierte.

„Ich lass bitten.“

Vincent nickte und drehte sich um. Dazu ein unter seinem ganzen inneren Aufruhr schwimmender Gedanke, den er erst nicht fassen konnte. Der ihm so fremd, so unnatürlich war, dass er ihn nur ganz leise, raunend wispernd in sich vernahm.

Nachdem er sich zu dem hinter ihm stehenden, in seinem karierten Anzug gekleideten Mann umgedreht hatte, schaffte er nicht mehr, als ihm zuzunicken. „Sie dürfen.“

„Danke“, sagte Williams, lüftete seinen Bowler, hängte sich seinen Regenschirm über den Unterarm und trat an Vincent vorbei ins Arbeitszimmer von Augustus McBright.

Vincent hörte noch, wie William sagte: „Ich habe was in Erfahrung gebracht, das mich interessiert und worüber Sie mir sicherlich mehr Auskunft geben können. Ist es wahr, dass Sie Enteignungen planen, um den Bau der Fabrik vorantreiben zu können?"

Erst jetzt begriff Vincent, was er gedacht hatte.

Als lege man einen Hebel in meinem Vater um …

WAS NICHT SEIN DARF

Ann Goldsmith war ... speziell. Lindsey, die den ganzen Morgen neugierig auf die Frau gewesen war, die am engsten mit Edward vertraut war, die mit ihm zusammenarbeitete, die ihn besser kannte als niemand anderes, fand keine andere Beschreibung.

Lindsey kramte ununterbrochen in dem reichhaltigen Fundus an Charakterisierungen in ihrem Verstand, ging geschriebene Artikel gedanklich durch. Erinnerte sich an eine ihrer ersten Arbeiten, bei der sie über einen Ski-Club in London schrieb, der, skurrilerweise noch nie eine Fahrt in die Berge organisiert hatte.

Die Menschen, die sich in diesem Club zusammengetan hatten, fanden es amüsant, sich in einer Sporthalle zu treffen und Leibesübungen auszuführen.

Da hatte sie das erste Mal versucht, einen Menschen wertschätzend zu parodieren. Hatte sich Gedanken darüber gemacht, wie sie den 1. Vorsitzenden schrullig, aber liebevoll beschreiben konnte.

Ihr war damals nichts anderes eingefallen, als ihren Artikel mit den Worten zu eröffnen:

Um den Ski-Club „Unsere Bretter" verstehen zu können, muss man den liebeswerten ...

Sie hatte lange gebraucht, um dieses Adjektiv zu finden. Sie hatte fast eine Stunde vor ihrem PC gesessen, ein Bleistiftende zwischen den Lippen, während ihre Blicke unentwegt vom Notizblock zum Monitor wanderten.

Unzählige Gedanken waren ihr durch den Kopf geschossen, um dann auf „liebenswert" zu kommen.

Hier war es ähnlich.

Als sie Ann begegnete, sie ihr die Hand reichte, sich vorstellte, hatte diese Lindseys Hand beiseite gewischt – was sie erst als aggressiven Akt wahrgenommen hatte –, um dann mit glockenheller Stimme zu sagen: „Lass dich drücken, Darling. So ein hübsches Mädchen muss einmal fest in den Arm genommen werden. Verstehe gar nicht, dass Edward mir geschrieben hat ‚Vorsicht. Stellt hintergründige Fragen. Nicht darauf reinfallen.' Du bist doch so ein lieb anzusehendes Kindchen. Komm nur rein. Komm, ich zeige dir alles, was es zu sehen gibt!"

Lindsey war völlig überrumpelt worden. Sie hatte mit allem gerechnet, mit einer Kratzbürste, einer Frau, die Lippenstift auf den Zähnen spazieren trug und über den breiten Hornrand ihrer Brille die Welt aus finsteren Augen betrachtete.

Aber nicht mit dieser Frau hier.

Nicht mit einer herzensguten Sozialarbeiterin, die in ihren Leggins, obwohl sie füllig war, sportlich-elegant aussah. Die ein freudiges, erheiterndes Lächeln auf den breiten Lippen trug und aus hellstrahlenden, blauen Augen Lindsey ununterbrochen musterte und betonte: „Wie hübsch bist du eigentlich? Ist dir das überhaupt nicht peinlich?"

„Nun", versuchte Lindsey, ihre Verlegenheit ein wenig hinunterzuspielen. „Ich habe dazu ja nicht viel getan."

„Deine Eltern hatten einen guten Tag, als sie dich gemacht haben", sagte Ann lachend, während sie Lindsey in ihrem geräumigen eingerichteten Büro einen Platz in einem ledernen, hochlehnigen Sessel anbot. Sie zwinkerte, als sie sagte: „Dein Vater hat bestimmt die rechte Socke ausgezogen, als er dich gezeugt hat."

Lindsey blinzelte.

Sie wusste beim besten Willen nicht, wie sie auf die schrullige Art Anns reagieren sollte.

Lachen? Ignorieren? Sie darauf hinweisen, dass sie etwas zu weit ging?

Oder hoffen, dass sie durch ihre Offenheit mehr über Edward erzählt, dachte ihr auf Geschichten ausgelegter, journalistischer Verstand. Der, als sie Ann da hinter ihrem mit Aktenbergen versehenen Schreibtisch sitzen sah, augenblicklich zu ticken begann. Der ohne Umschweife auf Emily zu sprechen kommen wollte.

Auf den verschwundenen Augustus, den nicht mehr in die Öffentlichkeit tretenden Vincent oder die wie vom Erdboden verschluckte Vivien.

Und vergiss die Gruft nicht, dachte sie jetzt, während sich Ann vor ihr durch einen Haufen Papiere wühlte, die sie Lindsey unbedingt zeigen wollte. Edward hat so merkwürdig darauf reagiert, als du ihm sagtest, dass der Eindringling geradewegs auf sie zusteuerte.

Was der nächste Punkt auf ihrer Liste war.

Sie hatte ja geahnt, dass etwas mit dem in dem Hain gelegenen alten Bau nicht stimmte, nachdem sie den Mann getroffen hatten, der sich verlaufen hatte.

Aber gestern Abend, als sie Edward keuchend und schnaubend mitteilte, was sie gesehen hatte, war ihr Verdacht ins Unermessliche gestiegen.

Sie hatte gesehen, wie sein vor Sorge weichgezeichnetes Gesicht an Härte gewann. Wie eine Art Steinhaut über seine Züge wanderte.

Seine Lippen, eben noch geöffnet, zu einer besorgten Frage geformt, hatten sich felsenfest aufeinandergelegt. Seine Blicke, eben noch auf sie gerichtet, voller Mitleid, waren kalt geworden. Eiskalt. So, dass Lindsey jetzt noch ein Schauer über den Rücken wanderte, wenn sie nur daran dachte.

Am schlimmsten aber war seine Stimme gewesen, als er sie fragte: „Was haben Sie getan?“

Es hatte Lindsey völlig verwirrt.

Nicht, weil sie mit der Frage nichts anfangen konnte, sondern deshalb, weil sie sie nicht interpretieren konnte. So, als wäre sie schuld daran gewesen, dass der Einbrecher zur Gruft gelangen wollte.

Ihre stammelnde Antwort war gewesen: „Nichts.“ Um dann hinterherzuschieben: „Ich habe den Eindringling vertrieben und dann verfolgt.“

Edward hatte nicht weiter reagiert.

Als er in die Dunkelheit verschwunden war, hatte er weder eine Begrüßung noch eine andere Höflichkeitsfloskel von sich gegeben: „Ihre Männer müssen ihr Augenmerk auf mehrere Areale legen …“

„Wo bist du nur die ganze Zeit mit deinem hübschen Köpfchen?“, riss Ann die noch immer in tiefen Gedanken versunken dasitzende Lindsey zurück in die Realität. „Diesmal meinte ich nicht dich. Sondern mich.“ Sie

kicherte und deutete auf den vor ihr liegenden Akten-
stapel. „Als hätte ich da die Liste der Voranmeldungen
für unser Projekt liegen. Die hatte ich doch schon feinsäuberlich in einem Ordner abgeheftet. Nun muss ich
nur wissen, wo ich den Ordner hingeschmissen habe",
sie seufzte, bevor sie weiterredete, „Ich habe hier aber
auch so viel zu tun und zu organisieren. Aber ich mache
es ja gerne. Für die Kinder und für Edward."

„Den Sie schon lange kennen?"

„Du", sagte Ann. „Wir lassen das mit der vorgeschobe-
nen Höflichkeit, ja? Mag ich nicht so und gefällt mir
nicht. Wirkt immer so aufgesetzt. Der Typ bin ich nicht.
Und ja, ich kenne Edward schon sehr lange. Sehr, sehr
lange. Wie lange? Sage ich dir nicht. Denn du weißt ja,
Edward hat mich vor dir gewarnt."

„Was meine nächste Frage gewesen wäre. Warum tut
er das?" Lindsey musste zugeben, dass sie die vorhin so
in einem Nebensatz fallengelassene Behauptung mehr
getroffen hatte, als sie zugeben wollte.

Sie war, naiverweise, hierhergekommen, weil sie gehofft hatte, mehr über Edward zu erfahren, und das
von einer Frau, die sie als ruhiger, gesetzter erwartet
hatte. Jemand, der sie nicht mir ihrer Fröhlichkeit über-
fuhr und in Verwirrung setzte.

„Weil er vorsichtig ist, Süße. Er lässt niemanden an
sich heran."

„Das verstehe ich nicht, wenn ich ehrlich bin. Er ist
distanziert, wortkarg, dann wieder lieb und freundlich.
Er frühstückt mit mir und im nächsten Moment hat er
keine Lust mehr auf meine Fragen und meine Reportage."

„Weil du die falschen Fragen stellst."

„Es gibt keine falschen Fragen."

„Naiv", sagte Ann und hatte einen Unterton in der Stimme, den sie nicht zuordnen konnte.

Es war ihr, als habe Edwards Sozialarbeiterin für eine Millisekunde ihre Fassade heruntergelassen. Als wäre die sorgsam aufgesetzte Maske, die sie trug, verrutscht, und hätte Lindsey einen Blick auf das gewährt, was wirklich hinter Anns Fröhlichkeit steckte.

Ohne aber, dass sie einen weiteren Blick darauf werfen konnte.

„Hier ist er ja endlich. Mensch, wo ich immer meinen Kopf habe!" Mit den Worten zog Ann den Ordner unter einem Stapel Zeitungen und Magazinen hervorgezogen, auf denen Reiseziele und Orte abgebildet waren.

Traumhafte, weiße Strände, an denen ein Paar Hand in Hand, sich verliebt anschauend, entlangging. Ein Prospekt zeigte eine auf dem Meer dümpelnde Yacht und darüber stand eine Überschrift wie „Daheim ist man nur auf dem Meer".

Lindsey, noch immer nicht dazu in der Lage, den Wust an Worten und Gesprächswechseln zu folgen, griff automatisch nach dem ihr gereichten Ordner und fragte, Ann einen verwirrten Blick zuwerfend: „Damit soll ich was?"

„Schau rein, Süße, und du wirst sehen, wie nötig unser Projekt hier draußen ist. Jeder einzelne Bogen ist ein Kind, das dringend aus dem Großstadtmoloch heraus muss. Ruhe brauchen unsere Kinder. Erholung. Und nicht den unentwegten Druck unserer auf Konsum und Erfolg ausgelegten Gesellschaft."

„Du sprichst auch von dir."

Ann deutete mit dem Zeigefinger auf Lindsey. „Gut hingehört."

Lindsey lächelte. Dann sagte sie: „Sie sind mit Edward aufgewachsen, wie ich annehme. Laut Homepage sind Sie und er ein Jahrgang."

„Unsere Eltern waren, nun, wie soll ich sagen, geschäftlich miteinander verbunden. Und jetzt…" Sie breitete die Arme aus. „… sind wir es. Nur mit der Aussicht auf Besserung und dem Wissen, dass wir unsere gemeinsamen Ziele nicht mehr aus den Augen verlieren."

Lindsey ließ die Worte Anns durch ihren Verstand wabern. Speicherte sie ab und schlug die erste Seite des ihr gereichten Ordners auf.

„Pflegekinder?", fragte Lindsey, nachdem sie enttäuscht festgestellt hatte, dass die meisten ihr zur Verfügung gestellten Informationen in dem Ordner geschwärzt waren. Namen, Geburtsdaten, Herkunft, alles war feinsäuberlich mit einem schwarzen Balken versehen. Nur der soziale Status war offengeblieben, so wie einige im Lebenslauf des Kindes aufgeführte Schlagwörter.

„Die meisten unserer Besucher kommen aus schweren Verhältnissen. Sie sind in Obhut genommen worden. Sie haben so viele Abbrüche und Traumata erfahren, dass sie mehr als dringend darauf angewiesen sind, unseren Slogan kennenzulernen. Den du sicherlich schon kennst."

„Tue ich nicht."

„Dieser Edward", sagte Ann mit einem Lachen und tippte sich gegen die Stirn. „Er ist immer so bescheiden. Dabei war es seine Idee."

Ann hielt inne und schaute zu Lindsey.

Die starrte zurück. Fragte: „Was?"

„Möchtest du ihn gar nicht wissen?"

„Den Slogan?"

„Wovon rede ich denn sonst, Schätzchen? Natürlich den Slogan. Also?"

„Sag ihn mir."

„Daheim ist hier!"

Lindsey nickte und versuchte, hinter den Sinn der Worte zu kommen. Sie legte ihre Stirn in Falten, räusperte sich und lächelte dann. „Schön", gab sie von sich. „Wer ist Emily?"

„Bitte?"

„Emily", wiederholte sie, als sie sah, wie sich Anns Stirn in Falten legte. „Ich frage mich, wer das ist. Edward nannte mir die Namen der vier fertiggestellten Häuser. Elisabeth – unsere verstorbene Königin? –, Margret – vermutlich Oma oder Tante. Aber ich vermute Großmutter. Teresa – liegt auf der Hand. Vivien, die Mutter. Nur Emily. Die passt nicht. Sie hat weder was Schützendes wie Königin oder Heilige. Ist weder Oma noch Mutter. Aber sie taucht immer wieder auf. Und wenn ich mich nach ihr erkundige – nichts. Nur ein Artikel, der ihr plötzliches Verschwinden thematisiert. Also, wer ist sie?"

Ann seufzte und schüttelte den Kopf. „Das geht dich wirklich gar nichts an."

„Das Einzige, was ich über sie..."

„Schätzchen, ich bitte dich. Nimm den Ordner, siehe dir an, wie viele Kinder wir hier in den nächsten Wochen aufnehmen. Und schreibe darüber deinen Bericht, ja. Lass Edward Edward sein."

„Redest du mir gerade ins Gewissen?“

„Ich appelliere an deine Vernunft. Edward hat genug erlebt, um jetzt noch eine neugierige Journalistin ertragen zu müssen.“

„Klingt merkwürdig, wenn ich ehrlich bin.“

„Die Vergangenheit ist nicht immer dafür da, um beleuchtet zu werden.“ Anns Stimme wurde wieder heiter, als sie sagte: „Sieh dir mal an, wen wir alles einstellen werden.“

Lindsey war es, als habe Ann ihre eben geführte Unterhaltung komplett vergessen.

„Drei sozialpädagogische Assistenten. Zwei Psychologen. Zwei Ergotherapeuten. Fünf Sozialpädagogen.“

„Versucht Edward, etwas wieder gerade zu biegen?“ Lindsey wusste, dass sie einen Schritt zu weit ging. Dass sie sich jetzt gerade alles zu verscherzen begann.

Mit Frank, mit Ann und vor allem mit Edward.

Aber sie musste ihren Verdacht aussprechen. Das nagende Gefühl von Wissen freilegen, weil sie sonst glaubte, unter dem Juckreiz der Unwissenheit zugrunde zu gehen.

Sie schaute Ann an.

Diese starrte zurück.

„Fünf Sozialpädagogen“, wiederholte sie, die Augen zu Schlitzen zusammengekniffen. „Alle von Edward und mir persönlich ausgesucht und eingestellt. Wir geben uns sehr viel Mühe mit seinem Kinderprogramm.“

„Also?“

„Sehr viel Mühe …“

Lindsey nickte. „Verstanden“, sagte sie, tätschelte den Ordner und erhob sich von ihrem Platz. „Ich werde mir ansehen, was unser Wunderknabe so alles auf die

Beine stellt und wie geölt die Maschinerie hier läuft. Danke für deine Mühen.“

„Ich habe zu danken.“

Lindsey verließ das Büro.

Sie meinte zu spüren, wie die Blicke Anns sich ihr in den Rücken bohrten.

***

Edwards Handy klingelte nur einmal, bis er ranging.

„Ja?“, fragte er knapp, als wüsste sein Gesprächspartner, was er wissen wollte.

„Habe sie abgespeist.“

„Und?“

„Sie ist misstrauisch.“

Edwards Miene versteinerte sich.

„Keine Sorge. Ich bekomme das hin. Und, nein, es war kein Fehler, an die Presse zu gehen. Wir brauchen die Aufmerksamkeit, um Fördergelder zu bekommen. Es geht um das Projekt. Es geht um uns.“

Edward sagte nichts. Er hörte nur zu.

„Ich regle das.“

Er wollte die Verbindung gerade unterbrechen, als er Ann sagen hörte: „Sie ist ein lieber Mensch. Das spüre ich. Lieb wie...“

„Wimmle ihre Fragen ab“, sagte Edward und wollte den messerscharfen Stich, der ihm mitten ins Herz fuhr, nicht fühlen.

Er legte auf.

***

Lindsey musste ihre Überraschung noch immer verdauen, als sie sich in ihren Wagen setzte, den Ordner auf den Beifahrersitz warf und das Gespräch mit Ann überdachte.

Während sich ihr auf Geschichten, Widersprüche und Ungereimtheiten trainierter Verstand Detail für Detail ins Gedächtnis rief, meldete sich eine andere Region ihres Kopfes.

Eine, mit der sie nicht gerechnet hatte.

Die sie, im wahrsten Sinne des Wortes, überraschte.

Die ihr ein kurzes Kopfschütteln bescherte, als sie begriff, dass sie nicht wütend, sondern erstaunt war. Gepaart mit einem Schuss Neugier, die sie jetzt, wo sie in ihrem Wagen saß und ihr Handy in der Hand hielt, durch Faszination ersetzte.

Dazu kam ihr ein Gedanke, der sie nicht journalistisch, sondern zwischenmenschlich interessierte: *Warum tat Edward das alles?*

Was hatte das für einen Sinn?

Sie begriff es nicht.

Um dann, als sie den Namen von Edwards rechter Hand, Ann Goldsmith, in das Google-Display eintippte, zu bemerken, was ihr eben, während sie in den Wagen gestiegen war, aufgefallen und dennoch entfallen war.

Sie kniff die Augen zusammen.

Erst hatte sie gedacht, dass ihre Augen ihr einen Streich gespielt hatten. Eine kurze, optische Täuschung, der sie unterlegen war.

Nur um dann zu merken, als sie das Handy sinken ließ, dass sie sich nicht getäuscht hatte.

Da unter dem Scheibenwischer hing ein Zettel.

Kein Blatt, wie sie erst gedacht hatte. Sondern ein Zettel aus einfachem, billigem, liniertem Papier, das sorgsam zweimal gefaltet worden war.

Lindsey stieg aus dem Wagen.

Vorsichtig, fast so, als könnte sie sich die Finger verbrennen, griff sie nach dem Zettel, nahm ihn an sich und schaute sich vorsichtig um, bevor sie ihn entfaltete.

Niemand war zu sehen.

Kein Auto fuhr über die Straße.

Lindsey schluckte und las dann die Botschaft, die auf dem Papier stand:

Menschen verschwinden nicht einfach so.

***

Lindsey hatte aus einem Zufall heraus gesehen, wie Edward in seinen auf Hochglanz polierten Aston stieg. Sie war von Anns Büro aus geradewegs zurück zum Anwesen gefahren mit der Absicht, mit ihm zu reden.

Nicht wie sonst um den heißen Brei herum oder vorsichtig, ihn mit Samthandschuhen anfassend. Nein, sie hatte sich vorgenommen, ihn unverblümt mit allem zu konfrontieren, was ihr durch den Kopf ging.

Angefangen mit dem Zettel, den sie nun in der Hosentasche mit sich führte, weiter zu Ann, über die sie etwas Interessantes herausgefunden hatte. Und darüber, was Frank ihr erzählt hatte, als dieser sie anrief, während sie mit zitternden Händen neben der Motorhaube ihres Wagens gestanden hatte und nicht hatte begreifen können, was sie da eben zu lesen bekommen hatte.

In dem ganzen inneren Aufruhr, der Wut, der Verwirrung, der ihr enorm gegen den Strich gehenden Unsicherheit hatte sie aus einer Kurzschlussreaktion heraus gehandelt. Sie hatte ihren Mini mit quietschenden Reifen zum Stehen gebracht und aus der Windschutzscheibe hinaus auf den in seinen Aston steigenden Edward gestarrt.

Ihre Gedanken, so irr und wirr sie auch waren, hatten dennoch eine kristallklare Botschaft in ihren Verstand gesendet.

Dranbleiben!

Reden!

Jetzt!

So saß sie nun in ihrem Wagen, ignorierte den 08/15-Song, der aus dem Radio plärrte, und sog den Atem tief ein.

So wie sie sich jetzt fühlte, so hatte sie sich bei Matthew gefühlt, als dieser ihr gestanden hatte, dass er sie betrogen hatte. Dass es zum Kuss gekommen war, den Lindsey niemals im Leben erwartet hatte.

Darum war sie in Wut.

Deshalb fühlte sie sich wie zu Boden gedrückt und in den Magen geboxt. Weil sie mit der auf sie einstürmenden Situation nichts anfangen konnte.

Nicht eine Sekunde.

Sie fühlte sich alleingelassen.

Hineingeworfen in eine Situation, der sie beim besten Willen nicht gewachsen war. Und derjenige, der ihr etwas von ihrer sie packenden Furcht nehmen konnte, war Edward McBright. Der aber gab sich als unnahbar. Er hatte weder auf ihren Anruf reagiert noch auf ihre ihm hastig getippten SMS.

Er beachtete nicht einmal den auf dem Seitenstreifen stehenden Mini, als er seinen Wagen schnurrend, einer Katze gleich, in Gang setzte und sein Anwesen verließ.

Das sich automatisch schließende Tor schimmerte golden im nachmittäglichen Tageslicht. Lindsey nahm wie aus weiter Ferne das Zwitschern der Vögel wahr und spürte nur noch einen Impuls: Edward hinterherzufahren.

Sie musste mit ihm reden.

So nahm sie nur aus dem Augenwinkel wahr, als sie ihren Mini wendete, dass zwei Männer aus dem Anwesen traten, in schwarze Anzüge gekleidet. Die Hände vor den Gürtelschnallen zusammengefaltet, konnte man die leicht ausgebeulten Jacketts sehen, in denen mit Sicherheit Waffen steckten.

Lindsey dachte nur: *Das ist völlig verrückt.*

Um dann einem zweiten Gedanken zu lauschen, der sie fragte: *Warum bleiben die Männer auf dem Anwesen und fahren nicht mit Edward mit?*

Um eine Antwort von einem dritten Gedanken zu bekommen, der ein weiteres Gedankenkarussell anschob: *Weil es nicht um Edward geht.*

Worum dann?

Nur um die Gruft?

Lindsey bekam ihre Gedanken nicht mehr unter Kontrolle. Sie merkte, wie sich alles in ihr zu drehen begann. Es war ihr, als habe sie sich in etwas verlaufen, verrannt, ihre imaginären Hörner in eine Wand gerammt, ohne zu wissen, wie sie sich aus ihrer Lage befreien konnte.

Wie sollte sie auch?

Wie sollte es ihr gelingen?

Es war so gut wie unmöglich.

Sie hatte von Frank etwas erfahren, womit sie nicht gerechnet hätte, und auch ihre eigenen Recherchen über Ann hatten etwas ergeben, das sie nicht genau zuordnen konnte.

Hinzu kam der Zettel.

Was sollte das?

Sie schüttelte innerlich den Kopf, fuhr Edward hinterher und fand, dass sie die schlechteste aller Spioninnen war, die es jemals auf der Erde gegeben hatte. Nicht nur, dass sie immer wieder viel zu nah auffuhr, sie schaffte es auch nicht, unauffällig zu fahren. Immer wieder wanderten ihre Gedanken wie wild durch ihren Kopf. Machten sie unkonzentriert.

Einmal streifte sie den Seitenstreifen und riss ihr Lenkrad wieder schleunigst herum, während sie bei einem anderen Mal so sehr in den Gegenverkehr fuhr, dass ein ihr entgegenkommender Fahrer hupte.

Zu allem Überfluss merkte sie, wie ihre Wut auf Edward abzuklingen begann. Nicht so, als würde sie ihm verzeihen, sondern so, weil sie ihn mit anderen Augen zu sehen glaubte.

Als sie zum zweiten Mal hinter ihm auffuhr, sah sie etwas, das sie niemals im Leben vermutet hatte.

Edward sang.

Laut.

Mit Körpereinsatz.

Aus voller Brust.

Sie konnte sehen, wie er immer wieder die Hände vom Lenkrad nahm, wie er ein Schlagzeugsolo mitspielte, wie er jede Zeile des Texts von sich gab.

Er wirkte ...

… menschlich.

Er wirkte so wie vor wenigen Tagen am Kamin.

Sie sah einen Menschen.

Jemand, der ausgesprochen gute Laune hatte.

Der sich über etwas freute.

Erst wollte sie ihrem Gedanken Platz geben, der sagte: *Er freut sich, weil er dir schön einen reinwürgen konnte. Er hat dich bei Ann auflaufen lassen.*

Um dann zu merken, dass es etwas anderes war, was sie dachte.

Er ist fröhlich, weil er jetzt frei ist.

***

„Evelyn", begrüßte Edward die am Rande des Spielplatzes stehende Frau, indem er ihr die Hand entgegenstreckte. „Es freut mich, dass Sie Zeit gefunden haben, um mich zu treffen."

„Sie haben mir ja keine Wahl gelassen", erwiderte sie.

Edward, der auf eine Spitze gefasst gewesen war, der damit gerechnet hatte, dass Evelyn ihm eine verbale Breitseite verpasste, lächelte schief. „Weil das hier für mich wichtig ist."

Die Frau, deren Haar dunkel gefärbt war, machte ein gequältes Gesicht.

„Und ich weiß, was es bedeutet, dass Sie hierhergekommen sind. Danke dafür."

„Ich wollte nicht."

„Was ich verstehen kann. Total. Aber Sie sind die Erste, der ich unter die Augen trete, seit, nun, damals. Ich muss zugeben, dass ich mich darüber freue, auch wenn der Anlass ein trauriger ist."

Evelyn sagte nichts.

Sie betrachtete den vor ihr stehenden, um ein lockeres Lächeln bemühten Edward und löste in ihm ein irrwitziges Gefühl von Heiterkeit aus. Getragen von seiner durch ihn hindurchkreisenden Unsicherheit.

Schon im Wagen hatte er versucht, sich mit Pennywise abzulenken. Hatte *All or Nothing* mehrmals laut aufgedreht und das Intro in seinen Gedanken mitgespielt, um dann das hammermäßige, ihn immer wieder aufs Neue faszinierende Schlagzeug mitzuspielen.

Das alles, weil er der Meinung war, endlich etwas Gutes tun zu können.

„Deshalb möchte ich …“

„Oma“, unterbrach ihn plötzlich der Ruf eines kleinen, höchstens sechs Jahre alten Mädchens. „Guck mal, was ich gefunden habe. Ein Kleeblatt!“

„Wie schön es ist“, erwiderte Evelyn, die die in den Taschen ihrer Hose vergrabenen Hände hervorholte und den ihr gereichten Stängel ergriff. „Es hat ja vier Blätter.“

„Toll, oder? Und guck mal, wie schön es ist.“

„Wunderschön.“

Edward leckte sich mit einem Anflug Nervosität über die Lippen. Er holte tief Luft, schluckte und fragte: „Sie ist …?“

„Nein“, schüttelte Evelyn den Kopf. „Nicht von Emma.“

Edward wollte erst ein erleichtertes „Gut“ ausstoßen, um sich im letzten Moment zurückzuhalten, angetrieben von einem ihm durch den Kopf schießenden Gedanken: *Damit öffnest du der Wut nur Tür und Tor.*

Und das willst du nicht.

Um Himmels willen, das willst du ganz und gar nicht.

Deshalb lächelte er und betrachtete das noch immer vor seiner Großmutter stehende Kind und kam sich plötzlich fehl am Platz vor.

Was er damit zu kompensieren versuchte, indem er vor dem dunkelhaarigen Mädchen in die Knie ging, sie anlächelte und mit einem zur Seite geneigten Kopf betrachtete.

Er fragte: „Wo hast du das Blatt denn gefunden?"

„Da", sagte das Mädchen, auf dessen Lippen sich ein Lächeln ausbreitete, das Edward entzückte. Das ihm einen wohligen Schauer der Freude, aber auch einen stechenden Stich der Trauer empfinden ließ.

Entzückt war er, weil er es liebte, in Kindergesichter zu schauen, die sich freuten. In denen das Licht der Zuneigung aufging. Ein kurzes Aufblitzen der Erkenntnis, gesehen zu werden.

Der Stich kam, weil er an einen Gedanken gekoppelt war, den er nicht aufhalten konnte, obwohl er es mit aller ihm zur Verfügung stehenden Kraft versuchte.

Du hattest deine Chance.

Du hast sie ziehen lassen.

„Der beste Platz", sagte Edward, der sich ablenken wollte. „Da habe ich auch schon einiges an Glück gefunden. Weißt du, was man übers Glück sagt?"

„Was denn?"

„Dass es kein Ziel ist, sondern eine Reise. Jeder ist seines Glücks eigener Schmid."

„Ich bin glücklich", sagte sie und erinnerte Edward überraschend an ihren Großvater, als sie ihn so anstrahlte. Er konnte ihr Erstaunen für die Welt ebenso in ihren Augen erkennen wie die Hoffnung auf Zufriedenheit.

Edward musste an den kleinen, untersetzten, glatzköpfigen George denken und daran, wie er immer gestrahlt hatte, wenn er den damals heranwachsenden Edward sah. Wie er die Hand zum Gruß hob und rief: „Und, mein Junge, hast du das nächste Abenteuer vor der Brust?"

Edward dachte daran, wie übel George damals mitgespielt wurde und dass er sich von dem damalig erlittenen Schock nicht hatte erholen können.

Wie auch?

Das war so gut wie unmöglich gewesen.

Edward, der es hasste, wenn er sich selbst aus dem Konzept brachte, räusperte sich, hob den Kopf und versuchte, nicht in die kreisrunden, dunklen Augen des Mädchens zu schauen. Nicht die Ähnlichkeit zu ihrem Großvater zu entdecken oder zu ihrer Oma. Dabei stupste er ihr liebevoll mit dem Finger gegen die Nase und flüsterte: „Werde glücklich, kleine Maus." Um sich dann an Evelyn zu richten. „Ich habe die Unterlagen dabei und möchte Sie inständig bitten, mein Angebot anzunehmen. Denn..."

„Was ich nicht verstehe, Mr McBright", unterbrach Evelyn ihn. „ist, dass Sie ein sehr hohes Risiko mit Ihrem Angebot eingehen."

Edward lächelte. „Ich möchte Dinge wiedergutmachen, ohne dass ich meine Ideen dafür aufs Spiel setze. Was George, Ihnen", verbesserte er sich, „angetan wurde, ist nicht gutzumachen, das weiß ich. Deshalb bin ich hier. Ich habe endlich die Chance, Ihnen etwas

Gerechtigkeit zukommen zu lassen, ohne dass ich mein Projekt selbst über die Klinge springen lasse.“

„Gewinnoptimierung?“, schoss Evelyn in seine Richtung und schien bemerkt zu haben, dass jede einzelne ausgesprochene Silbe Edward wie Messerstiche traf. Sie hob die Hand und winkte ab. „Entschuldigung. Das war nicht so gemeint.“

„War es. Und es ist okay!“

Nun war es Evelyn, die seufzte, die Hand ausstreckte und meinte: „Sie haben was für mich?“

„Ein Angebot, das uns beide leben lässt. Wie gesagt, das auch meine Ziele nicht gefährdet.“

„Das ich ohne nachzufragen annehmen soll?“, wollte die Frau wissen, die die freie Hand auf den Kopf des Mädchens legte und dabei eine Wärme und Liebe ausstrahlte, die Edward mehr traf, als er zugeben wollte.

Im ersten Moment hatte er gedacht, dass er den Strom an Gefühlen ignorieren konnte. Beiseite wischen und so tun, als wäre nichts gewesen. Nur um dann zu merken, als er das sich in die Mundwinkel des Mädchens stehlende Lächeln sah, dass er sich geirrt hatte. Schwer geirrt. So stark, dass er Magenschmerzen bekam und den in seinem Kopf aufsteigenden Gedanken nicht zurückdrängen konnte, der ihm zuflüsterte: *Das wirst du nie haben.*

„Reden?“, fragte er mit belegt klingender Stimme, um dann zu begreifen, was sie meinte. „Ich wollte nur mit meinen Worten sagen, dass ich alles dafür tue, dass uns allen Gutes widerfährt. Mein Projekt...“

„Das Kinderheim, ich habe davon gelesen ...“

Edward legte die Stirn in Falten und wollte erst nachhaken, um sich dann zu sagen, dass er sich nicht weiter ablenken lassen durfte. Dennoch verbesserte er die vor ihm stehende Frau, indem er sagte: „Erholungsheim für Kinder." Um dann erneut den Umschlag zu heben. „Es wird Ihren Verlust nicht decken, aber lindern. Bitte, sagen Sie mir, was Sie davon halten."

„Mein Anwalt wird mir raten zu klagen. Was weitere Klagen nach sich ziehen wird. Sie sind geständig."

„Ich würde das Angebot zurückziehen …"

„Tür und Tor sind geöffnet."

„In beide Richtungen", sagte Edward. „Bitte. Lassen Sie es prüfen, zu meinen Kosten."

Evelyn nahm den ihr gereichten Umschlag entgegen, legte den Kopf schief, als Edward ihr ein: „Danke" entgegenhauchte und dem Mädchen zuzwinkerte, sich herumdrehte und zu seinem Aston zurückkehren wollte.

Evelyn hielt ihn zurück, indem sie ihm nachrief: „Mr McBright?"

„Ja?"

„Warum?"

„Weil mir alles sehr leid tut. Niemand soll unverschuldet Konkurs anmelden und dann", es kostete ihn Überwindung, das zu sagen, „daran zerbrechen …"

***

„Was bildest du dir ein?"

Lindsey hatte mit vielem gerechnet, als sie aus ihrem Mini sprang und geradewegs auf Edward zulief, der gerade dabei war, aus seinem Aston auszusteigen.

Damit, dass er sie kalt abblitzen ließ.

Er sie ignorierte.

Er sie vielleicht schubste oder irgendetwas anderes tat, um sie sich vom Hals zu halten.

Aber dass er mit ausgestrecktem Zeigefinger auf sie zukam, sie aus hasserfüllten Augen anstarrte und seine Stimme zu einem Brüllen erhob, hatte Lindsey niemals erwartet.

Es war erschreckend und faszinierend zugleich gewesen, als sie Edward so auf sich zukommen sah, nachdem sie ihm zugerufen hatte: „Ich weiß, dass Ann mehr ist, als nur eine Angestellte." Um dann das vor ihr stehende Fass ganz zu öffnen, indem sie hinterherschob: „Ihr Vater hat mal für euch gearbeitet und ist dabei verunglückt."

Dabei hatte sie nicht gehässig oder überheblich klingen wollen.

Sie hatte nur eine Tatsache aufs Tablett legen wollen, von der sie dachte, dass sie da gut liegen würde.

Passte es nicht mit dem ganzen Verhalten Edwards zusammen?

Damit, dass er etwas „zurückgeben" wollte. Dass er Kindern die Chance gab, sich vom Alltagsstress zu erholen?

Ihr Verstand raste ununterbrochen.

Er beschäftigte sich mit diesem und jenem Kram und brach schließlich über eine kleine Unwegsamkeit zusammen, die sie bis jetzt gedacht hatte, nicht klären zu können.

Nur um jetzt, wo ihr ununterbrochen Gedanken kamen, sie plötzlich wusste, womit sich Edward herumplagte, mit ihren Vermutungen nicht mehr hinter dem Berg halten zu können.

„Wessen Schuld begleichst du?"

In dem Moment, als sie das sagte, war Edward im wahrsten Sinne des Wortes explodiert.

Er war geradewegs auf sie zugekommen.

Hatte die Stimme erhoben und hatte gar nichts mehr von dem sanften, liebenswerten jungen Mann, den sie vorhin noch auf dem Spielplatz gesehen hatte. Nichts mehr von der behutsamen Haltung, die er dem Mädchen gegenüber an den Tag gelegt hatte.

Der ihr, zu Lindseys Entzücken, an die Nase gestupst hatte. Mit einem für sie deutlich sichtbaren, ihr Herz erwärmenden Lächeln.

Was das Nächste war, was sie an Edward verwirrte. Er hatte so viel Wärme zu geben, so viel Liebe zu verschenken und war sich selbst unentwegt hart gegenüber.

Lindsey begriff ihn nicht.

Nicht eine Sekunde.

Weil sie nicht begreifen konnte, sie nicht in der Lage war, hinter die Fassade Edwards zu schauen, tat sie etwas, das sie wenige Sekunden später bereute.

Sie holte den Zettel hervor, der unter der Windschutzscheibe gehaftet hatte.

„Hast du was mit Emilys Verschwinden zu tun? Hast du ihr irgendetwas angetan? Weil sie hinter eines deiner", sie spie das Wort aus, „Geheimnisse gekommen ist?"

Lindsey hatte mit allem gerechnet.

Einem unechten Lachen. Einem im Schock erstarrten Gesicht. Vielleicht eine zum Schlag erhobene Hand.

Aber als sie den Zettel hervorholte, sie ihn Edward unter die Nase hielt, geschah etwas mit ihm, das sie niemals für möglich gehalten hätte.

War er eben sauer mit ihr gewesen, hatte er mit ihr geschimpft, so explodierte er jetzt.

„Was fällt dir ein?", schrie er und griff nach dem noch immer in Lindseys Hand liegenden Zettel.

Wie ein Racheengel kam er ihr plötzlich vor. Einem Gehilfen Satans gleich, der ins Haus Hiob eingefallen war und dessen Familie auslöschte.

Lindsey, die nicht sonderlich religiös war oder gar etwas mit Glauben am Hut hatte, kam dennoch dieser Vergleich in den Sinn. Sie konnte sich in die Geschichte der Versuchung und des Abfalls vom Glauben hineinversetzen und wählte den Vergleich mit Hiob nicht aus ungefähr.

Denn so wie Edward agierte, wie er sich benahm, war auch Hiob gewesen.

Einst ein guter, anständiger Mann, der in die Mühlen zweier Mächte geriet, die ihn versuchen und andererseits testen wollten.

Nur, und das war Lindseys Frage, wer waren die beiden Parteien, die so sehr um Edward fochten?

Seine Vergangenheit? Klar.

Die schwebte unentwegt über ihm. Wieder und wieder brach sie sich ihre Bahnen und verhalf einzelnen Szenarien, in die Gegenwart einzubrechen und Edward zuzusetzen.

Gerade jetzt, wo er wutschnaubend vor ihr stand, sie anfunkelte, er jegliche Liebenswürdigkeit verloren hatte, war es ihr, als wäre ein Schatten über ihn gefallen. Dunkel und drohend, an nichts anderem mehr interessiert, als Lindsey von sich fortzustoßen.

Sie wich einen Schritt zurück – was sie im gleichen Moment bereute.

Sie hatte nicht ihr Heil in der Flucht suchen wollen. Aber als sie sah, wie ihre einzige Frage, ihre Vermutung, Edward traf und impulsiv in die Luft gehen ließ, erschreckte sie.

„Lass Emily aus der Sache raus“, brüllte er. „Nimmst du noch einmal ihren Namen in den Mund ...“

Lindsey schluckte und hörte sich selbst wie aus weiter Ferne fragen: „Was dann? Verschwinde ich auch?“

„Geh“, sagte er, plötzlich ganz ruhig, in sich gekehrt, jeglicher Kraft beraubt. „Geh einfach.“

„Du hast nicht das Recht, so mit mir zu sprechen“, versuchte sie stammelnd, seine Wut zu zügeln, und wusste, noch während sie redete, dass sie die falsche Taktik gewählt hatte.

„Du hast mir gar nichts zu sagen“, flüsterte Edward und nahm seinen Finger nicht herunter. „Gar nichts. Du hast zu verschwinden, mehr auch nicht.“

„Ann ...“

„Das geht dich nichts an.“

„Aber sie war ein Kind eines Arbeiters, der für...“

„Glaubst du denn nicht, dass ich nicht wüsste, wer Ann ist? Bist du so vermessen anzunehmen, dass ich nicht weiß, was ich tue? Und nur du einen Durchblick hast?“ Er winkte ab und presste die Lippen aufeinander. „So arrogant kannst nicht einmal du sein.“

Lindsey zuckte zusammen.

Sie hatte gewusst, dass sie die eine oder andere Breitseite abbekommen würde. Dass er ihr verbal links und rechts eine Ohrfeige verpassen würde.

Womit sie als Journalistin immer rechnen musste. Was ihr – wie sie gedacht hatte – ein dickes Fell bescherte.

Sie irrte sich.

Als sie seine Worte hörte, sie begriff, dass er für sie mehr als nur geringe Wertschätzung übrig hatte, zuckte sie zusammen. Sie konnte sich gegen den sich in ihrem Kopf ausbreitenden Gedanken nicht wehren. Es war ihr unmöglich, nicht zu denken: *Abwertend.*

Es war wie ein durch sie hindurchhämmernder Flammenstoß.

Sie konnte an nichts anderes mehr denken und verlor all ihre Energie.

Schwach brachte sie noch hervor: „Ich möchte nur wissen …“

„Du willst beherrschen, das ist der kleine, aber feine Unterschied.“

Ihre Deckung fiel komplett auseinander.

„Du bist unerträglich“, meinte er und nahm den Finger herunter.

Bevor er seinen letzten, zerschmetternden, sie im wahrsten Sinne des Wortes in die Knie zwingenden Satz sagen konnte, murmelte sie noch: „Ich habe über Emily was herausgefunden. Und ich weiß …“

„… deshalb will ich, dass du mein Haus verlässt. Sofort!“

Vergangenheit, 1987

Vincent schaute seinen Vater verwirrt an. Seine Frage, leise, hohl, eher ein Hauch als ein Windstoß, lautete: „Ich soll was tun?“

„Du hast mich schon verstanden“, entgegnete Augustus, der es nicht einmal für nötig hielt, den Blick zu heben, während sein teurer, handgefertigter Kugelschreiber über das chloroformierte Hochglanzpapier glitt. Um dann ohne Emotion in der Stimme wissen zu wollen: „Oder hast du ein Problem damit?"

Habe ich, ja, wollte Vincent erst sagen, es ausstoßen, es rufen. Hinterherschieben: Er ist ein Freund der Familie. Wir können ihm das nicht antun.

Um dann nichts zu sagen.

Er ergriff keine Partei.

Vincent stand nur da, betrachtete mit weitaufgerissenen Augen seinen noch immer auf seinen vor sich liegenden Stapel Papier fixierten Vater.

„Gibt es noch was?", wollte Augustus schließlich wissen. Vincent stand noch immer vor seinem Schreibtisch. Noch immer wie gelähmt, den Schreck in den Gliedern und keine Chance sehend, wie er sich aus der Schockstarre jemals lösen könnte.

„Nein, Vater."

„Dann tue, was ich dir aufgetragen habe ..."

Vincent schluckte.

Das war Irrsinn!

***

„Ich kann das nicht", sagte Vincent, nachdem er sich in die Küche begeben hatte, in der er, zu seiner Verwunderung, aber auch Erleichterung, seine Mutter getroffen hatte.

Sie war gerade dabei, sich einen Tee aufzugießen und sah sofort, wie es emotional um ihren Sohn stand.

„Ich meine, das ist verrückt. Damit verlieren wir einen Freund."

„Und Geldgeber", fügte sie hinzu, das Gesicht verschlossen, die Augenbrauen zusammengezogen.

„Was mir gerade, entschuldige, dass ich es sage, scheißegal ist. Ich kann einem Mann nicht sagen, der seit Vaters Schulzeit hier ein- und ausgeht, dass er unerwünscht sei. Weil er …, weil … Ich … ich …" Vincent kam noch immer nicht mit dem Vorwurf zurecht, den sein Vater in aller Seelenruhe vorgetragen hatte. Der ihm lockerleicht über die Lippen gekommen war, als würde er über das Wetter sprechen,

Was dazu führte, dass sich Vincent mit der Hand durch das Haar fuhr, sich umschaute, mit der Absicht zu erfahren, ob sie allein in der Küche seien.

Um seiner Mutter eine Frage zu stellen, die er für ungehörig, ja, anmaßend empfand. Aber gerade jetzt, da er sich fühlte, als wäre er mit einer Dampfwalze kollidiert, musste er tun, was sein Herz von ihm verlangte. Er fragte: „Hast du was mit Simon gehabt?"

DER DÄMPFER

„Jetzt bekomme ich keinen Artikel, oder was?"

Lindsey seufzte.

Sie hatte mit dieser Reaktion ihres Redakteurs gerechnet. Weshalb sie das Telefonat so locker leicht wie möglich begonnen hatte.

„Hi, was macht die Kunst?", hatte sie ihn gefragt, nachdem er ans Telefon gegangen war.

Nur um dann zu merken, dass Frank schlecht drauf war.

Verkaufszahlen, wie sie erfuhr.

Sie waren weiter in den Keller gerutscht. Etliche Abonnenten hatten gekündigt und die in den Magazinen geschalteten Werbungen waren ebenso zurückgegangen wie die Klicks im Netz.

Keine gute Zeit, um über ihre Recherchen zu sprechen.

Was sie dennoch getan hatte.

Sie hatte – naiv, wie sie gewesen war – insgeheim gehofft, dass er ihr Verständnis entgegenbringen würde. Dass er ihr sagte, dass ihr journalistischer Eifer mit ihr durchgegangen sei und sie dadurch ein wenig über die Stränge geschlagen sei.

Aber als sie ihr Handy in die Hand nahm, sah, dass Frank sie anrief, hatte sie geahnt, dass ihre Hoffnungen schnell in sich zusammenbrechen würden.

„Doch", setzte sie an und fühlte sich dabei wie ein kleines Kind, das ausgeschimpft wurde. Verlassen. Hilflos. Ohne die Chance zu begreifen, was hier gerade passierte und vor sich ging. „Ich … ich … habe ja genug Material zusammen."

„Du bist rausgeflogen", schrie er und hämmerte mit irgendetwas gegen seinen Schreibtisch, dass es durch die Hörmuschel dumpf dröhnte. „Er hat dich vor die Tür gesetzt!"

„Ich weiß …"

„Also warst du mit deiner Arbeit noch nicht fertig, verdammte Scheiße! Du hast nicht die Informationen zusammengetragen, die du für einen guten Artikel brauchst."

„Ich …"

„Rede dich nicht raus, verdammte Scheiße. Rede dich nicht immer aus deinem selbst produzierten Mist raus. Ich habe es so satt mit dir."

„Frank …"

„Frank. Frank. Frank", äffte er sie nach und verhinderte, dass Lindsey irgendetwas anderes erwidern konnte. „Ich kann meinen Namen aus deinem Mund nicht mehr hören. Weißt du, warum?" Er ließ ihr wieder keine Chance, etwas zu sagen. „Weil da nur Blödsinn bei rumkommt. Und ich Idiot …" Er lachte unecht. „… habe mich echt hingesetzt und habe für dich nach dieser Emily recherchiert. Da ich dachte, Mensch, vielleicht ist Lindsey dann von der Nummer abzuziehen, dass McBright irgendetwas verheimlicht. O Mann, ich Trottel habe mich echt hingesetzt und habe über die Frau versucht was rauszufinden. Vergeblich. Weißt du, warum? Weißt du, warum?"

„Warum?", fragte sie kleinlaut.

„Weil es nichts über eine Emily zu finden gibt. Sie ist seit zwei Jahren verschwunden. Zwei Jahre. Niemand aus der Familie will wissen, wo sie abgeblieben ist. Sie ist plötzlich vom Radar verschwunden. Hat sich sozusagen in Luft aufgelöst."

„Aber …" Lindsey wollte noch etwas sagen, brach aber ab.

In Gedanken erzählte sie Frank, dass die hiesige Zeitungsredakteurin ihr einen weiteren kleinen Funken Hoffnung geschenkt hatte.

Was in Wirklichkeit gar kein Funken war. Eher ein Glimmen. Ein kurzes, in der Dunkelheit der Nacht aus einem Lagerfeuer aufsteigendes, sofort wieder verglühendes Spänchen.

Dennoch aber so beeindruckend und nachebbend, dass Lindsey nicht anders gekonnt hatte, als diesem Glimmen nachzugehen.

Denn nachdem Edward ihr den Laufpass gegeben hatte, hatte sie Alice angerufen. Die hatte geplappert und erzählt, hatte von ihrer misslungenen Recherche berichtet, um dann mit einem Aber um die Ecke zu kommen, das die niedergeschlagene Lindsey kurz aufrichtete.

Sie erinnerte sich an den Dialog mit Alice, ging ihn in Gedanken noch einmal durch. In der stillen Hoffnung, dass sie doch noch den Mut fand, Frank um den Gefallen zu bitten, der ihr nicht über die Lippen kam.

Alice hatte ihr erzählt: „Ich habe den Vater des Mädchens ausfindig gemacht. Ein netter Kerl, wie ich denke. Nur ebenso zugeknöpft wie alle anderen auch.

Habe ihm mal erzählt, dass du und ich daran interessiert seien zu erfahren, wo sein Mädchen geblieben ist. Da wurde er ganz zugeknöpft. Verschlossen wie eine Auster, wie man so schön sagt."

„Du ... du ... hast meinen Namen genannt?"

„Klar", meinte sie und kaute weiter auf irgendetwas herum. „Ich habe mir schon einmal an McBright die Finger verbrannt, wie du weißt. Dachte, wenn ich erzähle, jemand anderes von einer größeren Zeitung interessiert sich für die Sache, habe ich einen Türöffner."

In dem Moment hatte sich in Lindseys Magen etwas zusammengezogen. Sie wusste, dass es in ihrer Branche mit Stechen und Hauen vor sich ging. Dass einige Kollegen nicht sonderlich zimperlich waren, wenn es darum ging, an Informationen heranzukommen.

So etwas aber hatte sie noch nie erlebt.

„Du hast ihm meine Nummer gegeben?"

„Für Rückfragen, klar."

„Okay."

„Aber jetzt halt dich fest. Er war ja nicht sonderlich redselig, schimpfte aber dennoch über McBright, nannte ihn einen Schuft und dass er seine Emily ausgesaugt habe. Hoffnungen gemacht und ihr das Blaue vom Himmel heruntergelogen hat. Aber als ich fragte, wo denn seine Tochter sei und weshalb wir nichts über sie fänden, wurde er zum Stockfisch."

„Du nanntest ihn schon Auster", verbesserte Lindsey ihre Kollegin und konnte sich bei ihrer Ablehnung nicht helfen.

Sie war neugierig.

Sie wollte mehr über Edward herausfinden, darüber, was mit den Menschen in seiner unmittelbaren Umgebung geschehen war.

Weshalb sie nach ihrer Bemerkung hinterherschob: „Was hat er denn gesagt?"

„Nichts gesagt. Das hätte man ja irgendwie noch interpretieren können. Er hat was getan."

„Spann mich nicht auf die Folter."

„Aufgelegt hat er. Von einem Moment zum anderen. Mäuschen, der Mann hat was zu verbergen!"

Mit eben diesem Gefühl hatte Lindsey bei Frank punkten wollen. Damit, dass die Familie von Emily nicht über sie reden wollte. Dass sie eine schlechte Meinung von McBright hatten.

Was ihr nichts brachte.

Gar nichts.

Sie konnte nur dastehen, dass Handy einige Zentimeter vom Ohr weghalten und hören, wie Frank sie anbrüllte. Was sie zustande brachte, was ihr über die Lippen kam, war nicht mehr und nicht weniger, als ein: „Und ... und ..."

„Und ... und was?", schrie Frank. „Ob der Polizei eine Vermisstenmeldung vorliege? Nein, tut es nicht. Niemand scheint diese Emily wirklich gekannt oder jemals gesehen zu haben. Zufrieden?"

„Aber ... findest ..."

„Halte deinen Mund, ja? Halte ihn einfach. Komm so schnell wie möglich nach London zurück und dann stehst du bei mir im Büro und wir werden über deine und unsere gemeinsame Zukunft sprechen. Hast du verstanden? Ob du verstanden hast, habe ich gefragt?"

***

Edward wurde blass.

Als er das Klingeln seines Handys vernahm, hatte er nicht mit solch einer Wendung gerechnet. Nicht damit, dass seine eben noch überschäumende Wut auf Lindsey verrauchen würde. Von jetzt auf gleich.

Hatte er eben noch ihren Redakteur Frank angeschrien und diesen gefragt, ob er noch alle Tassen im Schrank habe, solch eine Journalistin zu ihm zu schicken, war er jetzt ganz kleinlaut, während er sein Display entriegelte.

Dem kurzen Impuls, dem Gedanken, der ihm zuwisperte: *Drücke ihn weg*, konnte er nicht nachgehen.

Warum auch immer.

Edward fühlte sich verpflichtet, den Anruf entgegenzunehmen.

Weshalb er mit den Daumen über das Display glitt, schluckte und sich mit einem heiser klingenden: „Ja?", meldete und hinterherschob, in der Hoffnung locker zu klingen, leicht: „Was für eine Überraschung, von dir zu hören, Ralf. Ich hoffe, es geht dir gut."

„Wir hatten eine Vereinbarung", sagte der Mann leise, dem Edward einmal nahe gestanden hatte. So nahe, dass er ernsthaft mit dem Gedanken gespielt hatte, ihn *Papa* zu nennen. Nun aber klang er gefährlich, einem Mafioso gleich, der einen Schuldner daran erinnern wollte, dass die nächste Rate fällig war. „Der du zugestimmt hast."

„Ich wüsste nicht, dass ich sie gebrochen hätte ..."

„Lass Emily in Ruhe. Sie hat deinetwegen genug gelitten. Ich werde nicht zulassen, dass irgendein dreckiger Journalist ihre Ruhe deinetwegen stören wird."

6 Monate später

Lindsey hatte nur aus einem Zufall heraus gesehen, dass Edwards Kinderstätte eröffnet wurde.

Es war nur eine kleine Randnotiz, irgendwo im Netz hinter zwanzig anderen Artikeln versteckt gewesen. Aber als sie scrollte, sie nach Material für ihre nächste Reportage suchte – eine Seenotrettungsstation für gestrandete Vögel – war sie eben über den hastig verfassten Bericht gestoßen. Auf eine kleine Geschichte über Edward McBright, der sich einen Traum mit der Kinderstätte erfüllte, wie er im Text betonte.

Und, was Lindsey traf, dass er so das Gefühl habe, endlich etwas Sinnvolles in seinem Leben zu tun.

Woraufhin der Autor, ein gewisser Kenneth Spader, mit einer oberflächlichen Familienchronik kam. Damit, dass Edwards Großvater auf Reisen gegangen und nicht wiedergekommen war, dessen Vater und Mutter sich aus der Öffentlichkeit zurückzogen hatten und erst Edward, als er alt genug war, angefangen hatte, den Familiensitz wieder in Besitz zu nehmen.

Und eben anfing, der Gemeinde Gutes zu tun.

Gutes tun?, hatte ihr Verstand gefragt und das in ihr aufsteigende Gefühl von Trauer zurückgedrängt.

Sie hatte gar nicht mehr an das zurückliegende halbe Jahr denken wollen. Nicht einen Gedanken verschwenden.

Als sie von Edward zurück nach London gekehrt war, hatte Frank ihr unmissverständlich klar gemacht, dass er an Kündigung dachte. Ohne Chance auf Verhandlung. Er war so außer sich gewesen, so wütend und zornig, dass Lindsey sich fragte, wie es passieren konnte, jemanden so sehr gegen sich aufzubringen.

Sie hatte ihren Job gemacht.

Sie hatte helfen wollen.

Irgendwie.

Wem helfen?, fragte sie sich jetzt, da sie am PC saß, den Artikel ihres Kollegen las und merkte, dass ihr inneres Gleichgewicht noch immer ganz durcheinander war. Dass sie es nicht wie erhofft, ohne mit der Wimper zu zucken, schaffte, all den negativen Ballast von sich abzuwerfen.

Sie war im Ungleichgewicht. Das merkte sie.

Sie fühlte sich nicht gut und merkte jetzt, während die Fragen in ihr zu kreisen begangen und die Erinnerungen in ihr hochgespült kamen, dass sie weder mit dem einen noch dem anderen Thema abgeschlossen hatte.

Immer wieder fragte sie sich, ob es die Trennung von Matthew gewesen sei, die sie dazu gebracht hatte, übergriffig zu werden. Die sie anfeuerte, unentwegt, immer wieder, einen persönlichen Erfolg zu erzielen.

Sie hatte sich etwas Gutes tun wollen.

Ein Hochgefühl schenken.

Jemandem etwas Gutes tun.

Edward?

Das war es, was sie unterbewusst dazu getrieben hatte, nachdenklich zu werden. Leiser. Ruhiger. Sie hatte angefangen, sich aus ihrem Privatleben zurückzuziehen, und hatte selbst mit ihrer besten Freundin so gut wie keinen Kontakt mehr.

Bin ich so egoistisch, dass ich wirklich nur an mich denke? Dass mir mein eigenes Wohlfühlen wichtiger ist als das meiner Mitmenschen?

Habe ich Edward in eine Ecke gedrängt, in die er gar nicht gehört?

Die Fragen, die ihr damals durch den Kopf geschossen waren und die ihr auch heute noch zusetzten, die sie quälten und marterten, hatten sie dazu gebracht, ihr Handy in die Hand zu nehmen und die noch immer eingespeicherte Nummer Edwards zu wählen.

Wie erwartet, war sie noch immer bei ihm blockiert.

Jetzt, wo das Erholungsheim eröffnet war, *musste* sie sich melden. Lindsey seufzte und suchte Anns Nummer aus dem Speicher ihres Handys heraus.

Die meldete sich zu ihrer Überraschung mit einem: „Liebes, mit dir habe ich, wenn ich ehrlich bin, nicht gerechnet. Was möchtest du? Edward sprechen? Keine Chance. Er will keinen Kontakt zu dir."

„Dennoch möchte ich zur Eröffnung gratulieren."

„Was du jetzt ja getan hast." Ann legte auf und ließ eine bedrückte Lindsey zurück.

Eine Lindsey, die sich selbst infrage stellte und sich nichts sehnlicher wünschte, als endlich das Gefühl verlieren zu können, dass ihr unentwegt zuraunte, sie habe all das verdient, was sie erlebte.

***

Edward war zufrieden.

Das erste Mal seit langem, fühlte er sich wohl. Fast schon ausgeglichen. Nicht mehr gehetzt, nicht mehr getrieben, nicht mehr von unsichtbaren Bestien verfolgt, die ihn unentwegt durch die Dunkelheit seiner Vergangenheit jagten.

Er lächelte, als er Ann auf sich zukommen sah, die kopfschüttelnd ihr Handy in die Gesäßtasche ihrer engsitzenden Jeans schob.

Er schaute erwartungsvoll zu Ann, die den Weg zum Haupthaus des Erholungsheims geradewegs auf ihn zu geschlendert kam.

Die winkte ab und meinte nur: „Nicht wichtig."

„Das sehe ich. So wie du aussiehst."

„Schätzchen." Sie setzte ihre Maske aus Fröhlichkeit und Lockerheit auf. „Ich gestatte niemandem, in mich hineinzuschauen, wenn ich das nicht will. In deinem Fall will ich ganz und gar nicht."

Edward hob spielend die Hände zur Verteidigung in die Luft und lachte. „Schon verstanden. Wie lief das Vorstellungsgespräch? Hast du einen guten Eindruck?"

„Von der Kleinen gestern Abend?"

„Hatten wir noch jemanden, der sich vorgestellt hat?"

„Heute Morgen. Der junge Bursche mit dem Ring in der Nase und der Jacke, auf der gestickt stand: Sex, Drugs and Rock'n'Roll."

Edward schmunzelte.

Natürlich. Wie konnte er diesen skurrilen und doch auf sonderbare Art und Weise faszinierenden jungen Mann vergessen. Diesen unkonventionellen Wirbelwind, der, ohne auf Etikette achtend, bei Edward angerufen und ihm erzählt hatte, er sei der beste Mann für den Job, der zurzeit ausgeschrieben war.

Edward hatte erst distanziert reagiert. Hatte gemerkt, dass er sich angefasst fühlte. Überrumpelt. So, als habe jemand mit voller Absicht seine Wohlfühlzone verletzt.

Nur um dann zu merken, dass er die eigenen Mauern, die eigenen Gräben, die ganzen Abwehrmechanismen in sich wieder hochgezogen hatte. Dass da etwas in ihm gewachsen war, das er nicht mehr kontrollieren konnte.

Was ihn dazu gebracht hatte, über das nachzudenken, was um ihn herum passierte.

Er schuf Gutes.

Er half.

Er war dabei, anderen Frieden zu geben.

Was kümmerte ihn dann ein junger, aufgekratzter Mann, der nicht den Erwartungen eines Edward McBrights erfüllte?

Mussten denn alle so sein, wie er es wollte?

Konnte man nicht …

Er unterbrach seine innere Fragerunde und musste, warum auch immer, kurz an Lindsey denken. Daran, wie er sich selbst vor ihr warnte. Dass er sich nicht in ihren Augen verlieren wollte, nicht mit seinen Blicken die weichen Konturen ihres Gesichts nachziehen.

Nicht wieder ihren Geruch in die Nase bekommen wollte.

Es schauderte ihn, wenn er daran dachte, was für einen Kampf er mit sich selbst geführt hatte. Wie er gegen die Faszination angekämpft hatte, die von ihr ausging.

Da war ihre Liebe zur Kunst. Die gemalten Bilder. Ihre filigrane Zeichnung, die er noch immer bei sich in der Schublade seines Büros aufbewahrte. Die er ab und zu anschaute, betrachtete und die feinen Linien der Bleistiftzeichnung nachmalte.

Um dann wieder an das zu denken, was sie ihm angetan hatte.

Nachspioniert hatte sie ihm.

Hatte versucht, hinter Vorhänge zu schauen, hinter die Edward sich selbst nicht traute zu blicken.

Dazu die Unverfrorenheit, Ann anzugreifen.

Er seufzte, als er sich dabei erwischte, dass er sein Handy in der Hand hielt, es betrachtete und ernsthaft mit dem Gedanken spielte, die Blockierung ihrer Nummer zu lösen.

Ann riss ihn aus seinen Gedanken, als sie meinte: „Morgen kommen drei weitere Kinder an. Hast du dir schon Gedanken gemacht, in welcher Hütte wir sie unterbringen? Die *Vivien* ist noch immer ohne Wasser.“

„Habe ich auf dem Zettel. Der Handwerker will heute noch kommen.“

„Dann die Sache mit der Küche.“

Edward schaute auf.

Ann machte ein bitteres Gesicht. „Die eine Kühlvorrichtung funktioniert noch immer nicht. Und morgen kommt die neue Lieferung.“

„Kühlvorrichtung?“

„Ich habe dir dazu die E-Mail geschrieben.“

„Habe ich nicht gesehen“, sagte Edward mit einem Seufzen, ließ das Handy wieder sinken. „Und jetzt?“

„Ich brauche von dir das Okay, wenn ich mich um solche Dinge kümmern muss. Wenn wir die Entscheidungsebene etwas lockern …“

Edwards verzog das Gesicht.

Er schüttelte den Kopf, konnte sehen, wie sich Anns Gesicht verhärtete und dann vor Groll verdüsterte. In ihre Augen stieg Zorn.

Edward konnte sie verstehen.

Konnte in diesem Punkt aber nicht über seinen Schatten springen. Konnte nicht die Bilder vertreiben, die in ihm aufstiegen, wenn er daran dachte, die Zügel aus der Hand zu geben.

Das wurde schon einmal getan.

Mit fatalen Folgen.

Die er niemals wieder erleben wollte. Deshalb murmelte er: „Darüber haben wir schon mehrmals gesprochen, Ann.“

„Aber ...“

„Du kümmerst dich um das Soziale, um die Mitarbeiter. Ich um die Finanzen und Instandsetzung.“

„Du bist überfordert!“

„Ich muss mich an die Abläufe ebenso gewöhnen wie du.“

Sie schaute ihn noch immer eisig an und sagte nichts. Dennoch konnte Edward hören, was sie dachte. Wie sie ihn einen dickköpfigen Narren nannte, einen Mann, der es nicht ertrug, nicht die gesamte Kontrolle zu haben.

Edward blieb hart, sagte: „Verstehe mich bitte. Wir müssen klare Linien ziehen. Verschwimmen sie, werden wir uns auch verlieren. Das will und kann ich nicht zulassen.“

„Wenn es wegen damals ist ...“

Edward hob die Hand.

„Bitte ...“

„Ich bin nicht daran interessiert, meinen Vater zu rehabilitieren. Das hast du längst getan."

„Ich weiß."

Er wollte die Emotionen, die ihn durchfuhren, nicht wieder in sich aufsteigen lassen. Weshalb er Ann anschaute, es mit einem gequälten Lächeln versuchte und sah, dass er keine Chance hatte.

Ann war anderer Meinung als er. „Ich stelle Frederik dann ein, wenn es okay für dich ist. Unkonventionell, aber das Herz am rechten Fleck, vermute ich."

„Und die zweite Bewerbung?"

„Chantal?" Sie zuckte mit den Schultern. „Da bin ich mir nicht sicher. Wirkte nett, aber auch zurückhaltend. Etwas schüchtern. Ich würde ihr lieber erst ein Praktikum anbieten. Wenn es okay für dich ist." Das klang bissig.

„Ann, bitte, ich ..."

„Mister McBright?"

Edward hob den Blick.

Als er Turner auf sich zukommen sah, schüttelte er innerlich erst den Kopf.

Nur um dann einen Schauer wohliger Freude durch sich hindurchfahren zu spüren.

Bis jetzt waren ihn die spielenden Kinder gar nicht aufgefallen.

Edward genoss es, zu sehen, wie die Kinder nach und nach ihr Schneckenhaus verließen, den Spielplatz erkundeten, mit den Sozialpädagogen den See betrachteten und absprachen, wann sie das erste Mal mit den Booten aufs Wasser durften.

Es war ihm, als konnte er dabei zusehen, wie der aus Vorsicht und Angst gewobene, die Kinder umschließende Kokon aufbrach.

Das Hochgefühl, das ihn durchfuhr, versuchte er sich zu bewahren. Auch in dem Moment, als er seinen Sicherheitschef geradewegs auf sich zukommen.

Der hochgewachsene, glatzköpfige Turner, in einen teuren Anzug gekleidet, fragte: „Darf ich Sie kurz stören?“

„Worum geht es?“, wollte er wissen, hob die Hand und bat Ann, ihn zu entschuldigen.

„Nimm dir so viel Zeit, wie du benötigst“, meinte sie und drehte sich mit vor der Brust verschränkten Armen um.

Edward verzog das Gesicht.

Er konnte die Diskussion, die zwischen ihnen größer werdende Spannung nicht gebrauchen. Nicht jetzt, wo wichtige Gespräche mit weiteren Sozialverbänden anstanden, Jugendämter und Sozialämter ebenso mit ihm reden wollten wie andere Geldgeber.

Sie mussten an einem Strang ziehen.

„Ich will Sie nicht beunruhigen, Sir“, sagte der Mann und hielt Edward ein Tablet hin.

„Aber?“

„Sie sollten diesen Artikel hier einmal lesen. Er wird auf X, Instagram, Facebook, Threads und wie die ganzen Mediendienste noch heißen, geteilt und verbreitet.“

Edward runzelte die Stirn. Nahm das ihm gereichte Tablet in die Hand.

Er wurde blass.

***

Es traf Lindsey wie ein Schlag, mitten zwischen die Rippen. Unerwartet. Es war wie ein Angriff aus dem Hinterhalt. Feige. Hinterhältig. Einem Taschendieb gleich, der irgendwo in einer dunklen Ecke lauerte, sein Opfer ausspähte und dann eiskalt zuschlug, wenn dieses am wenigsten mit einer Attacke rechnete.

Lindsey, die eben noch gedankenverloren an einer neuen Artikelserie gearbeitet hatte, das erste Mal seit Wochen das Gefühl hatte, mit ihr würde es nach dem McBright-Debakel wieder aufwärtsgehen, blieb abrupt stehen. Sie hatte sich gefühlt, als wäre sie gegen eine Wand gelaufen. Als versuchte ihr Verstand, sie vor dem zu schützen, was da Hand in Hand in der Londoner Masse aus Menschen, Autos, Doppeldeckerbussen, Gerüchen und blinkenden Reklameschildern auf sie zukam.

Einem untalentierten Boxer gleich versuchte sie, dem herben Schlag irgendetwas entgegenzusetzen. Sie wollte die Arme hochreißen, den Hieb ablenken. Vergeblich.

Der sich ihr bietende Anblick bohrte sich in ihren Verstand wie eine glühend heiße Nadelspitze.

Lindsey wollte sich nichts anmerken lassen. Nicht dastehen wie ein begossener Pudel.

Sei stark, sagte sie sich selbst, straffte sich und wischte sich eine ihr in die Stirn gefallene Haarlocke hinter das Ohr.

Sie wollte cool wirken.

Unantastbar. Abgeklärt. Sich nicht selbst einreden, dass die da auf sie zukommende Frau natürlich schön war; in ihrer engen Jeans, den Hackenschuhen, der weißen Bluse, die unter der roten Lederjacke hervorschimmerte. Lindsey versuchte alles, um nicht in Konkurrenz zu rutschen. Nicht den typischen, sich ihr immer wieder bemächtigenden Gedanken zu Ende zu denken, der ihr, das Herz in Flammen setzend, zurief: *Deshalb hat er sie geküsst. Darum konnte er ihr nicht widerstehen. Solch einen formvollendeten Mund möchte man mit Küssen bedecken.*

Lindsey wusste, dass das Blödsinn war, den sie da dachte. Dass ihr plötzlich überhitzendes Gehirn dafür verantwortlich war, dass sie sich wie wild benahm und ernsthaft glaubte, der Grund für Matthews Fehltritt gewesen zu sein.

Wieso das so war, wusste sie nicht.

Lindsey drehte sich um, dem Paar entgegen.

Sie sah, wie das auf Matthews Lippen liegende Lächeln erstarb, als er sie da im Menschentrubel erkannte.

Er starrte zu Lindsey, die unweigerlich zurückstarrte.

Sie fühlte sich elend.

Unvorbereitet.

Damals, als sie sich von ihm getrennt hatte, er darum bemüht gewesen war, die aufgeworfenen Wogen irgendwie zu glätten, hatte sie sich sicherer gefühlt. Jetzt unvorbereitet vor ihm zu stehen, ihn glücklich zu sehen, verunsicherte sie.

Weshalb sie nach ihrem Zorn, ihrer Trauer, nach ihrer Wut suchte, die sie damals empfunden hatte, als es ihr in den Verstand sickerte: Er hat dich betrogen.

Sie fand es nicht.

Da war nur eine erschreckende, gähnende, schwarze Leere, die sie nicht füllen konnte.

Sie holte tief Luft, hob die Hand und ärgerte sich darüber, dass sie es war, die den ersten Schritt auf den zögerlichen Matthew zumachte: „Hi."

„H… hi", machte er, hob die Hand zu einem verstohlenen Gruß und warf seiner neben ihm stehenden Freundin hilfesuchend einen Blick zu. Die, als habe sie schon hunderte Mal solche Situationen durchgestanden, redete drauflos, als wären Lindsey und sie alte Bekannte aus der Schulzeit.

„Du bist Lindsey, stimmt's?", fragte sie und lächelte ein Lächeln, das Lindsey nicht genau identifizieren konnte.

Es konnte alles bedeuten. Freundlichkeit. Gleichmütigkeit. Gehässigkeit.

„Ja."

„Matthew hat im Büro so oft von dir erzählt. Daher habe ich das Gefühl, dich schon voll lange zu kennen."

„Von dir hat er nie was gesagt", schoss Lindsey zurück und meinte zu fühlen, wie ihre abhandengekommene Selbstsicherheit zurückkehrte. Wie sie plötzlich einen Überblick über das bekam, was sich um sie herum ereignete.

Sie lächelte noch immer. Freundlich. Gleichmütig. Gehässig.

Nur um dann zu merken, dass sie so gar nicht sein wollte.

Nicht die verbitterte Kratzbürste, die ihrem Verflossenen ununterbrochen seine Fehler unter die Nase rieb.

Nicht die, die nur auf einer Welle surfen konnte. Auf der aus Wut.

Sie war anders – wie sie sich selbst immer sagte.

Freundlich zu den Menschen, zugewandt. Immer ein kleiner Hans Guckindieluft, weil sie meinte, überall und bei jedem könnte es etwas Interessantes zu entdecken geben.

„Kunststück", überging Matthews Freundin Lindseys Angriff mit einer abwinkenden Handbewegung. „Wäre ja auch ziemlich peinlich für dich geworden, hätte er dir gesagt, dass er auf der Suche nach was Besserem ist."

Lindseys Gesicht verhärtete sich.

„Was?", fragte sie messerscharf.

Hatte eben noch um sie herum der Londoner Trubel geherrscht, so war es ihr, als habe jemand eine Kuppel über sie und diese alberne, aufgeblasene, schlecht geschminkte dumme Kuh gestülpt.

Es gab nur noch die beiden Frauen.

Einem Revolverfight im Wilden Westen gleich.

Breitbeinig standen sie sich zur Mittagsstunde gegenüber. Jeder dazu bereit, den Revolver aus dem Holster zu ziehen und seinem Kontrahenten beispiellos Blei in den Körper zu pumpen.

„Na, na, na, na", machte Matthews, der darum bemüht war, die Fassung zu wahren. „Wir wollen doch friedlich bleiben." Er zog seine Freundin hinter sich. „Du hast in der Redaktion viel zu tun, wie ich annehme."

Lindsey schaute ihn eisig an.

Matthews schluckte, sagte: „Habe letztens einen Bericht über McBright im Netz gelesen. War spannend. Daran warst du nicht beteiligt, wie ich annehme?"

Sie starrte weiter an Matthew vorbei, hin zu der sie ebenfalls anstarrenden Kontrahentin.

„Also, ich fand das mit der Familienchronik interessant. Du nicht auch? Dass die Familie bis ins Mittelalter zurückverfolgt werden konnte. Nur um dann vor dem Rätsel zu stehen, dass McBrights Großvater nicht mehr auffindbar ist. Von einem Tag zum anderen."

Sie schaute Matthew an.

Der nickte eifrig. „Hätte ich in der heutigen Zeit nicht mehr für möglich gehalten. Das mit der Fabrik in den 1980ern. Irres Ding. Hätten die doch fast den Wald gerodet und ..."

Lindsey starrte weiter zu Matthew. Seine neue Flamme war vergessen. Sie kniff die Augen zusammen und spürte, wie das alte Feuer in ihr wieder zu brennen begann. Dieses angenehme, heiße Brennen, das sie damals bei Edward gehabt hatte. Den Drang, hinter etwas zu kommen, das sie nicht verstand.

„Fabrik?", fragte sie. „Was für eine Fabrik?"

„Die wollten da irgendetwas hochziehen. Energielieferanten oder so. Hätte ordentlich Abfall produziert. Die Umwelt belastet und so. Aber Arbeitsplätze geschaffen."

Lindsey dachte an Ann. An das beobachtete Treffen. Daran, dass sie sich auf so vieles keinen Reim machen konnte.

Als sie gerade eine weitere Frage stellen, sie in Erfahrung bringen wollte, was das für ein Artikel sei und wer an diesem gearbeitet habe, klingelte ihr Handy.

Verwundert darüber, dass es plötzlich anschlug, hob sie es an, betrachtete das Display und sah, dass Frank sie anrief.

Sie hob den Finger, sagte: „Entschuldige bitte", und nahm den Anruf entgegen.

„Bist du eigentlich völlig von Sinnen, Lindsey?", brüllte Frank und seine Stimme überschlug sich. „McBright ist alles andere als begeistert und ich rate dir, such dir hier und jetzt einen guten Anwalt. Denn den kannst du brauchen!"

***

Edward war selten so wütend gewesen.

So aufbrausend.

Dass er einem Treffen zugestimmt hatte, erschien ihm jetzt, wo er Lindsey in einem der Konferenzräume seiner Firma gegenübersaß, als lächerlich.

Warum hatte er sich darauf eingelassen?

Das war albern.

Völlig unnötig.

Er hatte gelesen, was da im Netz geschrieben stand, er hatte mitbekommen, wie man über ihn recherchiert hatte, und er wusste, wer der Übeltäter war.

Lindsey!

Die neugierige, ihm nachstellende, sich bei ihm einschleichende Journalistin, die er am liebsten hier und jetzt mit einem Schwall anwaltlich verfasster Klagen überhäuft hätte.

Er schnaufte, während er dasaß, sie anstarrte und sich fragte, wie ein Mensch so unschuldig aussehen könne. Wie es ihm möglich war, die großen, grünen Augen so weit aufzureißen und das zart geschnittene Gesicht mit solcher Unwissenheit zu füllen, dass man ernsthaft annehmen konnte, sie wisse nicht, worum es hier gehe.

Was er ihr zeigen wollte.

Weshalb er den ausgedruckten Artikel aus dem vor ihm liegenden Hefter nahm und ihn Lindsey entgegenwarf.

„Das warst du also nicht?", wollte er wissen und funkelte sie böse an.

Der neben Lindsey sitzende, sichtlich um Fassung bemühte Frank kam seiner Angestellten – Ex-Angestellten – zuvor. Er griff nach dem Papier, betrachtete es und schob es dann mit einer abweisend anzusehenden Handbewegung zu ihr herüber.

„Und?" Seine Frage klang ebenso frostig, wie sein Gesichtsausdruck aussah. „Hast du das hier geschmiert und ins Netz gerotzt?"

„Ich kenne den Artikel nicht", sagte sie und umklammerte fest einen kleinen Aktenordner, der vor ihr auf dem Tisch lag. „Ich schwöre es."

„Ich glaube dir nicht", sagte Edward und deutete mit dem ausgestreckten Zeigefinger auf Frank. „Wäre dein Redakteur nicht gewesen, würden wir uns jetzt mit Anwälten gegenübersitzen. Also, lösch diesen verfluchten Artikel."

„Das kann ich nicht", beteuerte Lindsey, der Tränen in die Augen stiegen. „Ich ... ich habe den Artikel nicht verfasst."

„Seltsam nur, dass genau das drin steht, wonach du ununterbrochen gefragt hast", schoss Edward auf sie und konnte jede einzelne der virtuell gerotzten Wörter auswendig aufsagen. „Die angeblich verschwundene Emily. Die Gruft, um die sich ein Geheimnis rankt. Meine Verwicklung in das Verschwinden meiner Eltern. Das Schweigen über meinen Großvater. Oder hier, das hier ...“ Er riss Frank das Papier aus der Hand und tippte blind auf einen Absatz des Artikels. „... finde ich ausgesprochen spannend. ‚McBrights Hang dazu, geheimnisvoll und verschwiegen zu wirken, ist eine Maske aus Angst vor der eigenen Vergangenheit. Hat er in der Eingangshalle noch das Bild seines Großvaters und Vaters hängen, so schweigt er sich über seine Großmutter und Mutter aus. Warum das so ist? Weil es etwas gibt, das die Öffentlichkeit, uns, nichts anzugehen scheint. Warum, frage ich mich dann, sollten wir einem Mann, der nicht ehrlich ist, unsere Kinder anvertrauen? Kann es nicht passieren, dass dann auch unseren ihm anvertrauten Schützlingen was geschieht?‘ Sag mal!“, brüllte er. „Bist du denn von Sinnen? Hast du völlig den Verstand verloren?“

Frank stimmte in den Tenor ein, sagte aber mit überraschend ruhiger Stimme: „Da hast du echt einen Bock geschossen, Lindsey.“

Die wiederum beteuerte: „Das war ich nicht. Wirklich.“

Edward schüttelte den Kopf.

Hinter seinen Schläfen pochte das Blut.

Er spürte, wie ihm übel vor Wut war. Die Beherrschung, die er aufrechthalten musste, um nicht völlig auszuflippen, kostete ihn unendlich viel Kraft.

Er wollte schreien. Mit den Händen fuchteln. Gegen irgendetwas treten.

Er wollte sehen, wie in Lindsey die noch immer nach außen getragene Lüge brach.

Einem ausgegrabenem Mosaik des Alten Roms gleich.

Schön aus der Ferne anzusehen, um dann, wenn man einen Schritt näher darauf zu machte, nur allzu deutlich zu sehen, dass es bröckelte und zerriss.

„Ich gebe dir die allerletzte Chance", sagte er mit betont ruhiger Stimme. „Lass diesen Artikel verschwinden. Ist er weg, sehe ich davon ab, dir juristisch nachzustellen."

Lindsey schluckte.

Sie sah wie ein kleines Schulmädchen aus, das dabei erwischt worden war, wie sie ihrer besten Freundin eine Puppe aus dem Ranzen gestohlen hatte. Klein und zusammengekauert, nur noch deshalb aufrecht sitzend, weil sie von ihrer eigenen Unschuld überzeugt war.

Edward seufzte.

Er hatte das Spiel satt.

Er wollte, dass alles endlich hinter sich gebracht zu haben.

Weshalb er noch einmal sagte: „Ich will dir nichts Böses. Lösch den Artikel und unterschreibe mir das hier!"

Er griff wieder in die Akte, aus der er eben den Artikel hervorgezogen hatte.

„Das ist was?"

„Eine Unterlassungsurkunde, in der du dich verpflichtest, nicht weiter über mich oder mir nahestehende Themen zu recherchieren oder zu berichten. Tust du es doch, wirst du die Konsequenzen allein tragen müssen." Er nahm Frank ins Visier. „Sie sind komplett raus aus der Sache."

„Was zu erwarten war", meinte der dickliche, glatzköpfige Mann, dessen Gesicht noch immer steinern war, stoisch, nicht dazu gemacht, dass man in ihm lesen konnte.

Was in Edward einen verwirrenden, verstörenden Gedanken hervorrief, der ihm zuraunte: *Auch er ist Journalist. Auch er will Auflagen haben.*

Nur um dann den Gedanken beiseite zu wischen und Lindsey wieder in die tränennassen Augen zu schauen.

„Und? Unterschreibst du?"

„Ich kann nichts unterschreiben, was ich nicht getan habe. Ich meine, schau dir den Schreibstil an. Das ist nicht meine Art, einen Artikel zu verfassen. Die blinden Vermutungen, das dürfte ich gar nicht. Nur belegbare Beweise ..."

„Wenn du an deiner Zeitung vorbeischreibst, wird dich der journalistische Ehrencodex nicht im Geringsten interessieren."

„Tut er aber!"

„Warum dann der Artikel?" Frank war es, der die Frage stellte. Der sein zu eng sitzendes Jackett glatt zu streichen versuchte und einen Seitenblick auf Lindsey warf.

„Das hier sind meine Notizen", sagte Lindsey, deren Stimme schwang und vibrierte. Die mit zitternden Fingern nach der vor ihr liegenden Mappe griff. „Die habe ich gemacht und die ersten Rohentwürfe meines Artikel habe ich auch ausgedruckt. Siehst du? So habe ich gearbeitet."

Während sie die einzelnen Blätter hervorholte, diese über den Tisch Edward entgegenschob, fiel etwas anderes aus einem der Fächer.

Ein Bild.

Nicht sonderlich groß.

Aber doch so einprägsam, so deutlich gezeichnet, dass Edward für einen kurzen Moment innehielt, um die ihm gereichten Notizen an sich zu nehmen.

Er konnte sich auf dem Bild erkennen.

Wie er da einsam und verlassen auf dem Steg am See saß. Die Beine ausgestreckt und übereinandergeschlagen, die Hände auf dem Bauch gefaltet.

Dabei die Stirn tief in Falten gelegt, während das sich auf dem Wasser spiegelnde Mondlicht auf jeder einzelnen Welle des Sees glitzerte, schien es in seinen Augen nicht. Da war nur ein dunkler, alles verzehrender Schimmer, der ihm das Aussehen eines Mannes verlieh, der den Blick in die Zukunft nicht mehr wagte.

Der unentwegt in die Vergangenheit schaute und an das im Leben zu findende Glück nicht mehr glaubte.

Er schluckte, als er das Bild sah.

Es stach ihm mitten ins Herz.

Weshalb er flüsternd meinte, seine Überraschung verbergend: „Das ist alles, was du über mich gesammelt hast?"

„Ja."

„Gib her", sagte er und nahm die einzelnen Blätter in Augenschein, das Notizbuch, in das Lindsey mit ihrer akkuraten, sauberen Handschrift aufgeschrieben hatte, was sie herausgefunden und meinte, noch weiter entdecken zu können.

Den Namen Emily hatte sie mehrmals eingekreist und darunter geschrieben:

Vater abweisend. Kontaktdaten von Schwester?

Er seufzte. „Was ich hier lese, passt in den Artikel. Eins zu eins."

„Tut es nicht", verteidigte sie sich. „Ich würde niemals haltlose Vermutungen in einen Artikel packen. Glaube mir. Bitte." Sie wandte sich an ihren ehemaligen Redakteur. „Frank, du weißt, dass ich so niemals arbeiten würde."

Der räusperte sich. Er leckte sich über die Lippen, sagte: „Zeigen Sie mal bitte." Er nahm die ihm gereichten Unterlagen entgegen. „Das sieht mir nach sauberer, journalistischer Arbeit aus. Auch der begonnene Rohentwurf ist ..."

„Sie verteidigen Lindsey?"

„Ich gebe zu bedenken, dass ..."

„Sie war Ihre Angestellte."

„Ist", verbesserte Frank den überrascht zu ihm blickenden Edward.

„Bitte?"

„Ich habe sie noch nicht entlassen. Wobei das Noch kursiv geschrieben ist."

„Mach, dass der Artikel verschwindet", sagte Edward, um Fassung bemüht.

„Das kann ich nicht, da ich ihn nicht geschrieben habe. So leid es mir tut."

„Ich gebe dir zweiundsiebzig Stunden. Dann ist er aus dem Netz raus. Ohne dass er jemals wirklich verschwindet. Er wurde überall geteilt und verbreitet. Bisher hat nur unsere hiesige Tageszeitung auf den Artikel reagiert. Was mir schon reicht. Ganz ehrlich. Sei dir bitte bewusst", er wurde eindringlich, sachlich, legte einen ernsten, festen Ton in die Stimme, „du vernichtest gerade meine ganze Arbeit, die ich in mein Projekt gesteckt habe. Deshalb bitte ich dich noch einmal – lösche den Artikel. Das ist viel zu düster. So bin ich nicht." Er wollte dann wissen, was ihn selbst überraschte: „Siehst du mich wirklich so?"

Vergangenheit, 1988

Vincent hasste solche Gespräche.

Er wusste, als seine Sekretärin ankündigte: „George McCullum möchte persönlich mit Ihnen sprechen", dass es ein unangenehmes, gemeines Gespräch werden würde. Eines, das ihn dazu brachte, all die Farbe bekennen zu müssen, die er noch nicht einmal geschafft hatte, aufs Papier zu bringen.

Die wenigen Momente, die ihm bisher geblieben waren, nachdem er mit Simon gesprochen hatte, hatten gereicht, um ihn innerlich verzweifeln zu lassen.

Er merkte, wie erschöpft er war.

Dass er abends voller Müdigkeit ins Bett ging, aber nicht den Schlaf fand.

Vivien, die ihn stützte und Mut zusprechen sollte, die hochschwanger war, war ihm keine Hilfe.

Sie war ihm gegenüber kalt geworden.

Schlief, zu seinem Leidwesen, seit Tagen auswärts. Hielt sich nur noch wenig hier bei ihm auf. Dabei hatte er gehofft, dass sie zu ihm zurückkehren würde, wenn sie sah, wie schlecht es um ihn stand. Der es nicht mehr schaffte, sich auf Kurs zu halten. Er wünschte sich, dass sie seine letzte Hoffnung war.

Ein Bollwerk gegen das Böse.

Eine auf dem Wasser treibende, vom Seegang schwer schaukeln lassende Boje, die der einsame Ruderer nur noch mit Mühe erkennen und seinen Kurs halten ließ.

Was sie nicht tat.

Sie verunsicherte ihn ebenso, wie er es selbst mit sich tat.

Er musste nur an das erschütternde Gespräch mit seiner Mutter denken. Daran, wie er ihr ernsthaft zu unterstellen versuchte, sie sei schuld an dem aufbrausenden und manchmal irrationalen Verhalten seines Vaters.

Wie entsetzt sie gewesen war.

Die in ihre Augen gestiegenen Tränen, die ehrliche Verletztheit in ihrem Gesicht verfolgten ihn seit Tagen.

Seitdem redete seine Mutter kaum noch mit ihm.

Sie beschränkte sich auf das Wesentliche. Grüßte ihn, verabschiedete sich, wünschte einen schönen Tag. Mehr nicht. All seine Versuche, ihr wieder näher zu kommen, waren erfolglos.

Sie zog sich weiter zurück; war nur noch ein Schatten ihrer selbst.

„Lassen Sie bitten", sagte er und verzog das Gesicht.

Er wollte die Begegnung nicht.

Ganz und gar nicht.

Am liebsten wäre er weggelaufen.

Aber er wusste, und das war etwas, das er bei seinem Vater gelernt hatte, dass man Problemen niemals entkommen konnte.

Wobei, und das setzte ihm zusätzlich zu, er nicht einmal mehr mit Bestimmtheit sagen konnte, wer sein Vater überhaupt war.

Der Mann, den er einst zu kennen glaubte, der es so meisterhaft verstand, sich immer wieder neu zu erfinden, war verloren gegangen.

Er hatte angefangen, innerlich zu bröckeln.

Vincent kam nicht dahinter, was es war.

Was die Veränderung hervorrief.

Er wusste nur, dass er sich in der Nähe von Augustus unwohl zu fühlen begann.

Dass er, warum auch immer, damit beschäftigt war, die wahllos ins Feuer der Unternehmen geworfenen Kastanien mit bloßen Händen aus der Hitze zu retten.

„Vincent, äh, Mister McBright", begann der seine Schirmmütze zwischen den Händen zusammenknüllende George brüchig, während er ins Büro kam. „Ich will nicht viel Ihrer kostbaren Zeit in Anspruch nehmen."

„Setzen Sie sich", sagte Vincent und hoffte, dass sein Lächeln echt aussah.

„Danke", meinte George und schob stirnrunzelnd hinterher: „Sir?"

Vincent winkte ab, sagte: „Wir sind hier unter uns. Lassen wir die Höflichkeiten."

George atmete erleichtert aus.

„Es ist nicht immer einfach zu wissen, wie man Ihnen hier oben im McBright House entgegentreten soll."

Vincent legte die Stirn in Falten. Reagierte aber nicht auf das, was George sagte. Obwohl er verstand. Sehr gut sogar. Die Menschen, die in geschäftlichen Beziehungen mit den McBrights standen, fühlten sich unwohl. Waren nicht dazu in der Lage abzuschätzen, wie die Laune von Augustus war. Der, von einem Moment zum anderen, wie von der Tarantel gestochen, aus der Haut fahren konnte.

Brüllend und zeternd, machte er einigen der für ihn arbeitenden Männern Vorwürfe. Beschimpfte sie, nannte sie Nassauer oder Faulpelze.

Ebenso konnte er von einem Moment zum anderen ganz friedlich werden.

Fürsorglich.

Da fragte er dann, wie es dem Sohn oder der erkrankten Tochter gehe. Wie es zu Hause sei und ob alles zur besten Zufriedenheit abgewickelt werde.

„Weshalb bist du hergekommen, George?", wollte Vincent wissen und schob den in ihm aufsteigenden Gedanken *Als ob du das nicht wüsstest* beiseite. „Gibt es ein Problem?"

„Ja, gibt es."

Vincent lächelte noch immer. Er schaute zu dem dicklichen, rotgesichtigen Mann, dessen kariertes, kurzärmliges Hemd die stark behaarten, muskulösen Arme noch betonte.

Der grinste schief zurück. „Mir ist das wirklich unangenehm."

„Nur raus mit der Sprache", sagte Vincent. „Ich bin Kummer gewohnt."

„Es ... es geht um die offene Rechnung. Die vom vorletzten Monat. Und", er räusperte sich, „die vom letzten."

„Die wegen des ausgerichteten Buffets, als wir die Geschäftspartner hier hatten?"

„Ja."

Vincent nickte. „Ich dachte, die hätten wir beglichen. Ich bin mir sicher, dass ich einen Scheck unterschrieben habe. Auf dich ausgestellt. Warte, in meinen Unterlagen …" Er griff blindlings nach einem Ordner, wusste, dass er weder den Scheck noch den Zahlungsbeleg in ihm finden würde.

Wie auch?

Er hatte weder den einen unterschrieben, noch das andere sorgfältig abgeheftet.

„Es ist kein Geld da", sagte George. „Ich lüge da nicht. Ich glaube auch nicht, wenn ich ehrlich bin, dass da noch was kommen wird."

„Weil?"

„Dein Vater mir sagte, dass er solch einen Schweinefraß, wie meine Frau ihn zubereitet habe, niemals bezahlen werde. Es wäre ihm peinlich gewesen, so eine ungenießbare Scheiße, und das hat er wirklich so gesagt, seinen Gästen vorsetzen zu müssen."

Vincent riss die Augen auf. „Wann …?"

„Gestern Abend. Als ich ihn auf der Straße getroffen habe, unten bei der Allee am See. Ich war mit unserem Hund spazieren. Sah ihn und dachte mir: Mensch, geh doch mal zum alten McBright hin und frage ihn, wie ihm das Essen geschmeckt hat. Nur so, weißt du. Ohne die Absicht, ihn an die offene Rechnung zu erinnern. Er sah mich und pöbelte gleich los. Was mir einfiele, ihm hinterher zu spionieren. Wie ich darauf käme, mich für ihn zu interessieren. Ich war wie vor den Kopf gestoßen. Stotterte, dass ich weder das eine noch das andere getan hätte. Sondern nur wissen wollte, ob denn alles zu seiner Zufriedenheit verlaufen sei. Da ging es erst richtig los. Als er sagte, ich sei ein Betrüger, ein Panscher, gingen auch mit mir die Pferde durch. Wofür ich mich entschuldige. Man sollte einen Mann niemals einen Dummkopf oder Halsabschneider nennen. Deshalb bin ich hier, Vincent. Um zu fragen: Werde ich mein Geld noch bekommen? Es steht mir zu."

Vincent holte tief Luft.

Er wusste beim besten Willen nicht, was er noch sagen sollte.

***

Vincent hatte gewusst, dass sein Vater ihm mit einem verwirrten, entgeisterten Gesichtsausdruck begegnen würde, wenn er ihn mit Georges Vorwurf konfrontierte. So wie er es immer tat, wenn man ihn auf seine Stimmungsschwankungen ansprach. Wenn man ein klärendes Gespräch suchte.

Doch so hatte er Augustus noch nie gesehen.

Die Augen weit aufgerissen, den Mund vor Schreck geöffnet, auf den Zügen einen Ausdruck ehrlich empfundener Verwirrung – das hatte er nicht erwartet.

Ein schlechtes Gewissen bemächtigte sich ihm, wenn er an das Papierstück in seiner linken Hosentasche dachte, um das seine verschwitzte Hand geklammert lag.

Damit werde ich ihn wirklich verletzen, dachte er und versuchte, das in ihm aufsteigende schlechte Gewissen unter Kontrolle zu bekommen.

Er wollte sich nicht wieder zurücktreiben lassen. Nicht wieder zu einem Handlanger werden.

Schaute er aber in das Gesicht seines Vaters, in dem noch immer die Spur von Unsicherheit zu lesen war, fiel es ihm schwer, einen klaren, rationalen Gedanken zu fassen.

Gefühle eines Sohnes wirbelten durch seinen Körper. Er dachte an Momente und Ereignisse in der Vergangenheit zurück. Daran, wie sein Vater mit ihm zusammen auf dem Fußboden gesessen und gespielt hatte. Wie dieser Vincent betrachtete, während er, mit der Zungenspitze nervös über die Lippen leckend, hinter seinem Cello saß und versuchte, dem Instrument wohltuende Laute zu entlocken.

Er erinnerte sich daran, wie sich sein Vater aus seinem Sessel erhob, als Vincent aufgeben wollte. Alles wegwerfen. Nicht mehr an das blöde Ding denken.

„Aufgeben kann jeder, Junge", hatte Augustus damals gesagt, sich neben ihn gesetzt, seine Hand genommen und sie sanft zurück zum Cello geführt. „Durchhalten nur die wenigsten."

Mit diesen Worten hatte er in ihm etwas freigesetzt, das sich jetzt wieder seine Bahnen grub. Das in ihm aufstieg und ihn dazu anhielt, den einmal eingeschlagenen Weg weiterzugehen.

Er machte einen Schritt auf seinen da auf dem Balkon stehenden Vater zu. Der die Hand langsam hob, sie zum Mund führte und Vincent betrachtete, als habe der ihm gerade mit Absicht geschubst oder ein Bein gestellt.

„Ich soll was getan haben?", wollte er mit bleierner Stimme wissen.

„Gepöbelt, Dad", sagte Vincent, der die ersten wärmenden, vom See herkommenden Frühlingsstrahlen auf dem Gesicht genoss. „Du sollst völlig die Fassung verloren haben."

Augustus schüttelte den Kopf.

Er stand da, kniff die Augen zusammen und schien, wie Vincent vermutete, darüber nachzudenken, ob er sich an den Vorfall in irgendeiner Form erinnern konnte.

Als er langsam den Kopf schüttelte, in seine eben noch wie leer wirkenden Augen Leben zurückkehrte, flüsterte er: „Ich würde mich an solch einen Streit doch erinnern, Junge."

Vincent zuckte mit den Schultern.

Sein erster Impuls war, seinem Vater zuzustimmen. Ihm beizupflichten. Ihm zu sagen, dass er recht hatte. Nur um dann zu merken, dass er das so nicht mehr wollte. Er musste mit seinem Vater Klartext reden. Auch wenn es bedeutete, dass dieser wieder wütend wurde, ausrastete, brüllte.

Wobei Vincent die Konfrontation in dem einen Fall riskieren wollte, weil er George mochte. In dem anderen Fall, dem, den er seinem Vater gar nicht näherbringen wollte, ging es erneut um Williams. Um den Journalisten, der Augustus erst vor kurzem so in die Mangel genommen und mit einem Artikel zur Weißglut gereizt hatte.

Eben dieser Mann hatte erneut eine Anfrage für ein Gespräch gestellt. Hatte einen Katalog an Fragen per Post geschickt, die Vincent im wahrsten Sinne des Wortes graue Haare hatten wachsen lassen.

Ihm war es, als würde ihm nach und nach alles, was er tat, durch die Finger gleiten.

Seit dem Streitgespräch mit Vivien im Park, seiner Hoffnung, sie würde sich von Doktor Spangler noch einmal umstimmen lassen, war es schlimmer geworden.

Nicht nur zwischen ihm und seiner Frau.

Auch Augustus hatte sich weiter *verschlechtert*.

Er war kaum noch wiederzuerkennen.

Wenn er erfuhr, dass sich Vivien gegen Vincents Wunsch behauptete, sich gegen ihn durchsetzte, würde es das emotionale Fass endgültig zum Überlaufen bringen.

Deshalb versuchte Vincent, sich unter Kontrolle zu halten. Der zu sein, der sich nicht gleich in Schimpftiraden verlor, der emotional wie eine Rakete startete, wenn etwas aus dem Ruder lief.

Er musste sich unter Kontrolle halten. Irgendwie.

Deshalb ging er auf seinen Vater zu, in der irrigen Annahme, ihn in einem Moment der inneren Ruhe zu erwischen. In einem Augenblick des kontrollierten Denkens. Ohne dass er aus der Haut fuhr, sich sein Gesicht verdunkelte und er, einem Irrwisch gleich, auf alles und jeden losging, der sich ihm in den Weg stellte.

Dass er nicht mit irgendwelchen haltlosen Beschuldigungen aufwartete und von seinem Sohn Dinge verlangte, die man niemals verlangen durfte.

Vincent setzte sich über die Befürchtungen hinweg. „In letzter Zeit passieren dir oft Dinge, die du früher nicht getan hast.“

Augustus schaute ihn an.

Vincent konnte sehen, wie sich dessen Augen zu Schlitzen verengten. Wie sich sein Gesicht zu einer Maske verfestigte, hinter die keiner blicken durfte.

Es war der typische Gesichtsausdruck eines Aristokraten, der um alles auf der Welt verhindern wollte, dass irgendwer in seiner Mimik lesen und daraus Schlüsse ziehen konnte.

Was Augustus früher sehr gut gekonnt hatte.

Seit letztem Jahr aber …

Vincent holte tief Luft und meinte: „George McCullum denkt sich sowas nicht aus. Und du bist oft unten am See. Am Steg.“

„Bin ich, ja. Um meine Gedanken zu sortieren. Aber nicht, um einen Geschäftspartner anzuschreien und ihn um sein wohlverdientes Geld zu bringen.“

„Ich habe in die Unterlagen geschaut“, setzte Vincent nach und erinnerte sich nur mit Grauen daran, wie die Auftragsbestätigung ausgesehen hatte.

Ohne dass er es wollte, versetzte er seinem Vater einen weiteren tiefen Stich mitten ins Herz.

Er holte das Papier hervor, das er seitdem in der Tasche mit sich getragen hatte. Als Beweis dafür, dass weder er noch Georg McCullum sich etwas ausdachten.

„Du hast darauf geschrieben ‚*diesen Dreck nicht bezahlen*‘ und hast weitere Fäkalworte auf das Papier gekritzelt.“

„Ich?“

„Es ist deine Handschrift.“

„Ich?“ Wieder sah Augustus aus, als habe man ihm mit der flachen Hand mitten ins Gesicht geschlagen. Er kniff die Augen zusammen, legte die Stirn in Falten und wirkte wie ein Mann, der jeden Moment sein Heil in der Flucht ergreifen wollte.

Als er mit zitternder Hand nach dem ihm entgegengehaltenen Papier griff, musste Vincent wieder an jenen lieben, fürsorglichen Vater denken, der ihm damals dabei half, seine Angst vor dem Versagen zu überwinden, und kam sich wie ein Schuft vor.

Er flüsterte: „Mit dir stimmt etwas nicht, Dad. Ich habe Albert Spangler gebeten, sich einmal mit dir zu unterhalten. Er kennt vielleicht den einen oder anderen Arzt, der sich um dich …“

„Du meinst einen Psychologen?“

„Ja“, antwortete Vincent leise.

Augustus hielt das Papier in den Händen und betrachtete das, was er getan hatte. Er schüttelte den Kopf, ging nicht auf das ein, was Vincent ihm unter aller Aufbringung seines Muts eben gesagt hatte. „Wir müssen das sofort bezahlen, Junge. Jetzt gleich. George hat Frau und Kind. Sie sind auf uns angewiesen.“

„Dann darf ich den Scheck ausstellen?“

„Hier und sofort. Ich unterschreibe ihn.“

„Wegen dem, was ich eben gesagt habe.“

„Ich habe es nicht gehört“, sagte Augustus und wandte sich dem kleinen Tisch zu, der da seitlich auf dem Balkon stand, und zog aus der Innenseite seines Jacketts einen Füllfederhalter hervor.

Er setzte schwungvoll seine Unterschrift unter einen Scheck und reichte ihn seinem Sohn. Dabei schaute er ihn nicht an. Er blickte den Balkon hinunter, zum Dienstboteneingang und verzog das Gesicht. „Sag George bitte, dass es mir leid tue mit der verspäteten Zahlung.“

„Natürlich.“

„Und“, hielt Augustus seinen innerlich aufatmenden Sohn auf und ließ ihn wie angewurzelt stehen bleiben.

Jetzt kommt es, dachte er, jetzt wird er mich rund machen. Mich anschreien. Erniedrigen. Mir meinen Mut nehmen. Meinen Stolz. Er kann es nicht ertragen, wenn ich ihm meine Meinung sage.

Die Tage des zwanglosen Cellospielens sind lange vorbei.

„... entferne bitte diese schrecklichen Kritzeleien vom Papier. Das kann ja kein kultivierter Mensch ertragen anzusehen."

***

Augustus konnte es noch immer nicht glauben.

Er sollte geflucht und geschimpft haben?

Vulgäre Worte auf eine Rechnung geschrieben haben?

Absurd. Lächerlich. Völlig an den Haaren herbeigezogen.

Nur um dann wieder von diesem elektrisch pulsierenden Kribbeln durchflutet zu werden, als er einen flüchtigen Blick über die Balkonbrüstung hinunter zum Dienstboteneingang warf. Dorthin, wo der junge Paul kam, beladen mit einem Plastikkorb, randvoll gefüllt mit Obst und Gemüse, frisch von den Feldern geerntet, so wie Augustus und seine Familie es am liebsten mochten.

Augustus' Problem war, er spürte den Dorn glühender Eifersucht stechen.

Seine eben noch ruhigen, sachlichen Gedanken verloren ihre Festigkeit.

Es war ihm, als zerfaserte jedes einzelne gedachte Wort in graue Nebelschwaden.

Als löste sich etwas in ihm auf.

Er versuchte noch, sich auf das auf ihn geschulterte Problem mit George zu konzentrieren. Wollte mit ihm reden, wollte ihm versichern, dass alles seinen gewohnten Gang gehen werde.

Aber in dem Moment, als er sah, wie Paul da aus dem Wagen stieg, den Korb von der Ladefläche hob und geradewegs auf den Dienstboteneingang zuging, machte es *klick* in ihm.

Er bringt mehr als Obst und Gemüse.

Der Satz brannte nicht in ihm, er loderte.

Augustus war längst aufgefallen, dass Paul etwas besaß, das ihm selbst fehlte. Ein kurzer, intensiver, den Damen gefallender Charme, der Augustus immer gestört hatte.

Schon in dem Moment, als Paul das erste Mal auf das Anwesen gekommen war. Als sich dieser junge, unkonventionell erscheinende Bengel, dessen Haare mit zu viel Gel in Form gebracht worden waren, frech grinsend Margret musternd vorstellte.

Er war ein Gör von der Straße gewesen.

Ein verlorenes Kind, das mit seinen Eskapaden nach Halt und Sicherheit suchte.

Was er jetzt nicht mehr bei George sucht. Sondern bei meiner Frau.

Und die …

Augustus mochte gar nicht weiterdenken.

Allein die abgerissenen Ärmel von Pauls Hemd ließen tief blicken. Es zeigte, dass der junge Mann wusste, wie die einzelnen Muskelstränge seines Oberarms wirkten. Ihm war klar, dass er animalische Triebe in Frauen freisetzen konnte.

Lüsternheit. Wollust.

Ein Mann wie Paul würde eine sichergeglaubte Beute nicht entkommen lassen.

Niemals.

Und Margret war solch eine Beute.

Sie hatte in den vergangenen Tagen etwas Weinerliches besessen. Ihre Blicke wässrig von den andauernd in ihren Augen schimmernden Tränen.

Was Augustus nicht ertrug.

Weder im normalen noch im aufgewühlten Gemütszustand.

Augustus wollte sich gerade seiner Wut hingeben, dem Paul gegenüber empfundenen Hass, als seine Blicke seinen Schreibtisch streiften. Es war nur ein flüchtiger Blick, der ihm gestochen scharf erschien. Während alles um ihn herum in diesem diffusen Durcheinander zu verkommen drohte, war das Blatt Papier wie eine Feuerlohe in seinem Verstand. Er begriff, dass ihm etwas entgangen war. Dass er vergessen hatte, dass Vincent bei ihm gewesen war; einen Zettel in der Hand, den er ihm gereicht und auf den Schreibtisch geworfen hatte.

Nur um jetzt zu begreifen, dass er dabei gewesen war, einen Fehler zu machen.

Einen Fehler, den er sich nicht mehr verzeihen konnte, wenn es ihm zu spät aufgefallen wäre, was für ein Papier da vor ihm lag.

Er schluckte bitter, als er die zitternde Hand ausstreckte, das weiche Faxpapier anhob und die Überschrift las, die Clarence Williams mit seiner gestochen scharfen, Augustus schon immer verabscheuungswürdig erscheinenden Handschrift geschrieben hatte.

Fragenkatalog zur drohenden Umweltverschmutzung durch den geplanten Bau Ihrer Batteriefabrik.

RECHERCHE

„Es sind wieder Artikel erschienen", sagte Lindsey hastig, da sie wusste, dass Ann das Telefonat sofort wieder unterbrechen würde. „Artikel, die mehr über Edward preisgeben, als es möglich sein sollte. So, als gäbe es da jemanden, der genau weiß, worüber er schreibt. Verstehe mich bitte nicht falsch. Aber ..."

Ann, die mit einem beinahe knurrenden Laut ans Telefon gegangen war, stieß jetzt einen langen Seufzer aus. Lindsey wusste, dass Edwards langjährige Angestellte nicht mit ihr reden wollte – nicht durfte.

Dennoch tat sie es.

Sie sagte: „Wir sind an der Sache dran."

„Wie wollt ihr da vorgehen? Die Website ..."

„Ich werde mich darum kümmern."

Lindsey spürte, dass Ann das Telefonat unterbrechen wollte. Weshalb sie noch hastig hinterherschob: „Ich verstehe so vieles nicht. Wirklich. Ich ..."

„Liebes", unterbrach Ann sie. „Ich werde dir keine Erlaubnis erteilen, wieder hierherzukommen. Damit würde ich meinen Job riskieren. Ganz ehrlich, das will ich nicht. Dafür liebe ich ihn zu sehr."

„Aber wie kann es sein, dass so viele angebliche Falschinformationen über Edward im Umlauf sind? Oder Artikel aus seinem Familienleben? Wie kommt der Schreiber an diese Informationen heran? Es muss doch jemanden geben, der ihm Informationen zuspielt."

„Du meinst, es gibt einen Maulwurf?"

Lindsey zuckte mit den Schultern, obwohl sie wusste, dass Ann es nicht sehen konnte. „Vielleicht."

„Was soll das heißen, vielleicht?"

Lindsey spielte solche Spiele nicht gern. Aber nachdem sie mit Frank zusammen das Konferenzzimmer Edwards verlassen hatte, sie sich in seinen BMW setzten, war es Frank gewesen, der die Idee eines Informanten ins Spiel brachte.

Obwohl er noch immer sauer war, er sie, nachdem er abgebogen war, misstrauisch fragte, ob sie wirklich nichts mit dem Artikel zu tun habe, hatte er dennoch interessiert geklungen.

So wie ein Journalist eben dachte.

Immer auf der Suche nach einer Geschichte. Nach einem Opener.

***

Lindsey fühlte sich, ehrlich gesagt, nicht wohl, als sie die Nummer von Alice wählte.

Mache ich das Richtige?

Lindsey hatte schon mehr als einmal bei ihrer Arbeit in einem Dilemma gesteckt. Hatte gemerkt, während sie mit einem Interviewpartner sprach, dass dieser ihr nicht die Wahrheit erzählte. Wo sie dann nachhaken musste, die eine oder andere kritische Frage stellen musste und dabei hinter eine andere Wahrheit kam, als die, die ihr Gesprächspartner ihr hatte verkaufen wollen.

Oder damals, als sie durch eine einfache Unterhaltung mit einem Polizisten erfahren hatte, dass sich der

Revierleiter mit einem Funktionär getroffen hatte, gegen den ermittelt wurde. Erst hatte sie gestutzt, dann hatte sie an einigen Stellen Fragen gestellt und war dahintergekommen, dass Revierleitung und Funktionär in der Schulzeit gemeinsam in einer Band gespielt hatten und deren Frauen noch heute in regem Kontakt standen.

Als sie dann auch noch herausfand, dass die Leitung einen Pool in den Garten gebaut bekam, war der Skandal perfekt gewesen.

Sie hatte den Artikel geschrieben, klar.

Die Öffentlichkeit musste von sowas erfahren.

Da hatte sie sich nicht die Frage nach Richtig und Falsch gestellt. War nicht ins Schwanken geraten oder hatte wissen wollen, wem sie mit diesem Artikel womöglich schaden konnte.

Hier war es etwas anderes.

Obwohl Edward und sie böse aneinander gekracht waren, sie miteinander gestritten hatten und er ihr gedroht hatte, sie zu verklagen, war da etwas in ihr, das unentwegt leuchtete und schimmerte. Das unentwegt auf einen Punkt in der Ferne zeigte, dem sie nur zu gern hinterher sah.

Edward.

So albern es auch war. So verrückt es klang, er ging ihr nicht mehr aus dem Kopf. Sie musste nur daran denken, wie er sich zu dem Mädchen auf dem Spielplatz hinuntergebeugt hatte, wie er sie angelächelt hatte, um zu spüren, wie sich ihr Herzschlag beschleunigte.

Selbst wenn sie nachts im Bett lag, sie nur kurz erwachte, blinzelte und sich auf die andere Seite drehte, die Decke zurechtrückte oder den Kopf tiefer ins Kissen schmiegte, wusste sie am Morgen, dass sie an Edward gedacht hatte. Daran, wie sie zusammen am See den Jungen mit der Mama getroffen hatten. Wie er, ganz selbstlos, ohne nachzudenken, in den eiskalten See gestiegen war, um den hinaustreibenden Ball zu holen.

Er hatte es getan – wie hatte er gesagt? – für ein Lächeln.

Mehr nicht.

Eben diese Momente, diese zarten Ausbrüche aus seiner ihn schützenden Panzerung, ließen Lindsey ahnen, was für ein Mensch Edward war.

Wie er tickte.

Und wie er sich versteckt, dachte sie sich, während ihr das Tuten des Handys ans Ohr drang und sie keine zehn Sekunden später ein müdes „Ja, Alice hier" durch das Telefon hörte.

„Hamilton", meldete sie sich und nannte den Namen der Zeitung, für die sie noch arbeitete. „Ich weiß nicht, ob Sie sich an mich erinnern ..."

„Ja, ja, ja, ich weiß natürlich, wer du bist. Die Süße vom McBright House. Die Kleine, die sang- und klanglos gefeuert wurde. Willkommen im erlesenen Kreis der Abgestoßenen." Alice klang plötzlich fröhlich und laut, so, als freue sie sich darüber, dass Lindsey sich meldete. „Womit kann ich dir helfen, Schätzchen? Einen Job? Auftragsarbeit? Nichts da. Budget wurde ordentlich gekürzt und die Leitung will mehr Clickbites generieren. Also schreiben wir nur noch für die Masse für Facebook, Instagram und Co. Keine leichte Aufgabe."

„Nein, deshalb melde ich mich nicht", entgegnete Lindsey, darum bemüht, leicht und locker zu klingen.

„Willst du wieder was über den hübschen McBright in Erfahrung bringen?"

Sie schmunzelte, wohlwissend, dass Alice sie nicht sehen konnte. „Genau."

„Ja, der und seine Ann machen etwas Feuer unterm Kessel, wie ich mitbekommen habe. Sind auf der Suche nach dem Artikelschreiber. Er war hier vorstellig und hat mich gelöchert und ausgequetscht. Mit Anwälten gedroht und so", berichtete Alice mit einem Ton in der Stimme, der nicht an Ärger erinnerte, sondern daran, wie man sich zufällig beim Einkaufen traf und über den Alltag redete.

„Aber?", setzte Lindsey hinterher, damit Alice ihr noch mehr sagte. „In dem Artikel werden alte Familienverhältnisse geschildert. Rein aus Archiven kann das Wissen nicht stammen. Ich meine, ich bin, wenn ich ehrlich sein muss, nur auf eine Mauer des Schweigens gestoßen."

„War sicherlich nicht leicht, das stimmt", meinte Alice, deren einen interessierten Ton annahm. „Wenn ich mich recht entsinne, werden alte Collegekollegen von Augustus McBright erwähnt, die etwas über ihn berichtet haben."

„Das Verschwinden von Augustus McBright ist einfach zu interessant", murmelte Lindsey und dachte an ihre eigenen Recherchen und daran, weshalb sie Alice angerufen hatte.

„Was meinst du genau?"

„Nachdem seine Frau spurlos verschwunden ist, ist auch er gegangen", sagte Lindsey.

„Stimmt", sagte Alice. „Und Spangler, sein Hausarzt, sagte, Augustus würde in der Karibik Urlaub machen. Um sich von dem Schock des Verschwindens seiner Frau erholen."

„Es gibt so viele Merkwürdigkeiten", murmelte Lindsey und hoffte, dass ihre Stimme nicht zu lauernd klang. Aber der in ihr aufgestiegene Verdacht, das Zusammenreimen der ganzen auf der Hand liegenden Indizien, ließen keine andere Schlussfolgerung zu. „Besonders dann, wenn ich an Williams denke. Seine Fahrt zum Sanatorium und so. Sein spurloses Verschwinden. Gab es da denn keine Untersuchung oder aktive Suchen nach ihm?"

„Gab es, natürlich", meinte Alice, deren Stimme scharf klang, schneidend.

„Und was ist da rausgekommen?"

„Dass niemand weiß, wo er abgeblieben ist. Spurlos verschwunden."

„Hmmm", machte Lindsey. „Es ist merkwürdig. Keine Spur, gar nichts? Wie vom Erdboden verschluckt?"

„Was willst du wirklich sagen, Lindsey?", wollte Alice wissen.

„Ach, nur, dass das Sanatorium abgebrannt ist. Dass man nicht mehr an Informationen kommt, wer da mal gelegen hat und so. Weshalb war William dorthin unterwegs? Wieso verschwand er?"

„Kann ich dir beim besten Willen nicht sagen. Wenn du jetzt sagst, ich verheimliche dir was mit Absicht, sind wir geschiedene Leute."

Lindsey bekam Magenschmerzen. Sie wollte Alice nicht verärgern, nicht dazu bringen, das Telefonat zu unterbrechen. „Es gibt ja noch mehr, was zum Nachdenken anregt. Zum Beispiel, dass im Artikel Albert Spangler erwähnt wird, der zum Anwesen gerufen wurde. Dann geht es wieder in die Spekulationen über. Angeblich hieß es damals, dass man mit einem Vorfall auf dem McBright Anwesen gerechnet habe. Warum? Wer ist davon ausgegangen?“

„Diese ganzen Artikel sind sehr dünn und schlecht recherchiert, von der schrecklichen Schreibe einmal abgesehen. Süße, sei mir nicht böse, aber wir kommen nicht hinter das Geheimnis.“

„Die Aussage bekommt dadurch Kraft, dass Margret McBright ebenso verschwunden ist wie ihr Mann. Jetzt kommt es: Die Gruft ist nicht mehr öffentlich zugänglich. Edward sagte mir, dass er die Unternehmungen seines Vaters, mehr Geld in die Kassen zu holen, unterbunden habe. Warum?“

Alice seufzte deutlich hörbar, sagte dann mit genervt klingender Stimme: „Frage ihn. Mehr bleibt dir nicht übrig.“

„Das werde ich“, murmelte sie und brach die Verbindung ab. Sie hob das Handy und wählte seine Nummer – ohne die Hoffnung zu haben, dass er seine Blockade aufgehoben hatte.

***

Lindsey hatte, wenn sie ehrlich zu sich selbst war, niemals im Leben damit gerechnet, dass Edward sie empfing. Dass er ihr, genervt, zugestand, das Grundstück der McBrights wieder betreten zu dürfen.

Sie schluckte, als sie das Handy vom Ohr nahm, und wusste nicht, weshalb sie plötzlich einen trockenen Mund hatte. Weshalb sie sich so unwohl, so klein fühlte.

Ihr erster Impuls war gewesen zu denken, dass es wegen ihrer erneuten Recherchen war. Weshalb ihr ihre sich wie wild im Kreis drehenden Gedanken zuriefen: *Er wird dahinterkommen und dich niemals wieder sehen wollen. Er hat jetzt zugestimmt, weil er dir verziehen hat. Oder weil er ahnt, dass du nicht negativ über ihn geschrieben hast.*

Irgendetwas ist es, was ihn sich dir gegenüber öffnen lässt.

Du machst es kaputt, weil du ihn wieder hintergehst …

Nur um dann zu merken, während sich ihre Gedanken zu überschlagen begangen, sich ihr Herzschlag beschleunigte, sie merkte, während sie auf der Couch in ihrem kleinen Apartment saß, wie ihr der Schweiß ausbrechen, dass es etwas anderes war, was sie durcheinanderbrachte.

Edward selbst.

Sie begriff, während sie das Handy von ihrem Ohr nahm, sie mit weit aufgerissenen Augen in die Leere starrte, dass sich etwas in ihrem Herzen selbst in Bewegung gesetzt hatte.

Allein seine Stimme zu hören, sein abweisendes, sein gezischtes „Ja?", als er ans Telefon gegangen war und sie sich gemeldet hatte.

Sie hatte mit Abweisung gerechnet. Mit einer verbalen Klatsche. Irgendetwas, das ihr deutlich machte, dass sie weniger wert war als der Dreck unter seinen Fingernägeln.

Nur um jetzt zu begreifen, dass sein „Ja“ keineswegs gezischt war; nicht ablehnend. Es hatte neugierig geklungen. So, als habe er nicht mit ihrem Anruf gerechnet, um sich dann doch, verhalten, zurückhaltend, leise darüber zu freuen, sie am Telefon zu haben.

„Ich bin es, Lindsey, hi“, hatte sie stammelnd hervorgebracht und hinterhergeschoben: „Die Journalistin vom …“

„Ich weiß“, war seine Antwort gewesen und hatte sie – zu ihrem Glück – unterbrochen.

„Ich …“, hatte sie begonnen und nicht weitergewusst.

„Ja?“

„Wegen … wegen deiner Unternehmung, also … dem Ferienlager, also, der Auffangstätte für benachteiligte Kinder …“

„Du möchtest über meine Arbeit schreiben?“, half er ihr auf die Sprünge.

„Mehr über dich erfahren“, war ihr entwichen und ihr Herz hatte im selben Moment wie wild zu schlagen begonnen, während ihre Ohren rot zu leuchten schienen.

Warnsignale in der Dunkelheit, dachte sie.

„Mich?“

„Dich“, brachte sie heiser hervor und begriff jetzt, weshalb ihre Gedanken wie wild durcheinander rasten. Warum ihr Herz ununterbrochen hart gegen ihre Rippen schlug, ihr Hals trocken war wie die Wüste selbst.

Sie wollte recherchieren, ja.

Sie wollte mehr über Edwards Vergangenheit erfahren, natürlich.

Und, sie lächelte, sie würde Edward wiedersehen.

Bisher hatte Edward nie an sich selbst verwirklichendes Schicksal geglaubt. Nicht einen Augenblick daran gedacht, dass es irgendetwas gebe, das sein Leben vorherbestimme oder von außen kontrolliere.

Er war unter den eisernen, disziplinierten Erziehungsmethoden seines Vaters groß geworden, der auf die eigene Schaffenskraft setzte anstatt auf Hokuspokus.

Aber in dem Moment, als er einige ruhige Minuten in seinem kleinen Büro hatte, er dagesessen, durch die lange Liste der blockierten journalistischen Kontakte gescrollt hatte, war er über den Namen Lindsey gestoßen.

Nachdem sie beide sich zerstritten hatten, er sich selbst einen Esel genannt hatte, dass er die junge, ihn faszinierende, ihn irritierende Frau Tür und Tor geöffnet hatte, war noch ein weiteres Gefühl außer Bedauern in ihm emporgestiegen.

Ein Gefühl, das ihn zusätzlich verwunderte, weil er so hasserfüllt gewesen war. So sauer und wütend. Er hatte nicht mehr an sich halten können, als er den online gestellten Artikel gelesen hatte.

Er war nicht nur wie vor den Kopf geschlagen gewesen. Er hatte gemeint, man habe ihn mit einer Dampfwalze platt gefahren. In dem Moment, als er sich überlegte, er meinte, er habe womöglich überreagiert und könnte die Blockade im Handy lösen, klingelte es auch schon.

So, als habe Lindsey nur darauf gewartet, ihn anrufen zu können.

Sein „Ja?“, als er ranging, hatte distanziert klingen sollen; abweisend. Er wollte ihr zeigen, dass er alles andere als erfreut darüber war, dass sie es wieder versuchte, sich bei ihm zu melden.

Da war aber keine Wut, kein Zorn – verrückterweise.

Da war eine innere, grelle Neonreklame in ihm aufgeleuchtet.

Sie hatte in hektischer Abfolge geblinkt und gefunkelt, hatte ihn geblendet und doch deutlich vor Augen geführt, wie es um ihn bestellt war.

Freude.

So verrückt es auch klang, so albern es sich anhörte, er war auf eine bizarre Art und Weise glücklich darüber, dass Lindsey sich bei ihm meldete.

Er hatte das beim besten Willen nicht vermutet.

Gerade deshalb, weil er gerade erst vorgestern mit Ann gesprochen hatte. Als die ihm zwischen Tür und Angel gefragt hatte, ob er wieder was von Lindsey gehört habe, hatte er noch abgewunken und gemeint: „Zum Glück nicht.“

Anns Antwort war gewesen: „Mehr Unruhe, als gerade herrscht, kann sie nicht machen.“

Was etwas in Edward ausgelöst hatte.

Einen kurzen, intensiven Impuls aus Bedauern, wie er jetzt feststellte.

Weil er es gewesen war, der Lindsey beschuldigt hatte, den verhassten Artikel geschrieben zu haben. Er war felsenfest davon überzeugt gewesen, dass Lindsey dazu beigetragen hatte, dass die öffentlichen Gelder für sein Projekt auf der Kippe standen.

Nur um dann zu merken, als er ihr in dem kleinen Konferenzraum der Redaktion in ihre schreckgeweiteten Augen schaute, dass er da einen Funken Wahrheit fand. Ein klitzekleines Schimmern an Ehrlichkeit, das ihm sagte, dass sie mit dem ganzen Dilemma nichts zu tun hatte.

Ann hatte durch ihre Bemerkung noch etwas gesagt, das ihm jetzt erst auffiel. Was ihm damals gar nicht bewusst gewesen war. Aber als er mit ihr über die Innenausstattung und die Nachrüstung der Bungalows geredet hatte, hatte sie gemeint: „Manchmal tut Ablenkung ja gut und macht die Gedanken frei."

Edward hatte damit nichts anfangen können. Er hatte es schulterzuckend hingenommen, war aber dennoch nicht überrascht, dass ihre Worte ihm jetzt wieder in den Sinn kamen, während er über den kreisrund angelegten Sandweg auf Lindseys Mini zuging.

Sein Herz schlug ihm bis zum Hals und er wollte nicht zu aufgeregt sein. Aber als er ihre Silhouette sich im Auto abzeichnen sah, während die Sonne hoch vom Himmel auf sie niederschien, merkte er, wie ihm die Knie weich wurden.

All die ihm von seinem Vater beigebrachte Coolness, die kaufmännische Unnahbarkeit fiel von ihm ab wie eine ins Tal rauschende Geröllllawine. Er hob zitternd die Hand, lächelte ihr zu und musste, als er nach der Autotür griff, kurz innehalten und durchatmen.

Herzschlag beruhigen, dachte er und fügte hastig hinzu: albernes Grinsen aus dem Gesicht wischen.

Womit Edward niemals im Leben gerechnet hatte, war, als er es endlich schaffte, die Tür aufzuziehen, ein: „Schön, dich wieder zu sehen" hervorbrachte, der ihm entgegenschlagende Geruch. Dieser betörende, ihn aus den Socken hauende Duft von Lindseys aufgetragenem Parfüm. Es war kein Schwall oder eine Woge einer ins Gesicht schlagenden, die Geruchssinne überfordernden Geruchsbelästigung.

Es war ein in die Nase steigender, die Sinne betäubender Duft. Lieblich und fein. Ganz sanft, so, als würde morgens nach dem Aufstehen die Hand eines geliebten Menschen die Wange streicheln und leise flüstern: Guten Morgen, mein Schatz. Der Tag wartet auf dich.

Es riss Edward fast von den Füßen.

Seine Sinne vernebelten sich.

Sein Fokus lag nur noch auf die ihn anschauenden, diese ihn sanft betrachtenden, grünen Augen. Das in dem Mundwinkel versteckte, schüchterne, ihn immer wieder aufs Neue begeisternde Lächeln. Dieser sanfte Schwung der Lippen, die ihrem sanften Gesicht einen Ausdruck kaum beschreibbarer Schönheit verlieh.

„Ich …“, setzte er an, räusperte sich, versuchte, die verloren gegangene Haltung zurückzuerlangen, und redete mit belegt klingender Stimme weiter, „… freue mich, dich hier begrüßen zu dürfen. Schön, dass du da bist.“

„Danke, dass ich kommen durfte.“

Edward nickte.

Er war noch nie der Typ dafür gewesen, eine Frau nur nach reiner Äußerlichkeit zu betrachten. Aber in dem Moment, als Lindsey ihre schlanken Beine aus dem Auto schwang, er sah, dass sie ihre langen Haare mit einem Haargummi zu einem bis weit auf den Rücken reichenden Pferdeschwanz gebunden hatte, verfiel er ins Starren. Er konnte sich nicht sattsehen an den

nackten Schultern, über die der Hauch eines Träger-
chens lief. Ebenso war es ihm, als träfe ihn ein angeneh-
mer, ihn mitten in die Lenden fahrender Blitz, als er
ihre Brüste sah, die sich unter dem rosa Top abzeichne-
ten, auf dem Snoopy ihn mit einem lässigen „Hi“ begrüßte.

Er verlor sich hoffnungslos dabei, als sie vor ihm
stand und er den Ansatz ihres in den Leggins sich nach-
zeichnenden Hintern erkannte.

Ihm drohte, der Boden unter den Füßen zu entgleiten.

Er fühlte sich wie zum Himmel emporgehoben und
gleichzeitig endlos in ein Loch stürzend.

Er fühlte sich wie einst, als er das erste Mal …

… Emily begegnet war.

Ebenso verloren und allein – wie in den Arm genommen und geborgen.

„Ich … ich … will mit dir … möchte mit dir … äh“, sagte
er. „Es wäre schön, wenn du nachher mit mir zum See
gehen und da essen würdest. Was meinst du? So als
Neuanfang?“

Sie schmunzelte.

„Klingt gut. Ich …“

„Ja?“

„… meine es ehrlich mit dir.“

Er nickte.

„Ich weiß. Ich hoffe es zumindest zu wissen.“

***

Sie saßen zusammen.

Der Abend war über das Land gekommen und deckte
das Anwesen in wärmende, sommerliche Schatten, so

dass Lindsey ohne Jacke auf der Terrasse sitzen konnte. Dabei saß sie Edward gegenüber, der eine kleine Ledermappe neben den dezent mit Blumen geschmückten Tisch gestellt hatte. Vor sich ein Glas stehend, gefüllt mit zuckerfreier Limonade, wie er betonte.

Sie hatte dabei geschmunzelt und angemerkt, zu ihrer eigenen Überraschung, die ihr die Schamesröte in die Ohren trieb: „Darauf musst du doch gar nicht achten, so gut, wie du aussiehst.“

Sein mit einem Schmunzeln begleitetes „Danke!“ hatte ihr den Rest gegeben.

Stammelnd hatte sie gemeint: „Ich möchte jetzt kein Kompliment oder so bekommen.“

„Keine Sorge, ich wollte dir keins machen.“

Beide hatten gelacht.

So wie sie es jetzt taten.

Lindsey hatte bei Edwards Bemerkung begriffen, was für einen feinen Sinn für Humor er besaß. Dass er es mit Leichtigkeit schaffte, über die Schwächen seines Gegenübers hinwegzuschauen. Dass er sich nicht, wie es immer wieder geschildert wurde, wie eine Hyäne auf seine vermeintlichen Opfer stürzte.

Er lächelte ein sanftes, ein jungenhaftes Lächeln, das seine eben gemachte Bemerkung mehr als lose dahin gesprochene Worte waren.

Es war ein Kompliment!

Er tat etwas mit ihr, das sie so bisher noch nicht erlebt hatte.

Edward sah sie.

Nicht so wie alle anderen, die ununterbrochen bemerken mussten, dass sie ein hübsch anzusehendes Gesicht hatte, einen schlanken, gutgeformten Körper.

Edward sah sie.

Wodurch sie sich nicht nur geschmeichelt sondern auch verstanden fühlte.

„Ich hätte nie damit gerechnet, dass du mich entblocken würdest", begann sie das ins Stocken geratene Gespräch und dachte im ersten Moment, die falsche Eröffnung gewählt zu haben, um dann weiterzureden, als sie sah, dass Edward sie nur betrachtete, ohne Anstalten zu machen, ihr etwas zu sagen. „Wenn ich ehrlich bin, hätte ich nicht eine Sekunde daran geglaubt, jemals wieder mit dir in Kontakt zu kommen." Lindsey neigte den Kopf, betrachtete Edward und wollte dann wissen: „Was hat dich dazu bewogen, es zu ändern?"

„Die hier habe ich gefunden", sagte Edward nach einer kurzen Pause des Nachdenkens, während ein warmer Lufthauch vom See herüberwehte.

Lindsey sah in der Ferne Kinder, die vom Steg ins Wasser sprangen, Schiffe, die über das herrliche Blau des gigantischen Sees fuhren.

„Was gefunden?", wollte Lindsey schließlich wissen, die Stirn in Falten gelegt.

„Die hier!" Edward griff nach der Ledertasche und löste die silbern schimmernden Knöpfe mit einem leise durch die Abendstille wehenden *klick.* Um dann, nachdem er ihr einen Blick über den Tisch hinweg zugeworfen hatte, die Bilder hervorzuholen, die Lindsey von ihm unten am Steg gemalt hatte. „Ich habe sie betrachtet und mich gefragt, wie es sein kann, dass du mich so siehst ...", begann er und tippte auf das erste von ihm gemalte Bild. Jenes, dass ihn düster dastehen ließ, die Hände in den Taschen seiner Hose vergraben. „So düster."

„Ich …", setzte Lindsey an, sich zu erklären.

Edward schüttelte den Kopf, redete weiter, ohne auf sie einzugehen. „Ich habe es betrachtet, es mir angeschaut und gedacht: Willst du so gesehen werden? Um dann zu merken, dass da noch ein anderer Gedanke war. Ein tiefergehender."

„Ein zweiter Gedanke", flüsterte sie.

Er lächelte, nickte und sagte dann: „Wenn du es so willst, ja. Ein zweiter Gedanke. Der mir zuflüsterte: Du willst nicht von ihr so gesehen werden."

„Von mir?"

„Es tat mir weh", gestand er. „Dass ich für dich dieser Schattenmann bin. Nur um dann das hier zu sehen."

Lindsey beugte sich vor, betrachtete das ihr entgegengeschobene Bild und wusste im ersten Moment nicht, was Edward damit bezweckte, was er ihr zeigen wollte. Nur um dann zu sehen, worauf die Spitze seines Zeigefingers zeigte.

Der von ihr gezeichnete Mundwinkel.

„Ja?", fragte sie, indem sie aufschaute.

„Da ist ein Lächeln zu sehen. Versteckt. Angedeutet", sagte er und leckte sich plötzlich über die Lippen. Als würde er seine eigene Beobachtung plötzlich in Frage stellen. „Ist es", sagte er dann mit einem Lindsey schmunzeln lassenden Nachdruck. „Und da fragte ich mich: Was sieht sie wirklich in mir?"

„Und was sehe ich in dir?"

„Den Menschen", meinte er. „Du hast versucht, hinter mich zu schauen. Und in dem Moment begriff ich, dass du anders bist als die anderen. Dass du mehr sehen willst. Weshalb ich mir deine Artikel besorgt habe."

Lindsey blinzelte.

Edward lächelte. „Du hattest bei unserer letzten Begegnung gesagt, dass das gar nicht dein Stil wäre. Dass du anders schreibst und so. Ich dachte mir erst: Blödsinn. Journalistisches Schreiben ist journalistisches Schreiben. Nur um dann zu merken, dass es doch unterschiedliche Stile gibt.“

„Du hast dich mit meiner Arbeit beschäftigt?“

„Mit dir“, sagte er und griff nach dem Bild, hob es an, betrachtete es. „Ich habe mich mit dir auseinandergesetzt und gemerkt …“ Er unterbrach sich kurz, dachte nach.

Lindsey war plötzlich trocken. Eine Wüste.

„Mein zweiter Gedanke“, er schmunzelte wieder, als er das sagte, „hat mir gesagt: Die da glaubt an dich. Sie will dir nichts Böses. Sie will dir helfen.“ Er schaute sie an. „Sie will den Menschen Edward kennenlernen.“

„Das will ich“, sagte sie. „Von ganzem Herzen.“

Edward nickte, beugte sich vor, schaute Lindsey so tief in die Augen, dass ihr Magen zu kribbeln begann: „Dann lass uns uns kennenlernen …“

***

„Ist das schön hier“, flüsterte Lindsey, den weichen Fahrtwind des Bootes auf dem Gesicht, in der Nase den Geruch des Wassers.

„Nur für dich“, sagte Edward, der an der Reling des Ausflugsschiffes gelehnt stand, die Hände abgestützt. Er betrachtete Lindsey und konnte nicht glauben, dass er sie wirklich zu einer Touristenattraktion mitgenommen hatte. Das er heute Morgen, als er aufgewacht war, gedacht hatte, es wäre eine gute Idee, zwei Tickets online zu kaufen und ihr beim Frühstück geheimniskrämerisch zu erzählen, dass er etwas Schönes mit ihr geplant hatte.

Einem Teen gleich. In einen um Aufmerksamkeit buhlenden Jungen verwandelt, der an nichts anderes mehr denken konnte als an das neben ihm im Mathematikunterricht sitzende, ihn um den Verstand bringende Mädchen.

„Danke", meinte sie, wandte ihm den Kopf zu, lächelte das ihn mitten ins Herz treffende Lächeln.

„Für dich", setzte er an zu sagen, stockte und erwartete den heißen Stich des Schmerzes in seiner Brust. Stellte sich darauf ein, wieder in die Vergangenheit geschleudert zu werden.

Was nicht geschah. Zu seiner ehrlich empfundenen Verwunderung. Da war nur ... ein Gefühl von Zufriedenheit in ihm, als er sich traute zu sagen: „Alles. Für dich alles ..."

***

Die vergangenen drei Tage waren alles für Lindsey gewesen. So erfüllend. So wohltuend. So, als würde sie unentwegt über Wolken laufen – zartweich einen Schritt vor den anderen setzend, mit der inneren Gewissheit, nicht mehr fallen zu können.

Allein die Ausfahrt mit dem Schiff hatte ihr gutgetan. Hatte ihr gezeigt, was sie wollte.

Um dann, als Edward sie mit zu einem Ausflugsort nahm, „den nur Einheimische kennen", zu denken, dass es nicht mehr schöner werden konnte.

Sie hatte sich geirrt.

Es war schöner geworden. Denn als Edward sagte, er wollte mit ihr zu den Wipfelpfaden gehen mit ihr bei Mondenschein in einem Baumhaus essen, war sie sich sicher gewesen, im Himmel angekommen zu sein.

Sie begriff, während sie gemeinsam aßen, sie ungezwungen miteinander redeten, sie sich besser kennenlernten, dass sie dabei war, Kopf und Verstand zu verlieren.

Lindsey lächelte jetzt, während sie im Bett lag, und genoss ihren zweiten Gedanken, der ihr zuraunte: Du bist bei Edward glücklich. Um dann einen anderen Gedanken in sich aufsteigen zu spüren, der ihr sagte: Und ihr habt noch gemeinsam zu arbeiten.

***

Lindsey hob den Finger, zeigte Edward damit an, dass sie kurz ans Handy gehen müsse.

„Schon gut", sagte er und schlenderte einige Meter weiter auf den Steg zu, die Hände in den Hosentaschen vergraben, als wollte er verhindern, dass diese sie berührten.

Was Lindsey zugelassen hätte.

Was sie jetzt, als sie das Handy anhob, zum Schmunzeln brachte.

Es erheiterte sie, wie sich Edward ihr gegenüber verhielt. Wie unsicher er geworden war, als sie einen halben Schritt auf ihn zugemacht hatte, während sie den Waldweg entlanggegangen waren. Wie er die klitzekleine Distanz zwischen ihnen aufrechthielt und es tunlichst vermied, dass sie ihn berührte.

„Bin gleich wieder da", flüsterte sie ihm lächelnd zu, wischte mit dem Daumen über das Display und ging mit einem schnellen „Ja?" heran.

Es war eine ihr unbekannte Stimme, die sich bei ihr meldete. Weich und melodisch, von einem Hauch zittriger, unterdrückter Wut begleitet.

„Mein Vater hat mir Ihre Nummer gegeben", hörte Lindsey die Frau auf der anderen Seite der Leitung sagen.

„Ja?", fragte sie verwundert und schaffte es nicht, den für die Frau bestehenden Kontext herzustellen. „Wie kann ich Ihnen helfen?"

„Mir gar nicht", entgegnete die Frau, die an Lindseys Stimmlage herausgehört zu haben schien, dass sie verunsichert war. Anfällig. Nicht dazu in der Lage, eine mögliche Verteidigung hochzufahren. „Meiner Schwester aber."

Lindsey legte die Stirn in Falten.

Unbewusst schaute sie zu dem die Hände in den Hosentaschen vergrabenen, da auf dem Waldweg stehenden Edward. Der, als er sah, dass sie zu ihm schaute, ihr zunickte, lächelte und in ihr ein weiteres, ihr unerwartetes Gefühl an Freude auslöste. Ein Ansturm an Emotionen, der diesmal einem Sturm gleich durch ihren Magen fuhr. Sie in ein Hochgefühl versetzte, das sie auf ihre Gesprächspartnerin übertragen konnte, indem sie fragte: „Wer ist denn Ihre Schwester? Wenn Sie so lieb sind, können Sie mir auch gleich sagen, wer Sie sind, damit ich weiß, mit wem ich es zu tun habe."

„Ich will", entgegnete die Frau, ohne für Lindseys Freundlichkeit empfänglich zu sein, „dass Sie uns in

Ruhe lassen, ja? Hören Sie auf, meinen Vater anzurufen oder nach meiner Schwester zu fragen. Ihr Kollege war sehr frech und aufdringlich. Er hat meinen Vater so sehr unter Druck gesetzt, dass er kollabiert ist."

„Mein Kollege?", fragte Lindsey verwundert.

„Ob wir ihm nicht ein Interview geben könnten. Darüber reden, wie es damals dazu gekommen sei, dass meine Schwester und Edward sich kennenlernten. Was wir von ihm hielten und so."

Lindsey verstand noch immer nicht.

„Wir haben mit Edward die Abmachung, dass wir nichts mehr mit ihm zu tun haben wollen. Keine Anrufe seinerseits, keine Anrufe unsererseits. Wir lassen alles ruhen."

„Sie sind Emilys Schwester?"

Schweigen auf der anderen Seite. Herzklopfen auf der dieser, als sie sah, wie Edward nach einem Stein griff. Als sie das scharfe Einsaugen des Atems ihrer Gesprächspartnerin hörte, fiel ihr noch etwas Weiteres auf. Nicht, weil plötzlich ein Lichtstrahl durch das dichte Geäst des Walds fiel und einen bisher verborgen gelegenen Grabstein enthüllte. Oder ein Moment der Erleuchtung zu ihr kam. Dennoch war es eine Bewegung, die ihren Blick auf etwas richtete, während sie ihr Telefon fester ans Ohr drückte. Die kurze Drehung der Hüfte, die durch den Körper Edwards gehende Spannung. Schließlich der Wurf mit dem Stein, den er über das Wasser flippen ließ.

In dem Gefühl der aufkommenden Liebe – was sie erschreckte – starrte sie zu Edward hinüber. Sah, wie er den Stein aus der Hand auf die erste Welle feuerte, und sah dabei ein Schild kurz in ihr Blickfeld geraten. Ein

Schild, das ihr nicht aufgefallen war, wohl, weil es ihr nicht wichtig erschienen war.

Aber in dem Moment, als der Stein Edwards Hand verließ, war es geradewegs auf Höhe seines Ellbogens. Als wäre Edwards Gelenk ein grell aufblinkender Pfeil, ein plötzliches Aufleuchten einer Werbereklame im Dunkel der Nacht, erkannte sie, was da stand.

Verwittert und alt, dem Zahn der Zeit überlassen.

Ein Schild, das vor einem zugewucherten Zaun stand.

Sie las: *Betreten der Baustelle verboten. Eltern haften für ihre Kinder* und darunter: *Privatgrundstück der Familie McBright.*

„Ich bin jemand, der will, dass Sie unsere Familie in Ruhe lassen. Und lassen Sie Emily in Frieden. Sie hat genug durchgemacht."

„Was heißt, dass sie noch lebt?", hakte Lindsey nach.

„Lassen Sie uns einfach nur in Ruhe. Und sagen Sie das auch ihrem ekelhaften Kollegen. Niemals", rief sie, „niemals werden wir auch nur für einen schlappen Pfund etwas darüber sagen, was mit Emily passiert ist."

„Bitte", sagte Lindsey mit einem schnellen, heiser klingenden Laut und wünschte sich, dass ihre Gesprächspartnerin hörte, wie verzweifelt sie insgeheim war. „Ich will doch nur wissen, ob sie lebt. Um herauszufinden, wer Edward McBright wirklich ist."

„Ein Arschloch", ließ die Frau sich hinreißen zu sagen und schnitt Lindsey damit metaphorisch in das vor Liebe glühende Fleisch.

„Ich …"

„Nehmen Sie sich vor ihm in Acht. Mehr sage ich nicht dazu. Er bringt Sie dazu, Dinge zu tun, die Sie nicht tun wollen. Dann, wenn Sie denken, er sei der

Mann, den Sie immer wollen, reißt er Ihnen das Herz aus der Brust.“

Damit brach die Frau das Telefonat ab und ließ eine Lindsey zurück, die nicht wusste, was sie denken oder fühlen sollte.

Was sie wusste, war – sie fühlte sich wie von einem LKW überfahren.

Vergangenheit, 1989

Wie eine auf den Hals des Delinquenten niedergehende Axt raste Augustus auf den gerade aus seinem Pick-up-Truck aussteigenden George zu. Den Zeigefinger seiner rechten Hand ausgestreckt, stach er auf den Mann zu, der seinem Gehilfen, Peter, ein Zeichen gab, die auf der Ladefläche verstauten Lebensmittel zu entladen.

Er hob die Hand, grüßte den näherkommenden Augustus mit einem freundlichen Gesichtsausdruck und einem fröhlichen „Einen wunderschönen guten Morgen, Mr McBright“ und schien dann zu merken, dass etwas nicht stimmte.

Dass sich in der Art seines Auftraggebers etwas verändert hatte, das Unheil versprach.

Was es tat.

Ohne Frage.

Denn in dem Moment, in dem die Stimme Georges aufklang, keifte Augustus: „Sie haben hier nichts mehr zu suchen. Gar nichts. Hausverbot habe ich Ihnen erteilt. Sie haben keinen Fuß mehr auf das Grundstück zu setzen!“

George machte einen Schritt zurück.

In seinem Gesicht spiegelte sich für einen kurzen Augenblick seine Gedankenwelt wider, als würde man ihm geradewegs in den Kopf gucken können.

Augustus meinte zu wissen, womit der Zulieferer sich herumplagte. Über was er nachdachte.

Den Aussetzer von Augustus.

Die Raserei unten am See, als er den alten, dicklichen Mann angeblich angeschrien und bepöbelt haben sollte.

Was lächerlich war. Albern. Sowas würde er nie tun. Es wunderte ihn, dass er den schmeichelnden, einschleimenden Worten seines Sohns Gehör geschenkt hatte.

Was ebenso lächerlich war wie die Behauptung dieses fetten, dummen, geldgierigen Mannes, der es allen Ernstes wagte, diesen Lustmolch von Peter wieder mit hierher auf das Anwesen zu bringen.

Ungeheuerlich. Frech. Beschämend.

Augustus wusste, dass George ihn provozieren wollte. Dass er nichts anderes im Sinn hatte, als das zu torpedieren, was Augustus dabei war aufzubauen.

Der würde sehen, was ihm blühte, wenn er seine profanen, von Niedertracht getriebenen Spielchen weiterspielen wollte.

Das konnte er haben.

Auf genau diesen Schlachtfeldern kannte er sich aus. Und wie er es tat!

Schon immer war Augustus McBright ein Kämpfer gewesen. Ein Mann, der sich gegen die schwersten Widrigkeiten behauptete und der wusste, wie man aus einer verloren geglaubten Position heraus einen Kampf für sich entscheiden konnte.

Er musste nur an Margret denken. Daran, wie sie sich damals das erste Mal begegnet waren. Wie er versucht hatte, ihre Aufmerksamkeit für sich zu gewinnen, und in einem Anflug ehrlich empfundener Unsicherheit gedacht hatte, er sei für diese schillernde, ihn faszinierende, ihn immer wieder aufs Neue den Atem raubenden Frau zu langweilig.

Er, der unentwegt um die absolute Kontrolle bemüht war. Der es nicht leiden konnte, wenn ihm ein Gefühl in die Parade fuhr, er von einer Emotion überrollt wurde und dabei war, die Beherrschung zu verlieren.

Sie hingegen, leuchtend, schillernd, wie ein auf den Fingerspitzen balancierter, in die Sonne gehaltener, rot funkelnder Rubin.

„Ich glaube", riss George Augustus aus seinen Gedanken, „ich werde wieder mit Ihrem Sohn sprechen."

„Runter von meinem Grundstück!", keifte Augustus, der den Affront gegen sich nicht ignorieren konnte. Was dazu führte, dass weiterer Zorn in ihm emporstieg. „Sofort. Und Ihren Lust... Ihren ... Ihren ... Ihre Hure da können Sie gleich mitnehmen."

„Hure?" George riss die Augen auf.

Augustus lachte auf, als er sah, wie Peter den Kopf drehte, eine Kiste gefüllt mit Gemüse in der Hand. „Du brauchst gar nicht so zu gucken, du ... du ... du ... ekelerregendes Gewürm. Du weißt genau, dass ich weiß, wie du meiner Frau nachgestarrt hast. Wie du sie lüstern begafftest." Er lachte wieder und bemerkte, in einem kurzen Moment der Klarheit, wie es sich anhörte.

Schrill, zu laut, mit einem Hauch ... Augustus stockte, als er das Wort in sich aufsteigen spürte. Er fühlte, wie sich in ihm nicht nur ein Hauch Kummer, eine Art

Traurigkeit ausbreitete, sondern ein Schwall an Verzweiflung.

Verrückt, dachte er, ich klinge verrückt. Um dann einen Schritt zurückzumachen, zu blinzeln. Er nahm die Hand vor den Mund, schluckte hart und flüsterte: „Sie haben meiner Frau schöne Augen gemacht."

„Ich?" Peter stellte die Kiste ab, ging einen Schritt nach vorn, kam drohend näher.

Wie durch eine Wand aus dichtem, grauem, die Sicht trübendem Nebel schaute Augustus auf die geballten Fäuste des Gehilfen. Verwundert darüber, machte er einen Schritt zurück und flüsterte: „Ich habe dich ... Sie ... dich ... dich gesehen."

„Ich habe die Lieferung gebracht", verteidigte sich der junge Mann, der nur deshalb nicht weiter auf ihn zuging, weil George ihm die Hand beruhigend auf die Schulter gelegt hatte. „Mehr nicht."

„Ich sage ja, ich werde mit Ihrem Sohn sprechen. Letztes Mal hat es ja auch geholfen und zur Klärung beigetragen ..."

„Mein Sohn ist ein Verräter!", brüllte Augustus los und fühlte ihn wieder in sich. Diesen alles verzehrenden Zorn, der ihn lodernd zum Brennen brachte. „Der will es ja verhindern. Der steckt doch mit Ihnen unter einer Decke. Der ist doch für das ganze Chaos hier verantwortlich. Er will doch, dass ich falle. Um mein Vermögen, ja, das ist es. Das ist das eigentliche Problem. Er will an mein Vermögen heran. Er will ..." Er wandte sich wieder George zu. „Verlassen Sie mein Grundstück! Verlassen Sie es auf der Stelle." Dann hielt er inne. Sein Gesicht wurde wächsern kalt. Er fixierte George und fragte ihn dann boshaft lächelnd: „Haben Sie denn schon Post von meinem Anwalt bekommen?“

GEHEIMNISSE

„Alles gut bei dir?", wollte Edward wissen, nachdem Lindsey, langsam und mit offen stehendem Mund das Handy vom Ohr genommen hatte und nun dastand und nicht begriff, was da gerade eben passiert war.

Ihre Gedanken überschlugen sich.

Das irrationale Gefühl von Beklemmung stieg in ihr auf, als sie an den Anruf dachte. An das, was Emilys Schwester ihr eben an den Kopf geworfen hatte, und das in ihr nachklang wie das Echo einer Klangschale.

Wer bist du?, wollte sie ihn erst fragen, um dann innerlich abzuwägen, was sie tun und lassen wollte. Sie hielt den Mund.

Nicht, weil sie sich nicht traute, ihre Frage zu stellen, sondern weil sie innerlich im Zwiespalt war.

„Was ist plötzlich los mit dir?" Er schaute sie freundlich lächelnd an, um dann, wenige Sekunden später, die Stirn in Falten zu legen. Alle Freundlichkeit war aus seiner Stimme verschwunden, als er fragte: „Wer war da am Telefon?"

Lindsey zögerte. Ihr erster Impuls war, ihm zu sagen, dass sie doch noch weiter recherchierte. Dass sie hinter seinem Rücken dabei war, an Informationen zu gelangen, die ihr endlich ein inneres Licht aufgehen lassen sollten. Nur um dann einen anderen, härteren, wie ein scharfes Messer schneidenden Gedanken in sich zu fühlen, der rief: *Sag ihm nicht, was du tust. Das treibt dich nur von ihm weg. Er wird böse mit dir sein. Niemals wieder wird er etwas von dir wissen wollen.*

Nie wieder.

Das *nie wieder* hämmerte ihr mit solch einer Wucht durch den Kopf, dass es sie an das laute, über London hinweghallende Läuten von Big Ben erinnerte.

Sie wollte Edward nicht riskieren.

Nicht jetzt, wo sie sich so nahe waren, so dicht, dass sie der Überzeugung war, dass sie sich doch noch alles sagen konnten.

„Ich …", setzte sie an, leckte sich über die Lippen und fühlte das schlechte Gewissen in sich bohren wie noch nie zuvor in ihrem Leben.

„Ja?"

„Ich muss unbedingt noch einmal mit Alice von der Redaktion sprechen", sagte sie und holte tief Luft, als sie sah, dass Edwards Gesicht sich weiter verdüsterte. Sie winkte gleich ab. „Es geht nicht um dich. Okay, schon, doch, irgendwie. Aber ich glaube, ich kann dir helfen. Ich habe gerade einen Anruf bekommen, der mich irritiert hat."

„Das sehe ich. Wer war da am Telefon?"

Lindsey gab ihren inneren Widerstand auf. Sie ließ die Masken fallen und fühlte die kalte Hand der Frucht nach ihrem Herz greifen, während sie sagte: „Irgendjemand hat Emilys Familie kontaktiert."

Edward riss die Augen auf.

„Emilys Schwester hat meine Nummer von ihrem Vater bekommen, weil Alice ihm diese damals gegeben hat. Als ich dachte, ich muss mehr über dich herausfinden. Aber ich will nicht, dass du denkst, ich belüge dich. Das will ich nicht mehr. Nie wieder."

Edward betrachtete Lindsey. Was ihr zusetzte. Es fühlte sich an, als würde er sie in Flammen setzen wollen.

„Ich will ehrlich sein", sagte sie mit Hektik in der Stimme. „Wirklich. Ich habe Emilys Familie nicht angerufen. Das war jemand anderes."

Edward nickte. „Okay."

„Glaube mir bitte. Ich will dir helfen. Deshalb muss ich einige Fragen stellen."

„Über wen?"

„Clarence Williams. Du kennst ihn?"

Edward seufzte. „Natürlich."

„Um ihn geht es ebenso. Und um diese Blogbeiträge. Ich habe den Verdacht …"

„Du meinst, Alice könnte was damit zu tun haben?", fiel Edward ihr ins Wort.

Lindsey hob die Schultern. „Keine Ahnung. Aber wer könnte Interesse an steigenden Klickzahlen haben? Sie hat es selbst gesagt. Sie schreibt für Click and bite. Sie hat es mir gesagt. Wenn wir an Williams denken, der gestorben ist, weil er sich für deine Familie interessiert hat …"

Sie wusste, dass sie ins Blaue schoss. Dass ihr Gestammel alles andere als zielführend war. Aber in dem Moment, in dem sich ihre Gedanken zu überschlagen begannen, sie nicht wusste, wohin mit ihren Gefühlen, mit ihren Empfindungen, war es Lindsey, als würde sich alles in ihr fügen. Als wischte sie mit dem Handballen über ein beschlagenes Fenster, um einen Blick hinaus in einen im Nebel liegenden Wald zu werfen. Um dann, als sie meinte, nichts sehen zu können, durch die einzelnen über den Boden kriechenden Schwaden etwas zu erkennen.

In ihrem Fall die sich ineinanderfügenden Puzzleteile.

Ihre Ausflucht über Emily hatte in ihr etwas in Gang gesetzt.

„Es gab einen Fragenkatalog, den er damals meinem Großvater geschickt hat", sagte Edward und zuckte mit den Schultern. „Fragen wegen der Fabrik, die hier entstehen sollte." Er deutete auf das Schild. „Wozu es nie gekommen ist. Umweltfragen und die nach dem Plan der Landannahme. Ich weiß, dass mein Dad damals deshalb sauer gewesen war. Weil irgendjemand die Informationen weitergegeben hat. Er ist irgendwann mit den Worten gefahren ‚ich kläre kurz was', und war dann verschwunden, mit dem Fragenkatalog von damals in der Hand."

„Gibt es den Katalog noch?"

Edward zuckte mit den Schultern.

„Im alten Lesezimmer meines Großvaters, vermute ich."

Als sie ihm eine Frage stellen wollte, hörte sie erst das *Pling* ihres Handys und keine zwei Sekunden später das *Pling* von Edwards Smartphone.

Beide griffen mit einer in Fleisch und Blut übergangenen Handbewegung nach ihren Mobilfunkgeräten.

Während Lindsey nur große Augen bekam, die Push-up-Nachricht las und nicht glauben konnte, was sie da erblickte, stieß Edward neben ihr nur ein keuchendes, heiser klingendes „Scheiße" aus.

Lindsey hob den Kopf, drehte ihm ihr Handy entgegen und fragte: „Diese Nachricht?"

Er hielt ihr seines hin: „Ganz genau."

„Und jetzt?"

Edward schüttelte den Kopf, presste die Lippen aufeinander und flüsterte: „Ich weiß jetzt, dass du nicht dahintersteckst. Du stehst neben mir. Wir haben die letzten Tage miteinander verbracht."

Sie schmunzelte.

„Ich werde Turner darauf ansetzen, um die Recherche zu intensivieren", sagte er grimmig. „Was haben die Leute immer mit der verdammten Gruft auf meinem Grundstück?"

„Sie ist verschlossen", sagte sie. „Plötzlich nicht mehr öffentlich zugänglich. In privater Obhut. Das weckt die Neugier der Leute. Du hast es nie richtig nach außen kommuniziert."

„Wir sind nicht mehr auf die Einnahmen der Gruft angewiesen", erinnerte Edward sie. „Sie bleibt geschlossen. Für die Ruhe meiner Familie."

„Verstehe."

„Und, ja", sagte Edward mit herrisch klingender Stimme. „Wir mussten das Personal entlassen, die sich um den Friedhof und die Gruft gekümmert hat. Aber auch dafür habe ich gesorgt. Anns Mutter ..."

„Ann? Ihre ganze Familie hat für euch gearbeitet?"

Edward winkte ab. „Ich muss mich um diese Nachricht kümmern."

In dem Moment, als er sich von ihr weggedreht hatte und den Weg zurückging, den sie eben gekommen waren, klingelte ihr Handy erneut.

Alice Short.

Lindsey ging ran und fragte: „Sie haben nichts mit den neuen Nachrichten zu tun, die über Edward im Umlauf sind?“

„Um Himmels willen, nein. Aber das ist mal ein Ding“, rief sie und klang dabei hämisch, erfreut. „Was sagst du zu dem Nebensatz, der mal wieder Spangler erwähnt?“

„Ich habe den Artikel nur überfolgen“, sagte sie.

„Es wird erwähnt“, klärte Alice auf, „dass Spangler arm wie eine Kirchenmaus sei.“

„Hmmm.“

„Spannend, nicht wahr? Irgendwie hat jeder, der mit den McBrights zu tun hat, irgendetwas verloren.“

„Ja, irgendwie schon.“

„Müssen wir im Hinterkopf behalten. Aber ich rufe auch wegen etwas anderem an“, sagte sie und senkte die Stimme. „Wir haben doch über Edward und so gesprochen. Dass die Zeitung sich an Augustus ebenso die Zähne ausgebissen hat wie auch an Vincent.“

„Haben wir.“

„Und dass Williams vor einigen Jahren wie vom Erdboden verschluckt worden ist, bevor er ins Sanatorium wollte.“

„Auch das, ja.“

„Weißt du, auf was ich gerade eben gestoßen bin?“

„Auf was?“

„Die McBrights haben im weiten Umkreis ihres Anwesens Grundstücke enteignen lassen. Einfach so. Sie haben kleine Entschädigungen gezahlt. Selbst von langjährigen Zulieferern, zum Beispiel.“

Lindsey starrte Edward hinterher. Betrachtete das vor ihr liegende abgezäunte Grundstück.

„Edward hat eben so etwas erwähnt“, flüsterte sie.

„Sie haben den Menschen im wahrsten Sinne des Wortes alle Grundlagen zum Leben genommen. Jetzt kommt der absolute Knaller. Der wird unserem lieben Edward das Genick brechen und dazu führen, dass seine Kinderfarm geschlossen wird."

Lindsey wurde heiß und kalt zugleich.

„George, der Mann, der die McBrights jahrelang mit Obst und Gemüse versorgt hat", fuhr Alice fort, „hat sich umgebracht, als man ihm sein Land und Haus nahm. Aufgehängt hat er sich ..."

Edward schaute Lindsey durchdringend an.

Sie hatte gewusst, als sie das Handy vom Ohr nahm, sie die Verbindung zu Alice abbrach, dass es nicht leichter werden würde.

Es fühlte sich an, als würde sich gerade jetzt alles auf einmal in ihr und um sie herum überschlagen.

Aber als sie von Edward erfuhr, dass Clarence einen Fragenkatalog geschickt hatte und dass dieser noch immer existierte, hatte in ihr etwas zu arbeiten begonnen. Dazu die von Edward angesprochenen und von Alice bestätigten Enteignungen. Der Anruf von Emilys Schwester.

Alles, was sie bisher gehört hatte, gesehen, alles, was ihr begegnet war, hatte einen merkwürdigen, bitteren Beigeschmack, der sich verstärkte, je mehr sie in Erfahrung brachte.

Die McBrights waren unmenschlich gewesen.

Sie hatten etwas getan, was man aus dem Fernsehen kannte; aus oft schlecht gespielten TV-Filmen, die einen zu nichts anderem ermutigten, als den Kopf zu schütteln bei den schwachen Storylines.

Aber in dem Fall hier, in dem Moment, als sie schluckte, blinzelte, erneut zu dem abgesperrten Areal schaute, dorthin, wohin kein Mensch einen Fuß setzten sollte, rastete ein Rädchen nach dem anderen ein.

Sie meinte, langsam, aber sicher zu verstehen, was Edward hier trieb. Warum er sich heimlich mit Menschen traf, warum Frauen aus seinem Leben verschwanden und es Leute gab, die ihn bis aufs Blut verteidigten.

Lindsey hörte sich selbst sagen: „Edward.“

Noch mehr verwunderte sie, dass sie, ohne mit der Wimper zu zucken, sagte: „Deine Familie hat Schuld auf sich geladen.“ Ohne die eben noch gedachte Angst zu haben, das brüchige Vertrauen, das sie untereinander hatten, endgültig zu zertrümmern.

Edward schaute sie an.

Nicht wie erwartet kalt und abweisend. Nicht wie der damalige Derwisch, der ihr, nachdem der Onlineartikel erschienen war, drohte, ihr das Leben zur Hölle zu machen.

In seinen Augen war nur ein kurzes Blitzen.

Sein Gesicht keine Maske, keine hochgezogene Fassade, hinter die man nicht blicken konnte. Es war, als wäre da etwas in ihm in Gang geraten, das sich danach sehnte, sich jemandem anzuvertrauen. Als wäre er glücklich darüber, dass das Spiel, dass sie angefangen hatten, miteinander zu spielen, endlich dabei war, sich zu verlieren.

Er machte einen Schritt auf sie zu, vergrub die Hände in den Taschen seiner Hose und sagte: „Hat sie.“

„Sie hat Enteignungen vorgenommen.“

„Auch.“

„Und sie hat Menschen damit ins Unglück gestürzt!"

Er blieb dicht vor Lindsey stehen, die am ganzen Körper zitterte. „Was möchtest du mir sagen, was ich nicht längst schon weiß, Lindsey? Was willst du jetzt eben erfahren haben?"

„Georges Tod …"

Sein Gesicht versteinerte sich. Seine Haltung wurde hart und er senkte den Blick, als er sagte: „Eine Tragödie."

„Die du zu lösen versucht hast", murmelte sie.

„Ich versuche es, ja. Ich will den Menschen helfen. Mich mit ihnen versöhnen. Deshalb das Treffen mit Evelyn. Die Frau vom Spielplatz", sagte er ihr. „Sie ist Georges …", er verstummte, schluckte, „George war ihr Mann."

Lindsey starrte ihn an, fragte ihn dann: „Warum hast du nicht darüber geredet? Ich meine, diese ganze Heimlichtuerei. Du …"

„Ich kann keine Klagen gebrauchen", gestand er ihr, schüttelte den Kopf und flüsterte: „Keine schlechte Presse. Nichts, das mein Projekt gefährdet. Nichts, das mich daran hindert …"

„… Gutes zu tun", beendete sie seinen Satz und schien langsam zu begreifen. „Du versuchst, die Schuld abzutragen."

„Ich will helfen", sagte er und machte ein düsteres Gesicht. „Und denen das geben, was ihnen zusteht. Ohne Anwaltskosten. Ohne dass ich verklagt werde. Ohne dass ein weiterer Makel auf meine Familie fällt."

„Ohne dass in deiner Vergangenheit gekramt wird", sagte sie. „Deshalb dein ungeschicktes, grimmiges Gehabe. Deine …"

„Ich werde niemals Kinder haben", meinte er mit verschlossenem Gesicht. „Aber dennoch kann ich denen helfen, denen es nicht gut geht."

„Keine Kinder?"

„Nie!"

Lindsey schaute Edward verwundert an, wusste nicht, wie sie mit der Enthüllung umgehen sollte.

Was ihr egal sein konnte.

Banane. Völlig egal.

Aber als sie es aus seinem Mund hörte, sie ihm dabei in die Augen schaute, sie ihn betrachtete, konnte sie den Schmerz erkennen, der ihm diese fünf einfachen Worte bereitete. Wie sehr es ihn quälte und dass es ihm zusetzte, es laut und offen vor ihr auszusprechen.

„Es geht mich nichts an", sagte sie.

„Stimmt", erwiderte er, um dann ein kurzes Lächeln im Mundwinkel zu tragen. „Aber dennoch. Manchmal ist es besser, wenn man sich für Dinge entscheidet, um der Zukunft vorzugreifen."

Lindsey legte die Stirn in Falten, dachte nach und erinnerte sich an das Gespräch mit Alice. „Emily", flüsterte sie.

Edward presste die Lippen aufeinander.

Sie erinnerte sich daran, dass die hiesige Chefredakteurin ihr erzählt hatte, wie sie mit Emilys Vater gesprochen hatte. Dass sie mit ihrer Schwester telefoniert hatte und wie verzweifelt sie alle waren. Wie traurig, wie verletzt. Wie klagend Emilys Schwester am Telefon selbst geklungen hatte.

„Du hast ihr nichts körperlich angetan", sagte sie. „Sie ist nicht verschwunden. Sie hat sich zurückgezogen, weil …"

„Ich ihr sagte, dass wir keine gemeinsame Zukunft haben, ja“, murmelte er, senkte den Kopf und schaffte es kaum, einen vernünftigen Satz hervorzubringen, in dem keine Trauer mitschwang. Seine Stimme vibrierte, als er flüsterte: „Sie wollte Familie. Sie wollte meine Liebe, alles, was man sich in seiner rosaroten Disneywelt zusammenspinnt. Ich habe ihr den Traum genommen. Ich habe ihr …“

„… das Herz gebrochen.“

Edward sah sie aus tränennassen Augen an. „Ich habe sie geliebt“, gestand er ihr. „Von ganzem Herzen. Sie war die Frau, mit der ich mein Leben hätte verbringen wollen.“

Lindsey lächelte sanft. Sie griff nach seiner Hand, fühlte sich von der Äußerung nicht verletzt, nicht angegriffen, nicht zurückgesetzt. Sie konnte ihn verstehen. Wusste, wovon er sprach.

Sie hatte dasselbe durchgemacht.

Ihr war es ebenfalls in den Sinn gekommen, den richtigen Mann getroffen zu haben. Einen Gefährten, mit dem sie, die Pferde von der Weide stehlen konnte.

Nur um dann zu merken, dass ihr Cowboy gar kein Cowboy war, sondern ein hinterhältiger Outlaw.

„Dann habe ich dich getroffen. Scheiße auch“, flüsterte Edward, nahm Lindseys Hand, fuhr mit dem Daumen über ihren Handrücken. „Ich hatte so sehr gehofft, dass es nur eine Irritation war. Ein kleines in mir schimmerndes Licht, das ich wie in Dickens *Eine Weihnachtsgeschichte* auslöschen konnte.“ Er hielt kurz inne. Sagte dann mit noch immer belegt klingender Stimme: „Du hast mir gezeigt, wie einsam ich bin. Wie verloren.

Dass ich durch die Nacht meiner eigenen Gedanken gewandert bin. Scheiße auch. Ich klinge so kitschig. Aber … aber … du …“

„Ich habe dich aus der Dunkelheit geführt?“

„Ich war einsam, ohne es zu wissen.“

„Deshalb bist du …?“

Er nickte, sagte: „Ich will nicht mehr. Ich möchte den Streit nicht. Keine Konfrontation mehr. Es hat mir das Herz zerrissen, als ich dich gesehen habe und dich anschrie wegen des Artikels. Aber ich war so voller Wut, voller Zorn. Ich sah mein Projekt in Gefahr. Ich kann es nicht ertragen, dass es scheitern könnte. Allein die Diskussionen mit den Geldgebern, ihre Zweifel daran, dass mein Projekt wirklich hilfreich sein könnte, lässt mich rasend werden. Ich war so wütend auf dich. Weil ich ununterbrochen dachte, was hat sie davon, mir so zu schaden? Weshalb will sie mich klein machen?“

„Was ich nie wollte. Ich wollte mehr über dich erfahren. Weil …“, sie unterbrach sich. Nicht, weil ihr plötzlich die Worte fehlten oder sie nicht wusste, wie sie ihren Satz beenden sollte. Sie redete nicht weiter, weil ihr bewusst wurde, so wie Edward eben, dass sie einen Schritt gegangen war, den sie nicht hatte kommen sehen. Obwohl sie unentwegt ihren Weg gegangen war, sie jede Unebenheit des Bodens zu kennen glaubte, war da plötzlich etwas, das in ihr ein Licht aufgehen ließ.

Erst klein, kaum der Rede wert. Nur darauf bedacht, eine einzelne, kleine, im Dunkel liegende Facette zu beleuchten. Nur um dann zu merken, dass viel mehr aus der Finsternis gerissen wurde.

„… ich angefangen habe, dich zu mögen.“

Edward schluckte. „Mögen?“

Sie schaute ihm tief in die Augen, betrachtete ihn, ließ
ihre Hand fester in seine gleiten. „Vielleicht mehr", gestand sie ihm.

Er blieb wächsern.

Sagte nichts.

Starrte sie nur an.

Und Lindsey kam sich selten dumm vor.

Vergangenheit, 1990

Vincent merkte, dass er sich von Sekunde zu Sekunde
schwerer konzentrieren konnte. Nicht nur, dass er sich
um den vor ihm sitzenden Anwalt kümmern musste,
der mit ihm über die Modalitäten der Enteignungen
sprach, die Vincents Familie plante, er hatte das Gefühl,
bei ihm selbst würde auch etwas in Schieflage geraten.

Ihm war es das erste Mal aufgefallen, als er bei seinem Vater gewesen war, um mit ihm über George und
die offenen Rechnungen zu sprechen. Ein nur kurzes,
innerliches Zögern, ein Zucken, das ihm durch den Verstand geschossen war. Ein ungutes Gefühl im Magen,
das mit einem Gedanken einherging, den er bisher immer gut hatte deckeln und zurückhalten können.

Nur um jetzt zu merken, dass der Gedanke an Stärke
gewann.

Einem Parasiten gleich, der sich unentwegt an einem
nährte und gleichzeitig ausbeutete.

Vincent blinzelte, nahm die Hand vor die Stirn und
sagte, nachdem der Anwalt mit seinem Finger auf eine

Klausel gezeigt und dazu etwas juristisch Anspruchsvolles von sich gegeben hatte: „Ganz kurz. Ich glaube, ich brauche eine Pause.“

„Geht es Ihnen nicht gut, Mr McBright?“, wollte der Mann in seiner steifen, aufgesetzt geschäftsmännischen Haltung wissen und musterte den vor ihm sitzenden Vincent.

Was dem missfiel.

Was ihn zu einem Gedanken trieb, den er niemals im Leben jemals ernsthaft gedacht hätte. Nicht in solch einer Situation. Nicht so, wie es gerade passierte.

Aber ebenso wie das in ihm ausgebrochene Unwohlsein, das schleichend leise Wissen, dass in ihm etwas in Umbruch geraten war, konnte er den vor Hass und Zorn triefenden Gedanken nicht zurückhalten.

Er bediente sich einer vulgären Aussprache, die Vincent seinen Lebtag abgelehnt hatte: *Die dumme Sau will an mein Vermögen ran. Warum redet er denn sonst ununterbrochen von meinem Geld, dass er investieren wolle?*

Es war Vincent unverständlich, dass er plötzlich so dachte. Warum er anfing, innerlich zu brodeln.

So war es bei dem Gespräch mit Vivien schon gewesen. Da hatte er gemerkt, wie sich in ihm etwas aufzubauen begann. Eine Art negativ geladene Aura. Einhergehend mit Gedanken und Eindrücken, die er nicht in Einklang mit sich selbst bringen konnte. Die ihn annehmen ließen, Vivien wollte ihn ans emotionale Messer liefern.

Sie hatte Edward zur Welt gebracht, um ihn zu knechten.

An mein Geld will sie, dachte er in letzter Zeit immer wieder und merkte, dass der Gedanke noch immer in ihm kreiste. Dass er ihn nicht abschütteln konnte, so gern er es auch getan hätte.

Er war seitdem da. Unterschwellig. Leise. Einem Kobold gleich, der einem auf der Schulter saß und unentwegt flüsterte und wisperte. Der von Boshaftigkeiten redete und mit dem knorrigen, alten Finger ununterbrochen auf andere zeigte. Der Vincent sogar so weit getrieben hatte, dass er dachte, dass auf der weitläufigen, grünen Wiese vor dem Haus Menschen herumliefen. Menschen in merkwürdigen, altertümlichen Kleidern, die Heugabeln und Fackeln mit sich trugen.

Die, ebenso wie Vivien oder der Anwalt, an nichts anderes wollten als an sein Geld.

So, wie er Vivien mit stechenden Blicken fixiert hatte, so fixierte er jetzt auch den Anwalt und begriff erst, dass er starrte, nachdem der hagere Mann gefragt hatte: „Habe ich etwas gesagt, das Sie verärgert hat, Mr McBright?“

Vincent schüttelte den Kopf, presste sich die Hand gegen die rechte Schläfe und murmelte: „Ich glaube, ich brauche etwas frische Luft.“ Um dann innezuhalten, aufzuschauen und den Kopf zur Seite zu neigen. „Haben Sie das auch gehört?“

Der Anwalt nickte, sagte: „Ein Schrei!“

Vincent sprang wie von der Tarantel gestochen auf. Die Sorge, sein Vater könnte wieder etwas angestellt haben, ließ ihm das Herz bis zum Hals schlagen. So schnell, wie er um seinen Schreibtisch herum war, an der Tür und diese aufzog, war er noch nie in seinem Leben gewesen. Selbst in dem Moment nicht, als Vivien ihm den Schwangerschaftstest hingehalten und ihm mit vor den Mund gehaltener Hand zugeflüstert hatte, dass sie ein Kind erwarte. Da hatte er auch gesessen, hatte in eine Akte hineingeschaut und erst reagiert, als er realisierte, was sie sagte.

Vincent war aus dem Zimmer heraus. Er lief eiligen Schrittes über den langläufigen Flur hin zu dem Lesezimmer seines Vaters.

Hinter ihm, im sicheren Abstand einer eingeschüchterten, aber dennoch von der Neugier getriebenen Person, der Anwalt, der es tunlichst vermied, irgendetwas zu sagen, geschweige denn ernsthaft auf sich aufmerksam zu machen.

Er war es aber, der sagte: „Um Himmels willen!"

Während Vincent in der offen Tür zum Lesezimmer seines Vaters stand und es nicht schaffte, seinen Mund vor Staunen und Schrecken zu schließen.

Er schaffte es auch nicht, etwas anderes zu tun, als zu stammeln: „Was hast du getan?"

Der Anwalt reagierte schneller. Er rief: „Wir brauchen einen Arzt, so schnell wie möglich. Jetzt!"

VERDACHTSFÄLLE

Spangler war kurz davor, einen Herzinfarkt zu bekommen.

Nachdem er den ersten Anruf bekommen hatte, er die ihm ins Ohr dringende Stimme gehört hatte, hatte er gemerkt, wie ihm der Schweiß aus den Poren geschossen war.

Das Gefühl zu fallen war unbeschreiblich gewesen.

Hatte er gedacht.

Jetzt aber fühlte er sich nicht nur, als würde er stürzen, sondern als würde er sich dabei ununterbrochen um sich selbst drehen.

Er spürte, wie ihm die Knie weich wurden und sich die Gedanken in seinem Kopf zu verwirren drohten.

Er hatte immer damit gerechnet, dass das, was er einst getan hatte, wie ein Bumerang zu ihm zurückfliegen würde. Dass schlechte Taten immer bestraft wurden. Jetzt aber, wo so viele Jahre ins Land gezogen waren, er sich nicht mehr ernsthaft hatte vorstellen können, dass er verloren gehen konnte in seinem Tun, traf ihn der Anruf wie ein Keulenschlag.

Er schaffte es nicht, sich auf den Beinen zu halten.

Was ihn irritierte, war, obwohl alles in ihm aussah wie auf dem Boden zerschlagenes Geschirr nach einem Erdbeben, dass dennoch ein Name in ihm grell schimmernd aufleuchtete. Ein Licht im Dunkel, wenn man so wollte. Eine kurzes Schimmern der Hoffnung im Tal der Tränen.

Nancy!

Nicht mehr und nicht weniger.

Dieser eine, in ihm grell schimmernde Name.

Eine Art Rettung im freien Fall.

Albert hatte nie viel damit anfangen können, wenn ihm jemand erzählte, er habe das Gefühl gehabt, sein Sturz würde abrupt enden. Aber in dem Moment, als ihm der Name seiner damaligen Sprechstundenhilfe durch den Kopf jagte, war es ihm, als würde er die Arme links und rechts ausstrecken und eine aus der steinernen Wand ragende Wurzel zu packen bekommen.

Der schmerzhafte Ruck ging ihm mental durch die Arme.

Er spürte, wie der Sturz abrupt zu Ende ging, und sich die Unsicherheit, die ihn nach der Tischkante seines Küchentischs greifen ließ, in Wut wandelte.

Albert hatte nie viel von Sprichwörtern gehalten. Sich nie für die eine oder andere Redewendung interessiert.

Für ihn galt das Hier und Jetzt.

Aber in dem Moment, als er erneut an Nancy dachte, daran, was seine jahrelange Sprechstundenhilfe wusste, dachte er: *Sie beißt die Hand, die sie gefüttert hat. Er schob einen Gedanken hinterher: Gut gefüttert.*

Um dann einen Gedanken in sich aufsteigen zu spüren, der neben seiner Wut herging.

Leicht versetzt, nicht im ganzen Dunstkreis, nicht so präsent. Aber dennoch mit der Durchschlagskraft einer Abrissbirne.

Er erinnerte sich nur zu gut daran, wie er ihr damals näher gekommen war; wie er versuchte, ihre schüchternen Blicke nicht als das zu interpretieren, was sie waren. Nicht einem nach Liebe und Zweisamkeit dürstenden Mann zu gleichen, die er nur zur Genüge kannte.

Er selbst war seit dem Studium so ein Mann gewesen. Jemand, der sich nicht nur sehnte, sondern danach verzehrte.

Albert hatte auf der Universität die lässigen, locker auftretenden, von keinerlei Scham begleiteten jungen Männer immer beneidet. Hatte sich immer vorgestellt, wie es sein würde, wenn er den Frauen einfach auf den Kopf zu sagte, dass er sie attraktiv finde. Dass er fand, dass die langen, schlanken Beine, die da unter dem Rock hervorschauten, genau dem entsprachen, was er leiden mochte.

In seinen Fantasien hatte er sich immer getraut, auf die da im Sonnenschein auf der Wiese sitzenden, das Buch vor dem Gesicht haltenden jungen Damen zuzugehen. Ihnen zu sagen, dass er ebenso Dickens, Poe, Stevenson oder Wild liebte zu lesen. Dass er die Schreibstile der alten, guten klassischen Zeit lieber mochte als die gewollt lässige Sprache der Neuzeit.

Nancy hatte ihm die kontroversen, ihn in seine Studienzeit zurückversetzenden Gefühle erneut beschert. Hatte ihn verstohlen aus seinem Behandlungszimmer hin zur Rezeption blicken lassen. Er hatte dabei zugesehen, wie sie Akten sortierte, wie sie Krankenkassenkarten einlas, wie sie Abrechnungen bearbeitete oder mit den Patienten neue Termine vereinbarte.

All das hatte ihm gefallen.

Aber auch die Schüchternheit wieder zutage gefördert. Ihn die Momente seiner Ängste erneut durchleben
lassen.

Nur hatte sie es dann geschafft, ihn mit einem freundlichen, nicht geschäftsmäßig klingenden „Haben Sie
heute Abend denn endlich mal etwas anderes vor, als
hier in der Praxis zu sitzen und zu arbeiten, Doktor
Spangler?" aus der Reserve zu locken. Ihn von einem
Bericht aufschauen zu lassen, den er noch einmal hatte
lesen müssen, da die Krankenkasse unterschiedliche
Aussagen zur Behandlung bemängelt hatte.

„Wie meinen?", hatte er verwirrt lächelnd gefragt und
nicht glauben können, was ihm hier gerade eben widerfahren war.

Hatte sie ihn wirklich angesprochen?

Hatte sie mit ihm etwas geredet, das sich nicht um die
Praxis drehte?

Hatte sie …

… ihn angelächelt?

Auf diese zarte, einer Frau innewohnenden, liebevollen Art, die das Herz eines einsamen Mannes nicht nur
zum schnelleren Schlagen, sondern zum wilden Galoppieren animierte?

„Heute Abend ist doch Ian Londstreet in der Stadt, der
Autor von *Brennende Brücken*. Er liest in der Stadtbibliothek. Das können Sie sich doch beim besten Willen
nicht entgehen lassen. Alle Buchliebhaber werden da
sein."

Albert hatte bis zu dem Zeitpunkt weder was von einem Ian Longstreet noch von dessen Roman *Brennende
Brücken* gehört.

Aber die indirekte Aufforderung, sie zu begleiten, war ihm nicht entgangen.

Dennoch hatte sich Vorsicht in ihm zu Wort gemeldet. Er hatte sich an die Zurückweisungen der Mädchen in der Schule, am College, der Universität erinnert. An die Fallstricke, die er selbst geknüpft hatte, als lose ausgesprochene Einladungen gar nicht ernst gemeint gewesen waren. Daran, dass er bei Partys auftauchte und er verdutzt vom Gastgeber gefragt wurde: „Was willst du denn hier?"

Daran, wie man sich fühlte, wenn man unsicher war, nicht wusste, wohin man gehörte.

Deshalb bemerkte er, den Blick wieder auf die Akte gerichtet auf seine kaum leserliche Handschrift: „Ich habe mich um keine Karte gekümmert, Nancy."

„Ich habe noch eine über. Kaufe meistens zwei", fügte sie hinzu. „Hoffe ja immer, dass mich jemand begleitet."

In dem Moment war ihm klar gewesen, dass da mehr war, als er jemals im Leben angenommen hatte. Eine innere Verbundenheit zwischen seiner Praxishilfe und ihm.

Ohne mit der Wimper zu zucken, hatte er die Akte zugeworfen, hatte gelächelt und darauf bestanden: „Ich werde alle Getränke übernehmen!"

Woraufhin Nancy lachte. „Tun Sie sich keinen Zwang an."

„Müssen Sie nur viel trinken, damit ich auch weiß, wofür ich bezahle."

„Das schaffe ich."

So war es zwischen ihnen losgegangen. Diese angenehme, jahrelange Reise, in der Albert immer gedacht hatte, sie würde niemals zu Ende gehen. Eine Fahrt mit dem Auto in den Sonnenuntergang, wenn man wollte, wenn man kitschig veranlagt war. Oder literarisch, indem man erzählte, dass es zu den bisher geschriebenen Kapiteln immer wieder neue Seiten zu lesen gebe.

Ohne zu ahnen, dass sich Nancy nach Jahren von ihm entfremdet hatte. Dass sie über seine geistreichen Bemerkungen nicht mehr so herzhaft lachte wie früher. Sich ihre Interessen nur noch auf die Literatur bezogen. Nicht mehr auf die gemeinsamen Aktivitäten.

Albert schluckte und begriff, als er mit zitternder Hand nach seinem neuartigen Smartphone griff, dass seine Wut noch immer in ihm kochte. Seine Vergangenheit aber insgeheim wisperte, dass Nancy es nicht gewesen war, die seine Aktivitäten im Hause McBrights breitgetreten hatte.

Er wählte.

Seine Stimme klang brüchig, als er ihre verwundert klingende Stimme hörte und er fragte: „Hast du geredet?"

***

Die vergangenen beiden Tage waren für Edward zermürbend gewesen.

Lindsey zu sagen, was er fühlte, was er dachte, zu hören, wie es ihr erging, hatte ihn erst mit Freude, dann mit Zweifel erfüllt.

Sie hatten sich beide auf so unterschiedliche Weise einander genähert.

Sein Hochgefühl, als sie ihn angerufen, sie sich in ihren Mini gesetzt hatte, hierher gedüst war, war dabei, sich zu einem Orkan aus ihn verwirrenden Gefühlen zu entwickeln.

Er fühlte sich wie an die Wand gestellt.

Irgendwie überfahren.

Nicht mehr sicher auf den Beinen.

Jetzt, wo er in dem nachtdunklen Arbeitszimmer saß, nicht einmal die Schreibtischlampe eingeschaltet – ein Verhalten, das er von seinem Vater übernommen hatte –, kreisten seine Gedanken.

In den vergangenen beiden Tagen hatte er sich emotional kaum zügeln können.

Er wusste, dass er Ann auf die Füße getreten war, als sie – mal wieder – auf ihn zugekommen war und darum gebeten hatte, mehr Aufgaben zu übernehmen. Diesmal ihre Argumente damit gestützt, dass es diese ekelhaften Artikel gebe. Und, womit sie nicht ganz unrecht hatte, er die Zielscheibe des Schreibers sei. Trete er etwas mehr aus der Organisation zurück, stehe er nicht mehr ganz so im Mittelpunkt, würden die Attacken vielleicht zurückgehen.

Und die Geldgeber nicht mehr so viele Fragen stellen.

Edward war wirsch gewesen, aufbrausend. Hatte ihr an den Kopf geworfen, dass sie an nichts anderes mehr dachte, als ihre eigene Machtfülle auszuweiten.

Was sie, mit Tränen in den Augen, zurückgewiesen hatte.

Edward hatte sich schon in dem Moment entschuldigt, nachdem er seinen Vorwurf laut ausgesprochen hatte.

Er wollte nicht so sein.

Hatte er nie gewollt.

Aber seitdem Lindsey ihm so nahegekommen war, sie ihn auf dem falschen Fuß erwischt hatte, war er emotional instabil geworden. Fahrig. Nachlässig. So dünnhäutig, dass er sogar seinen Sicherheitchef angeschrien und ihn gefragt hatte, ob er überhaupt etwas könne, außer blöd in sein Headset zu sprechen.

„Wir haben die beiden möglichen Eindringlinge gestellt, verhört und ...“

„Gehen lassen“, hatte Edward die Ausführungen beendet.

„Sie haben weder Grundstück noch Gruft betreten. Die Idee ...“

Edward hatte abgewinkt. Er hatte keine Lust mehr gehabt zu diskutieren.

Er wollte, dass die Leute erfuhren, dass sie sich der Gruft nicht zu nähern brauchten. Es gab nichts, was man dort entdecken konnte.

Gar nichts.

Deshalb hatte er angefangen, mit einem bisher für ihn nicht vereinbaren Gedanken zu spielen.

Der Presse mitzuteilen, was passierte, wenn man sich unerlaubt seinem Grundstück nähere.

Als er anfing, sich ernsthaft darüber den Kopf zu zerbrechen, riss ihn etwas aus seinen Überlegungen.

Er seufzte, als er die Schritte auf dem Flur hörte. Das leise Knarren der niedergedrückten Dielen.

„Lindsey“, murmelte er. „Was hast du jetzt schon wieder vor?“

***

„Ich weiß nicht, was das immer von dir soll", hörte Lindsey Edward sagen, der im Türrahmen des alten Lesezimmers seines Großvaters stand. „Ich dachte, wir sagen uns die Wahrheit. Was soll das?"

„Sagen wir uns doch", meinte sie. Lächelte.

„Das sieht mir nach einer geheimen Recherche aus."

„Hä?", machte sie und schüttelte den Kopf. „Warum denn geheim. Ich dachte, du bist hier, weil wir zusammen in die Unterlagen deines Großvaters gucken wollten."

„Ich kann mich beim besten Willen nicht daran erinnern, dass wir hier ein Date haben."

„Hast du nicht auf meine WhatsApp-Nachricht reagiert?"

„Auf dein Geschleiche durch mein Haus", gestand er ihr.

Lindsey legte die Stirn in Falten und lachte.

„Was ist daran so lustig?"

„Weil wir doof sind", sagte sie noch immer lachend. „Dachte, wir vertrauen uns und schleichen dann doch wie zwei Wölfe um die Beute herum. Ich dachte, wir schauen uns noch einmal die Unterlagen deines Großvaters an. Wegen des Fragekatalogs und ..."

„Und was?", wollte Edward wissen.

Lindsey hielt kurz inne. Dann sagte sie: „Ich habe vorhin kurz mit Evelyn gesprochen."

„Warum?"

„Wegen ihres Mannes. Mir kam etwas in den Sinn, was du gesagt hast. Dass es eine Tragödie sei mit George. Und dass du den Schaden wieder gutmachen wolltest. Ich wollte von ihr wissen, ob sie geahnt hätten, was auf sie zukomme."

„Ich weiß nicht, was du damit bezwecken willst, wenn ich ehrlich bin. Ich habe doch alles n die Wege geleitet …“

„Was ich weiß.“ Lindsey wedelte mit der Hand, versuchte, das in Edward unmissverständlich aufsteigende Misstrauen gleich im Keim zu ersticken. „Mir geht es da um etwas anderes. Ich stelle weder dich noch deine Maßnahmen infrage. Würde ich niemals tun.“ Sie lächelte ihn an, wollte sich auf die Zehenspitzen stellen, ihm ein Kuss geben und hielt sich dann zurück. Warum auch immer. Es war ein kurzes Innehalten. Ein Gefühl des Pflichtbewusstseins. Dass sie weiterkommen musste. Dass es wichtig war, endlich herauszufinden, wer Edward so sehr zusetzte. Deshalb redete sie weiter und meinte: „Worum es mir geht, ist folgendes …“

Damit erzählte sie Edward, was für ein Verdacht in ihr aufgestiegen war, während sie mit Georges Frau gesprochen hatte. Evelyn hatte von dem Wutanfall Augustus’ gesprochen, darüber, wie ihr Mann damals noch meinte, alles würde sich klären. Um dann zu erfahren, dass sie nicht nur den Lieferauftrag für die McBrights verloren hatten, sondern auch Haus und Hof abgeben mussten.

„George sagte immer, dass Mister McBright wie verrückt gewesen sei. Dass er die Rechnungen mit Beschimpfungen beschmiert und ihm diese vor die Füße geworfen habe.“ Und dann hatte sie etwas gesagt, das Lindsey nicht mehr aus dem Kopf wollte. Das ihr in den Verstand sickerte wie Wasser in Sand verschwand. „Er hat einen Befehl auf die Rechnung geschrieben: *Nicht bezahlen.*“

Was, dachte sie, während sie das Telefon vom Ohr nahm, und über das nachdachte, was sie eben in Erfahrung gebracht hatte, wenn der angebliche Wahnsinn eiskalte Berechnung war. Wenn Augustus die Menschen ausschaltete, die ihm im Weg waren?

Edward war anders. Kein kaltherziger, berechenbarer Mann.

Er trug etwas anderes in sich.

Wärme.

Die Kinder, die er in seinem Erholungsheim unterbrachte, lagen ihm am Herzen. Er wollte ihnen Gutes tun. Sie sollten die Erholung, die Aufmerksamkeit, die Fürsorge spüren, die …

… er nicht bekommen hatte?

Lindsey hatte den Gedanken ernsthaft verfolgt und war zu der Überzeugung gekommen, dass Edwards Vergangenheit dazu geführt hatte, den damals eingeschlagenen Familienweg zu verlassen.

Er hatte sich vorgenommen, das zu *reparieren*, was damals kaputt gegangen war.

Was sie ihm jetzt sagte.

Daraufhin lächelte er und erwiderte: „Womit du wohl mit der Faust aufs Auge getroffen hast. Was meinst du denn, hier jetzt zu finden?"

„Es geht um deinen Großvater", sagte sie. „Um George, um seine Familie. Darum, dass er Rechnungen mit Aussagen beschmiert hat. Darum, dass er der hiesigen Redaktion mehrmals gedroht haben soll. Dass eben vor gut zehn Jahren Clarence Williams verschwunden ist …"

„Da war mein Großvater längst auf Reisen", hielt Edward ihr entgegen. „Williams verschwand einfach."

„Was ich weiß. Auf dem Weg ins Sanatorium. Warum war er dorthin unterwegs?"

Edwards Gesicht verschloss sich. Er legte sie Stirn in Falten, ging an ihr vorbei, hin zu dem Regal, in dem die alten Unterlagen und Notizen lagerten.

„Was", fragte er, nahm zwei Ordner und stellte sie auf den kleinen Beistelltisch, der von zwei Ohrensessel flankiert war, „willst du hier finden? Was meinst du, was ich hier verstecken könnte?"

„Du versteckst nichts. Hättest du es tun wollen, hättest du andere Möglichkeiten gehabt." Sie deutete auf den gemauerten Kamin. „Da drinnen wäre Beweismaterial verschwunden, zum Beispiel."

Er nickte. „Zum Beispiel ..." Er schlug die Ordner auf und begann, in ihnen zu blättern. „Das alles ist uninteressant. Hier findest du nichts. Das alles ist Müll. Produziert von meinem Großvater. Er hat alles abgeheftet. Jeden noch so kleinen, unbedeutenden Notizzettel. Er hat ..." Edward wollte weiterreden, schulterzuckend die Unwichtigkeit der Rechnungen und Belege beweisen, um dann innezuhalten, als er eine Seite in den Händen hielt.

Er kniff die Augen zusammen und setzte sich mit einer in Falten gelegten Stirn in den Sessel.

„Was hast du?" Sie sah, wie Edward das engmaschig bedruckte Papier anstarrte, es betrachtete und sah dann, wie ihm das Blut aus dem Gesicht wich.

Seine Augen weiteten sich, als er flüsterte: „Opa war ein Mörder ..."

Spanglers Gedanken drehten sich noch immer im Kreis. Er hatte den Abend mit Nancy nicht vergessen können. Schaffte es nicht, egal, was er auch tat, seine Gedanken auf das Wesentliche zu konzentrieren. Darauf, dass es noch mehr zu erledigen gab, als in herrlich schönen Erinnerungen zu schweben.

An Momente, die ihm wie ein Traum vorkamen.

Er wusste, dass er dabei war, sich in Dinge zu verrennen. In Hoffnungen und Sehnsüchte, die schon als Kind in ihm aufgestiegen waren und ihre Bahnen und Kreise in ihm gezogen hatten.

Albert war im Laufe der Jahre von seinen Misserfolgen und den andauernden Zurückweisungen hoffnungslos geworden. Seufzend hatte er sich in sein Schicksal ergeben; keinen Mut mehr gehabt, einen Blick in eine mögliche glückliche Zukunft zu werfen.

Bis Nancy um die Ecke kam.

Bis sie ihn zu diesem denkwürdigen, literarischen Abend einlud, dem er mit Scheu beiwohnte. Der unentwegt Gedanken in seinem Kopf aufsteigen ließ, die ihm zuflüsterten und raunten, dass er vorsichtig sein müsse. Auf der Hut. Dass sie ein böses Spiel mit ihm spielen könnte.

Was sie nicht tat.

Albert hatte seine Bedenken, seine Scheu, alles, was er erlebt hatte, abgelegt. Da war kein Kummer mehr. Keine Sorge.

Nur noch ehrlich empfundene Glückseligkeit.

Ein Gefühl, das er noch einmal steigern wollte.

Um wenige Millimeter seiner inneren Glücksskala.

Mit einem Kuss.

Einem ehrlichen, echten, ihm die Tiefe seiner für Nancy empfundenen Liebe zeigenden Kuss.

Bis zum Hals schlug ihm sein Herz. Wild, laut, so hart pochend, dass er – jedem ärztlichen Wissen zum Trotz – meinte, es würde ihm jeden Augenblick aus der Brust springen.

Spangler war nervös.

Dachte an nichts anderes mehr.

Winkte sogar einen seiner Patienten fort, ohne ihm das gewohnte freundliche, mit einem ehrlichen Lächeln verbundene „Auf Wiedersehen" mit auf den Weg zu geben.

Er war völlig in seiner eigenen Welt versunken.

In das für Nancy bereitstehende Geschenk.

Der Strauß ungezügelt angeordneter Rosen und die innerlich immer wieder zurechtgelegten Worten, mit denen er sich bei ihr für die vergangenen wunderschönen vier Wochen bedanken wollte.

Als er den Kopf hob, flüchtig auf die über der Tür angebrachte Uhr schaute, sah, dass der große Zeiger dabei war, den kleinen Zeiger unaufhörlich Richtung fünf Uhr am Abend zu schieben, beschleunigte sich sein Herzschlag noch einmal. Die Handinnenflächen wurden ihm nass und sein Atem war rau, leise rasselnd.

„Noch jemand da?", wollte er wissen, während er hörte, wie Nancy dabei war, einen Aktenschrank zu schließen.

„Alle versorgt", antwortete sie mit ihrer sanften, melodischen, ihm so gut gefallenden Stimme.

„Dann können wir ...", setzte er an und verstummte. Seine Stirn legte sich in Falten.

Alle Aufregung, alle Freude, jeder Funken Hoffnung auf den Kuss kam in ihm zum Erliegen.

Sein Telefon klingelte.

Nicht das an der Rezeption, nicht das, welches er für seine Patienten bereitgehalten hatte. Es war sein in seinem Behandlungszimmer stehender Apparat.

Der für Notfälle.

Für den besonderen Moment.

Albert Spangler schluckte.

Er wusste, als er mit zitternden Fingern nach dem Hörer griff, er trocken schluckte und sich mit „Spangler" meldete, dass der von ihm so martialisch durchdachte und geplante Abend gelaufen war.

„McBright hier", hörte er die Stimme von Vincent. „Sie müssen kommen. Sofort."

***

„Tot", flüsterte Albert, nachdem er neben der regungslos am Boden liegenden, aus einer starken Kopfwunde blutenden Margret in die Knie gegangen war. Der routinierte Griff an die Halsschlagader war reine Makulatur gewesen. Schon als er in das Ankleidezimmer der vornehmen, freundlichen Dame getreten war, hatte er gewusst, was er vorfinden würde.

Das Gesicht der Frau war wächsern. Ihre Augen weitaufgerissen, die Augen leer.

Albert hatte rein für den Schein, aus dem Gefühl heraus, dem geschockten Vincent etwas Gutes tun zu wollen, seine ärztlichen Pflichten nicht vernachlässigt.

„Aber …"

„Er ist ein Mörder", flüsterte Spangler und wagte es kaum, auf den wie apathisch da in der Ecke sitzenden Augustus zu schauen.

„Mein Vater hat es nicht gewollt", stammelte Vincent, sichtlich darum bemüht, die Fassung nicht zu verlieren. „Er … er … er …"

„… hat es getan", beendete Albert den Satz McBrights und bemerkte überrascht, wie rational er plötzlich geworden war.

Sein Verstand hatte angefangen, sachlich zu denken.

Es gab ein Problem und das musste gelöst werden.

„Ihre Investoren werden nicht begeistert sein."

Vincent riss die Augen auf.

„Wir werden eine Möglichkeit finden", sagte Albert, deutete auf die Leiche, um dann Richtung Augustus zu nicken. „Für beide."

Vincent wurde blass. Seine Stimme war nur noch ein Hauch, als er fragte: „Was wollen Sie …?"

Albert lächelte, dann sagte er: „Wir werden uns schon einigen."

BÖSE ARTIKEL

„Spannend", meinte Edward, nachdem Ann ihm per WhatsApp einen Link geschickt hatte, auf den er, ohne groß nachzudenken, gleich klickte.

„Das ist doch nicht mehr normal", sagte sie durchs Telefon und echauffierte sich, während Edward las. „Ich meine, wer schreibt solch einen Schwachsinn auf und, was viel schlimmer ist, wer liest das?"

„Laut Tracker auf der Seite bisher 7.856 Leute."

„Edward …"

Er wusste, was seine langjährige Freundin sagen wollte. Was ihr auf der Seele brannte und was sie gern loswerden wollte.

Edward aber war längst anderer Meinung.

Es war nicht nur ein inneres, tief in ihm verwurzeltes Gefühl nach Hoffnung, das ihn den Kopf schütteln und Lindsey in Schutz nehmen ließ. Es war der ehrliche, ernste Gedanke an die Wahrheit, der ihn sagen ließ: „Sie ist es nicht."

„Aber das, was da steht, kann sie von dir haben."

„Dann muss sie sehr viel interpretiert haben. Ich meine, wir hatten nie einen Hund und einen Butler, der seine Sachen gepackt hat, weil ihm das Haus zu unheimlich war. Der ganze Artikel ist erstunken und erlogen."

„Und die Vermutung über deinen Großvater?", wollte Ann wissen und versetzte Edward einen Stich mitten ins Herz.

Natürlich hatte er die Zeilen gelesen, die in großspuriger Manier meinten, Augustus McBright sei ein Schläger und Tyrann gewesen. Ein Mann, der auf einen ehemaligen Zulieferer namens Paul losgegangen sei. Der behauptete, dieser hätte mit seiner Frau geschlafen.

Und die dazu frech gestellte, provokante Frage: Hatte Margret McBright einen oder mehrere Liebhaber?

„Ich erinnere mich an keinen Paul."

„Es gab ihn", erklärte Ann. „Frag nicht, ob ich mir sicher bin. Ja, bin ich. Es gab ihn. Hat für George und seine Familie gearbeitet, bevor ..." Sie verstummte, redete dann leise weiter. „Na ja, du weißt schon."

„Weiß ich", murmelte Edward.

„Daher bin ich mir nicht so sicher, ob Lindsey nicht doch etwas mit der Sache zu tun haben könnte."

Edwards felsenfeste Überzeugung, dass Lindsey aufrichtig war, ließ er sich nicht nehmen. Weshalb er entschieden sagte: „Sie hat den Artikel nicht geschrieben. Du weißt, wo Paul wohnt?"

„Natürlich."

„Du hast seine Adresse?", vergewisserte sich Edward.

„Habe ich."

„Gibst du sie mir?"

„Was hast du vor?", wollte Ann leise wissen.

„Eine Unterhaltung führen", meinte Edward grimmig.

***

Alice war genauso, wie Lindsey sie sich vorgestellt hatte. Hochgewachsen, hektisch, mit einer wild lila gefärbten Haarsträhne am Pony. Lindsey hatte gleich gewusst, als sie in das kleine, gut besuchte Café *Dream Cake* trat, das in einer Ecke zu finden war, an der eine viel zu schmal wirkende Straße vorbeiführte, wer ihre Gesprächspartnerin war. Eine inmitten des Trubels sitzende Frau, deren Laptop vor ihr aufgeklappt auf dem runden, weißgehaltenen Tisch stand, und deren Finger mit einem lauten *Klack Klack Klack* über die Tasten fuhren.

Hielt sie kurz inne, um zu lesen, was sie gerade geschrieben hatte, führte sie sich mit einer schnellen Geste eine bis zum Rand mit schaumigem Kaffee gefüllte Tasse an den Mund und nippte an dem heiß dampfenden Getränk.

Lindsey, die sich vorgenommen hatte, Edward zu beweisen, dass sie nicht die war, für die er sie hielt, war überrascht gewesen, dass Alice dem vorgeschlagenen persönlichen Gespräch ohne Wenn und Aber zugestimmt hatte.

Sie hatte nur gesagt „Süße, das machen wir. Am besten am Dienstag, gegen zehn Uhr, im *Dream-Cake*-Café. Komm da hin. Ich warte auf dich!"

Lindsey hatte nicht einmal auf den Terminkalender schauen müssen, ob sie da Zeit hatte oder irgendetwas verschieben musste.

Sie hatte Zeit.

Allein, weil sie die zwischen ihr und Edward entstandene Harmonie festigen wollte.

Sie hielt es, so verrückt es auch klang, nicht aus, dass Edward sie für einen Schmutzfink halten könnte. Für jemanden, der mit Absicht falsche Artikel ins Netz schleuste und wilde, unbegründete Vermutungen in die Welt hinausposaunte.

So war sie noch nie gewesen.

So wollte sie nie sein.

Deshalb hatte sie zugesagt und auch, weil sie beweisen wollte, dass man mit ehrlicher, journalistischer Arbeit schneller vorwärtskam als mit Verleugnungen.

Weshalb der, der die Gerüchte in die Welt streute, es tat, konnte sie nicht mit Bestimmtheit sagen.

Aber so, wie sich Alice in der Vergangenheit gezeigt hatte, wie interessiert sie an Edward und dessen Familie war, hatte Lindsey angenommen, ihre Kollegin könnte etwas mit der Sache zu tun haben.

Nur jetzt, als sie in das Café trat, Alice da am Tisch sitzen sah, beschlichen sie Zweifel.

Natürlich hatte Alice ihr gegenüber die eine oder andere sensationslüsterne Frage gestellt, ihr Schlagzeilen um die Ohren gepfeffert.

War sie deshalb daran interessiert, Edward in Misskredit zu bringen?

Was, wenn sie mit Williams mehr zu tun hatte, als ich weiß?, fragte sie sich jetzt, während hinter dem Tresen ein Wasserautomat zischte, eine Kassiererin in einer Dampfwolke verschwand und ihr der Geruch nach frisch gebrühtem Pfefferminztee in die Nase stieg. *Sie hat so betroffen geklungen, dachte sie weiter, hob grüßend ihre Hand, als Alice aufblickte. Verdeckt unter dem bissigen, englischen Humor, über den sie zweifellos verfügte.*

Deshalb hat Köse Oglou nicht umsonst gesagt: Mein Lächeln ist meine Maske, die all meine traurigen Gefühle und Tränen versteckt, die durch dich erzeugt werden.

Lindsey wusste, dass sie nur einem vagen, nicht haltbaren Verdacht nachging. Aber sie brauchte etwas, um wieder in die Spur zu kommen. Um sich von den ganzen Vorwürfen, die auf sie niedergeprasselt waren, freizumachen.

Deshalb war sie hier.

„Süße", sagte sie und deutete auf den vor ihr freien Stuhl. „Du bist in Wirklichkeit ja noch hübscher als auf den Fotos im Netz. Himmel. Das verschlägt einem ja glatt den Atem."

Lindsey bedankte sich pflichtbewusst für das ihr gemachte Kompliment und fühlte sich in ihrer gemachten Theorie bestätigt.

Alice war vordergründig freundlich, aufgeschlossen, liebevoll, um im Hintergrund ein kaum sichtbares Feuer am Brennen zu halten.

Ähnlich wie Ann. Sie hat auch versucht, mich um den Finger zu wickeln.

Obwohl die Chefredakteurin lächelte, sie im wahrsten Sinne des Wortes über das ganze Gesicht strahlte, war da etwas an ihrer Mimik, ihrer Gestik, ihrer Haltung, das Lindsey vorsichtig werden ließ.

Es war ihr, als habe ihre eben erwähnte Maske etwas an Halt verloren. Als läge hinter dem Lächeln in ihren Augen der Spion der Beobachtung.

„Setz dich", sagte Alice, stützte ihr Kinn auf die Hand und schaute Lindsey geradewegs an. „Du möchtest genau was von mir über Williams wissen?"

„Wow", sagte Lindsey. „Du feuerst gleich aus allen Rohren."

Alice grinste. „Zeit ist Geld. Und weder das eine noch das andere habe ich."

Lindsey schaute Alice offen an.

Die lachte, bevor sie meinte: „Oh, da habe ich etwas gesagt, das mitten in deine Neugierde getroffen hat. Was ist es? Die Zeit oder das Geld?"

„Geld."

„Ah", machte Alice und lehnte sich in ihrem Stuhl zurück. „Weshalb ich in deinen Augen auf gelikte Artikel zurückgreifen könnte, um mit diesem etwas Geld nebenbei etwas zu verdienen. Nicht schlecht kombiniert."

Lindsey beugte sich vor, sah aus dem Augenwinkel, dass sich eine der Bedienungen daran machte, geradewegs auf sie zuzukommen. „Du hast die Theorie selbst gefüttert, als du letztens meintest, dass ihr nur noch auf Click and Bite gehen wolltet."

„Käsekuchen und Rosinen, würde ich sagen. Weder das eine noch das andere mag ich." Alice grinste.

Lindsey schmunzelte. „Ach, komm."

„Warum sollte ich denn auf sowas verfallen, Schätzchen? Damit würde ich doch meine Legitimation als Journalistin riskieren. Ganz ehrlich, auch wenn unsere Wochenzeitung eher klein ist und Monat für Monat mehr Abos einbüßt, ich habe ein Schmierentheater nicht nötig."

Lindsey verschränkte die Arme vor der Brust und schaute mit einem Blick zur Seite, als die junge, schlanke Frau an ihren Tisch getreten kam und mit einem fragenden Gesichtsausdruck wissen wollte: „Darf es was sein?"

„Für mich einen hiervon und gerne einen Käsekuchen mit Rosinen", sagte Alice.

Sie junge Frau sah zu der die Augenbrauen in die Höhe ziehenden Lindsey. Die gab ihre Bestellung mit einem freundlichen Lächeln auf. „Eine Diät-Cola, bitte. Und eine Zimtschnecke." Und nahm wahr, dass die Tür zum Café erneut geöffnet wurde. Es war ein kaum hörbares *Klingeling,* das ihr dennoch in Erinnerung bleiben würde. Nicht, weil es so schön war, sondern deshalb, weil ihr für einen kurzen Moment ein Gedanke durch den Kopf huschte, den sie amüsierend fand.

Da glaubst du fast, dass in einer dir fremden Stadt ein bekanntes Gesicht ins Café getreten kommt.

„Gerne."

Die junge Frau zog sich zurück, nachdem sie auf ihrem elektronischen Notizblock die Bestellung eingetippt hatte. „Käsekuchen mit Rosinen, soso …", sagte Lindsey mit einem süffisanten Grinsen.

Alice zuckte mit den Schultern, sagte dann ebenso trocken: „Das ist dein Problem bei der Sache, Schätzchen. Du glaubst erst einmal alles, was man dir erzählt. Darfst du nicht. Du musst zwischen den Zeilen lesen."

„Was lese ich da?"

Alice machte ein ahnungsloses Gesicht, indem sie das Kinn zum Hals zog und die Handflächen nach außen drehte.

„Was willst du denn sehen?", fragte Alice.

„Dass Williams Ableben dich mehr getroffen hat, als du zugeben willst."

„Und das weil?"

„Du für ihn irgendetwas empfunden hast …?"

„Empfunden …?", fragte Alice empört.

„… und der Meinung bist, die McBrights haben irgendetwas damit zu tun“, fuhr Lindsey fort, ohne auf die unerwartete Reaktion einzugehen.

„Empfunden?“, fragte die Redakteurin wieder. „Ich habe gar nichts für ihn empfunden. Er war mein Vorgesetzter, mehr nicht. Ich mochte ihn nicht mal sonderlich.“

„So wie Käsekuchen und Rosinen.“

Alice deutete mit dem Finger auf sie. „Du liest zwischen den falschen Zeilen.“

„Ich lese da, dass du etwas gegen die McBrights hast.“

„Nichts, das wirkt, das stimmt. So wie der unserer Zeitung zugesetzt hat, muss ich ihn blöd finden. Aber“, sie hob die Stimme, gab ihren nächsten Worten mehr Ausdruck, „wenn du ernsthaft meinst, ich könnte was mit diesen dahingeklatschten und albernen Artikeln zu tun haben, die zurzeit kursieren, dann irrst du dich. Die Dinger habe ich nicht verbrochen. Siehe oben, weshalb.“ Sie machte eine kurze Pause, um dann schnell weiterzureden. „Und dass ich liebend gerne mehr über McBright schreiben will, liegt nicht daran, dass er sich verschlossen und zurückhaltend gibt. Sondern deshalb, weil ich ihn interessant finde. Nicht als Mann. Okay. Das auch. Schon. Sieht ja gut aus, das Kerlchen, aber in erster Linie, weil ich daran interessiert bin, zu wissen, was er wirklich macht und warum er ununterbrochen verschweigt, was damals wirklich passiert ist. Ich meine, das ergibt für mich keinen Sinn. Seine Großeltern verschwinden urplötzlich, nachdem das große Geschäft geplatzt ist. Sein Vater zieht sich ebenfalls unerwartet aus der Öffentlichkeit zurück. Von seiner Mutter hört und sieht man auch nichts. Er gibt sich als

Auster. Ist doch klar, dass man da Interesse für jemanden entwickelt, oder sehe ich das journalistisch falsch?"

„Vielleicht gehen wir das alles nur von der falschen Seite aus an", meinte Lindsey, die sich in ihrem Stuhl zurücklehnte.

Alice schaute sie fragend an, wollte dann wissen: „Wie meinst du das?"

„Ich meine, wir sollten mehr über die Menschen herausfinden, die mit ihm zusammen gewesen sind, als über Edward selbst. Vielleicht ergibt sich so ein Gesamtbild von ihm. Das wir bisher noch nicht gesehen haben."

„Dafür müssten wir wissen, wer die Personen waren, die um ihn herum sind."

Lindsey winkte ab. Dann sagte sie: „Er hilft Menschen. Ich habe es mit eigenen Augen gesehen. Er tut etwas Gutes."

„Tut er das?"

Lindsey nickte. „Ich habe es mit eigenen Augen gesehen. Er hilft – irgendwie. Und dazu sein Kinderhilfswerk."

„Hmmm … Aber darüber dürfen ja auch nur ausgewählte Personen sprechen und schreiben."

„Weil er uns im Allgemeinen nicht traut. Edward braucht die Sicherheit, dass sein Hilfswerk im Vordergrund steht. Nicht seine Vergangenheit."

„Was haben wir denn getan, was …" Alice hielt inne, flüsterte dann: „Williams war mehrmals zu Gast bei den McBrights und hat den Skandal aufgedeckt. Er war es, der darüber gesprochen und geschrieben hat. Er brachte einiges ins Rollen. Warte, warte, warte! Da werde ich nachhaken. Ich scheiß hier echt gleich die

Wand an. Kann es sein, dass wir es damals waren, die Edward zu dem gemacht haben, der er heute ist?"

„Ja, es hat was mit Williams zu tun", sagte sie und dachte an die gefundene Notiz, daran, wie Augustus mit krakeliger Handschrift auf den Fragekatalog geschrieben hatte: *Ausschalten.* „Er hat sozusagen etwas ins Rollen gebracht, was schon locker gewesen ist."

„Sozusagen wie in Henry James' *Das Durchdrehen der Schraube*", murmelte Alice.

Lindsey wollte darauf antworten, wollte etwas sagen, als sie abgelenkt wurde.

Sie hatte es nur aus dem Augenwinkel wahrgenommen. Hatte die Person vorhin, als sie ihre Bestellung aufgegeben hatte, nur am Rande wahrgenommen. Sie erinnerte sich an ihren erheitert klingenden Gedanken und begriff jetzt, dass es mehr als nur ein Witz gewesen war, den sie da unbewusst machte.

Sie drehte den Kopf, um sich zu vergewissern, dass es wirklich der Mann war, der Edward und ihr damals am See begegnet war und der ihr beim Stadtarchiv nachgestellt hatte.

Als sie den Kopf drehte, entdeckte sie ihn wirklich da an einem an der Wand angebrachten Stehtisch. Sein Handy in der Hand, tippte er fleißig etwas in sein Display.

Tat er das wirklich?

Oder ...?

Sie betrachtete den da stehenden Mann mit einem skeptischen, misstrauischen Blick.

„Alles gut bei dir, Schätzchen?", wollte Alice wissen und wandte den Kopf, um in die Richtung zu schauen, in die Lindsey gerade blickte.

„Ich weiß nicht.“

„Wer hat hier dein Interesse geweckt? Der süße Kerl da hinten mit dem Coffee-to-go in der Hand?“

Lindsey winkte ab. „Blödsinn“, sagte sie und versuchte, sich selbst zu erklären, warum sie auf den dicklichen Mann so reagierte.

Konnte es nicht ein Zufall sein, dass er gerade hier ins Café kam, in dem sie mit Alice saß und sich unterhielt?

Ja, konnte es. Auf jeden Fall. Dennoch aber war da etwas an ihm, das ihr nicht gefallen wollte. Das eine Art inneren Alarm in ihr anspringen ließ, den sie kaum unter Kontrolle bringen konnte. Der so laut in ihr schrillte und piepte, dass sie sich an ihr Abenteuer bei der Gruft erinnerte. Da, wo sie auch erst angenommen hatte, dass ihre Gedanken und Augen ihr einen Streich spielten.

Alice schaute sich weiter um, suchte den kleinen Raum ab und schien niemanden zu finden, der sie ebenso in Aufregung versetzte wie Lindsey.

Die beruhigte sich nur langsam.

Immer wieder schaute sie zu dem dicklichen Mann, erinnerte sich an ihren hektischen Lauf durch den Wald, daran, wie sie Schritt für Schritt über dicht bewachsene Laubböden machte und mehr als einmal dachte, sie würde jeden Augenblick fallen.

Erst als sich der Mann, gedankenverloren, den Blick noch immer auf sein Handy gerichtet, vom Beistelltisch abstieß, er sich mit langen Schritten an der Verkaufstheke vorbei Richtung Ausgang machte, löste sich Lindseys Anspannung.

„… werde mich um den einen oder anderen kümmern“, beendete Alice ihren Satz und ließ Lindsey blinzelnd und fragend zu ihr schauen.

„Was?“, fragte sie verwundert.

„Du verarscht mich jetzt?“, wollte Alice wissen.

„Ich?“ Lindsey schaute schuldbewusst.

„Nein, nicht du. Der Mann im Mond“, sagte Alice kopfschüttelnd. „Natürlich du. Ich mache mir hier voll die Pläne und habe Ideen, wie wir deinem Traumprinzen etwas unter die Arme greifen können, ohne als seine Gegner aufzutreten, und du hörst mir nicht einmal zu.“

„Traumprinz?“

„Traumprinz, ja“, sagte Alice, während sie sich gegen die Stirn tippte. „Dass du den Bengel magst, liegt auf der Hand, oder? Ich meine, hey, ich drehe mir meine nicht vorhandenen Locken nicht um den Finger, wenn es darum geht, über Prinz Charming McBright zu sprechen. Du hingegen ...“ Sie tat so, als würde sie spielerisch, kaugummikauend die Haare eindrehen.

„Stimmt doch gar nicht.“

„Wir können das Spiel natürlich gerne weiterspielen und uns hier was vormachen und anfangen zu kichern. Oder wir überspringen den ganzen Teeniescheiß und kommen zu dem Punkt, an dem du dir eingestehst, dass du ihn magst. Ich sage nur: Oh, ah, wie schön, ich hoffe, er erwidert deine Gefühle, um dann wieder zum Kern der Sache zurückzukehren. Und die ist: Wer pisst McBright so hemmungslos gegen das Bein?“

Lindsey nickte und deutete durch das Fenster hindurch auf den mitten auf dem Gehweg stehen gebliebenen, an seinem Kaffee nippenden Mann und sagte: „Um dein Gequatsche einmal zu beenden und was Wissenswertes von dir in Erfahrung zu bringen. Der Typ da, den kennst du nicht zufällig, oder?“

Alice schaute hinaus.

„Wer soll das sein?“

„Einer deiner Mitarbeiter?“

„Wir wollen ja ehrlich zueinander sein und dem anderen keine Geschichten auftischen. Ich bin jetzt ehrlich zu dir. Den Typ da habe ich in meinem Leben noch nie gesehen.“

***

Edward sah sofort, als Paul Berring die Tür öffnete, dass Angst in seine Züge schlich. Wie nach einer kurzen Musterung das Erkennen in seine Züge einkehrte, das ihm die Gesichtszüge erst starr werden und dann entgleisen ließ.

Er machte einen Schritt zurück, sagte dabei, als er versuchte die Tür zuzuwerfen: „Mit Ihnen habe ich nichts zu schaffen.“

Dabei klang seine Stimme leise, gedämpft, von einer Hektik begleitet, die Edward nur zu gut kannte.

Angst.

Ein ihm bekanntes Gefühl. Eine ihn heimsuchende, ihm immer wieder in die Quere kommende Emotion, die er in den vergangenen Tagen und Wochen zu hassen begonnen hatte.

„Ich habe mit Ihnen zu reden“, sagte Edward, der die Hand gegen die Tür presste und dadurch verhinderte, dass sie schnappend ins Schloss fiel.

„Ich nicht mit Ihnen.“

„Weil Sie Angst haben, mit dem konfrontiert zu werden, was Sie der Zeitung gesagt haben?“, schoss es aus

Edward hervor. Er fühlte, wie in ihm der mühsam zusammengehaltene Knoten zu platzen begann.

All seine eben noch im Auto gemachten Vorsätze, alle gemachten Gedanken, jedes mühsam in ihm zur Vernunft neigende Wort waren ad Absurdum geführt worden.

Er wollte nicht mehr mit Paul Berring reden.

Er musste es.

Unmissverständlich.

Außerdem, und das war der einzige noch zur Logik neigende Gedanke in ihm, finde ich hier vielleicht endlich den ersten Hinweis darauf, wer mir ununterbrochen ans Bein pinkeln will. Wer es sich in den Kopf gesetzt hat, mich zu ruinieren.

Als seine Gedanken anfingen, sich um sein gestartetes Projekt zu drehen, spürte er, dass er die Unterredung auf Teufel komm raus anging.

Er drückte die Tür auf, obwohl sich Berring dagegen wehrte.

Es fiel Edward leichter als gedacht.

Berring gab keuchend auf. Er schnaufte, taumelte in den dunklen, schmalen Hausflur seiner nach Katze riechenden Wohnung zurück. Er sagte etwas, das Edward nicht verstand.

Als Edward die Tür so weit geöffnet hatte, dass er mühelos eintreten konnte, meinte er verstanden zu haben, was Paul Berring gesagt hatte.

„Ich rufe die Polizei.“

„Tun Sie das“, sagte Edward, der einen heißen Stich der Furcht in sein Herz dringen spürte. „Vorher aber stehen Sie mir Rede und Antwort.“

Der hagere, eingefallene Mann schüttelte den Kopf.

Er stützte sich mit der knochigen, blassen Hand an der Wand ab, verschob dadurch ein zu niedrig aufgehängtes Bild, das einen gesunden, fröhlich in die Kamera schauenden Berring zeigte. Er stand bis zu den Waden im Wasser des Atlantiks, die Hand zum Gruß erhoben, sein charmantes, gutaussehendes Lächeln präsentierend. Dabei hielt er eine Bierflasche in der Hand.

Es war die erste Diskrepanz, die Edward zwischen dem heutigen und dem damaligen Paul auffiel.

Die nächste war, dass von der breiten, sportlichen Statur nichts mehr übrig geblieben war. Er selbst hatte keinerlei Erinnerungen an den Paul Berring der damaligen Zeit. Nur der Name waberte ab und zu durch seinen Geist, so, als habe jemand aus dem Nebel der Erinnerungen zu ihm gesprochen; so, als habe man eine zufällige Seite in einem Buch aufschlagen, diese überflogen und einzelne Wortfragmente blieben einem lose im Kopf hängen.

Natürlich wusste er, dass Paul Berring damals bei George gearbeitet hatte. Dass er dessen Angestellter war.

Nur dass er sich den Mann aus den Erzählungen anders vorgestellt hatte.

Athletischer. Agiler. Voller Lebensmut und Freude.

Nicht so, wie er jetzt da im Flur stand; keuchend den Atem über die Lippen pressend, die Hand an der Wand, die andere auf die Brust unter dem viel zu locker über ihn fallenden T-Shirt gepresst.

Er hat einen Sauerstoffschlauch in der Nase, dachte Edward verwirrt und sagte eher aus einem Reflex als aus Überzeugung heraus: „Sie haben jemandem Geschichten über meine Familie erzählt.“

„Ja“, keuchte Berring und holte gierig Luft.

„Ihnen wurden Fragen gestellt, die Sie beantwortet haben.“

„Auch.“

Edward machte einen Schritt in die Wohnung hinein, ohne darauf zu achten, wie er auf den sowieso schon eingeschüchterten Mann wirken könnte. Der zuckte zusammen, wich weiter zu einer nur angelehnten Tür zurück.

„Warum?“

Berring sagte nichts. Er hielt sich am Türrahmen fest und versuchte, die letzte noch in seinem Körper steckende Kraft zu mobilisieren. Edward konnte sehen, wie mühsam es für den alt gewordenen Mann war, die Knie durchzudrücken und sich aufrecht hinzustellen. Er schluckte deutlich sichtbar und zupfte, als wollte er Edward dessen Beobachtung bestätigen, an dem plötzlich straff gewordenen Gummischlauch.

Berring wirkte verloren.

Wie aus der Welt entrückt waren all sein Gehabe, seine Gesten.

So, als wäre er nur ein Schatten seiner Selbst.

Edward hatte nur ab und zu davon gelesen oder auch gehört, dass Menschen, die keinen Sinn mehr in ihrem Leben hatten, anfingen, sich vor den Augen ihrer Mitmenschen im wahrsten Sinne des Wortes aufzulösen.

Als verlöre er sich selbst.

„Sie sind krank“, murmelte Edward und fügte etwas hinzu, das er selbst nicht für möglich gehalten hätte. „Ihnen ist es schlecht ergangen in den letzten Jahren.“

„Ja", flüsterte Paul Berring, der sich nun ganz aufgerichtet hatte und Edward aus glasig wirkenden Augen betrachtete.

Von starken Medikamenten getrübt, dachte er und war überrascht, dass in dem Artikel über Pauls schlechten Gesundheitszustand gar nichts zu lesen gewesen war.

Was merkwürdig auf ihn wirkte.

Falsch.

Wäre nicht gerade das ein Aufhänger für den Schmierfink gewesen?

Eine Sensation im wahrsten Sinne des Wortes?

Es geht den, der versucht, mich in Misskredit zu bringen, nicht um die Menschen an sich, die er zitiert und beschreibt.

Er will nichts weiter als mich angehen.

Weshalb?

„*Seit dem Rauswurf bei George bin ich nie wieder richtig auf* die Beine gekommen", sagte Berring, der schwer atmete und mit dem nicht einmal wirklich ausgefochtenen Kampf mit Edward noch immer zu kämpfen hatte. „Ich habe das Geld gebraucht, wenn Sie verstehen, was ich meine."

„Sie haben Geld bekommen?"

„Ja. Nicht viel", fügte Paul hinzu, als könnte das etwas daran ändern, was er getan hatte. „Damit konnte ich einige Schulden bei Spangler bezahlen, die sich aufgetürmt hatten."

„Der Arzt meiner Familie?"

Berring nickte. „Ein guter Kerl", sagte er und versuchte erneut zu lächeln. „War etwas getroffen davon, dass Sie Ihn damals entlassen haben."

Edward wollte gar nicht in die Defensive gehen.

Wollte nicht zeigen, wie es in ihm aussah.

Aber der unterschwellige Vorwurf, die auf ihn gerichteten, von Schmerzmitteln getrübten Blicke setzten in ihm etwas frei, das er nicht kontrollieren konnte.

„Ich werde mit Spangler reden müssen", sagte Edward und fuhr sich mit der Hand durch die Haare.

„Keine Ahnung, ob der mit Ihnen redet."

Edward lächelte milde, um dann innerlich zu erstarren.

„Gibt es diese Familienkrankheit wirklich?" Berring hob beschwichtigend die Hände. „Hat mich der Typ gefragt, der das Interview geführt hat. Habe niemandem was gesagt oder so. Spangler hielt sich auch bedeckt. Machte aber nur Andeutungen."

„Ich habe ihn entlassen, weil ich mir keinen Leibarzt mehr leisten konnte", erklärte er grimmig. „Das ist der Grund."

„Willkommen in meiner Welt", sagte Berring, hustete. „Sind wir beide wohl pleite."

„Sie …" Edward versuchte, seine Gedanken zu sortieren.

Das sich langsam in ihm zusammensetzende Mosaik verwirrte ihn.

Noch immer versuchte er, den Paul Berring da vor sich als Frauenheld zu erkennen. In ihm zu lesen, in ihm den Mann zu sehen, der ohne Mühen an jedem Finger eine Frau haben konnte.

Das da vor ihm war ein menschliches Trümmerfeld.

Als habe Paul Berring seine Gedanken gelesen, sagte er: „Erst der Diabetes, dann Gicht, eine Niere raus und schließlich, zu allem Überfluss, noch eine COPD. Darum das hier …" Er hob den an seiner Brust herunterbaumelnden Gummischlauch. „Permanent Sauerstoff.

Alles teuer. Alles unerschwinglich. Spangler aber half mir etwas. Konnte jedoch nicht unentwegt in einen ihm fremden Mann investieren.“

„Weshalb …?“

„… ich nicht mehr auf die Beine gekommen bin?“ Paul legte ein verzerrt wirkendes Lächeln auf die Lippen. Er atmete gierig ein, ließ Edward bei dem pfeifenden Laut, der ihm aus dem Hals drang, zusammenzucken.

Ein Gefühl ehrlich empfundenen Kummers stieg in Edward auf.

Er fühlte die gleiche Ohnmacht wie damals in sich aufsteigen, als er zum Spielplatz gefahren war und Evelyn getroffen hatte. Nicht zu wissen, wie sie auf ihn reagierte, wie sie ihm gegenübertrat.

Nur der innere Wunsch, der ihn vorwärtstrieb, denen zu helfen, die schutzlos waren.

Batman gleich, dachte er innerlich schmunzelnd und war über den Gedanken erleichtert, der ihm gekommen war. Der ihm etwas von der Schwere nahm, die ihn ununterbrochen in ihren maroden, knöchernen Klauen hielt.

„Ja“, antwortete er auf Pauls Frage.

Der sagte: „Weil ich den Boden unter den Füßen verloren habe. George war …“ Der Mann hielt inne, schaute Edward in die Augen.

Und das erste Mal, seitdem Edward in die muffig riechende, dunkle Wohnung getreten war, konnte er etwas anderes als Krankheit in den Augen Pauls erkennen.

Traurigkeit.

Einen Schimmer aus verloren gegangener Träume und Hoffnungen. Die innere, ihn zerreißende Fassungslosigkeit über den Verlust eines heiß und innig geliebten Menschen.

„... für mich wie ein Vater. War er immer gewesen. Hat mich damals von der Straße geholt. Hat mir nicht nur gesagt, dass ich mehr sei als ein Loser. Kein Habenichts. Während alle, mich eingeschlossen, mich aufgegeben haben, gab er mir das Gefühl, jemand zu sein." Er hustete und fragte dann keuchend: „Wollen Sie sich nicht setzen? Ist nicht viel Platz und das Sofa muss dringend erneuert werden. Aber für eine Unterhaltung sollte es reichen und nicht unter unseren Ärschen zusammenbrechen."

Da war er kurz gewesen, der alte, ihn auszeichnende Humor. Der Funke aus Lebensfreude, der so vielen Menschen an ihm gefallen hatte.

„Ich wollte hier nicht so einfallen."

„Sind Sie", sagte Paul und winkte ab, als habe er Edward längst vergeben und sich in sein Schicksal ergeben. „Aber was tut das noch zur Sache? Wir beide haben Scheiße an den Hacken. Ich habe ja damit rechnen können, dass Sie kommen, nicht wahr?"

„Hätten Sie das?"

„Wenn ich noch kräftig wäre und die Faust in der Tasche hätte, Himmel, ja, ich hätte Ihnen für solch ein Interview die Fresse eingeschlagen."

Edward musste schmunzeln.

Nicht, weil er die Aussage so lustig fand oder sich darüber freute, dass er sich nicht vorstellen konnte, dass das Abziehbild eines mal im Saft des Lebens stehenden

Mannes auch nur mit dem Gedanken spielte, Edward die Faust ins Gesicht zu schlagen.

Es war etwas anderes.

Der Blick hinter Paul Berrings jetzigem Ich.

Das zu sehende Mosaik, das er mal gewesen war und das in viele kleine Keramikstücke zerbrochen war.

„Deshalb bin ich nicht hier."

„Worüber ich sehr dankbar bin. Was zu trinken brauche ich Ihnen nicht anzubieten?"

Edward schüttelte den Kopf.

„Ausgezeichnet. Habe auch nichts im Haus außer Leitungswasser."

„Sie haben das Interview gegeben wegen des Gelds?", lenkte Edward das Gespräch auf einen anderen Punkt.

„Klar. Hatte ich bitter nötig." Paul ließ sich schwer auf die Couch fallen und stöhnte dann. „Scheiße, tut das weh. Die Lungen brennen wie Feuer oder lassen mich denken zu ersticken. Es ist nicht gut, krank alt zu werden. Aber lassen Sie mich was sagen, bevor wir hier Sherlock Holmes spielen und Sie mir eine Frage nach der anderen stellen."

„Okay."

„Ich habe Ihren Großvater echt kacke gefunden. Was für ein Arschloch, wirklich. Stellt mich bloß und nennt mich einen Mann, der mit verheirateten Frauen schläft. Habe ich dem alten Bastard nie verziehen."

„Sie ..."

„Ja, das hat der feine Pinkel getan. Vor meinem Boss hat er mich beschuldigt, Ihre Großmutter flachgelegt zu haben." Er hob entschuldigend die Hände. „Sie war eine schöne Frau, auch im hohen Alter. Ich wäre ein Idiot, wenn ich nicht einmal daran gedacht hätte, ihr näherkommen zu können. Sie hatte alles, was mir gefiel." Paul hustete.

Was Edward dazu nutzte, um das Gehörte irgendwie unter Kontrolle zu bekommen. Er hatte von dem aufbrausenden Gemüt seines Großvaters gewusst, hatte begriffen, dass er mit seiner Art vielen Menschen vor den Kopf gestoßen hatte. Ihm war ebenso bewusst, was Augustus wirklich getan hatte.

Es jetzt aber aus dem Mund eines Menschen zu hören, der dabei gewesen war, der dem Wahnsinn Edwards Großvaters schutzlos ausgeliefert gewesen war, bedrückte ihn. Machte das, was er wusste und kannte, viel zu greifbar.

Er schluckte. „Sie haben versucht, ihr näherzukommen?"

„Habe gedacht, wenn ich den guten Zuhörer spiele", er keuchte, während er redete und holte schwer Luft zwischen den einzelnen Worten, „kann ich mal in die Gefilde der Hochwohlgeborenen eindringen, wenn Sie verstehen, was ich meine."

„Tue ich."

„Nichts für ungut, Junge. Aber so war ich damals. Wäre ich wohl noch heute, wenn mein Körper mich ließe."

„Was hat meine Großmutter Ihnen erzählt?"

„Nichts. Außer, dass sie meine Annährungsversuchen nicht wünscht. Obwohl ich es geglaubt habe. Für einen kurzen Augenblick. Ehrlich. War damals bei einer Lieferung. Sie stand da am Dienstboteneingang, öffnete mir und sah so traurig aus. Als habe sie gerade eben erst geweint. Ich, ganz wie es meine Art war, wollte natürlich wissen, was vorgefallen war. Wieso eine so liebenswerte Frau so verheult war. Und wissen Sie was?"

„Was?"

„Ich war mir absolut sicher, dass sie mit mir reden würde. Dass sie mir ihr Herz ausschütten und alles preisgeben wollte, wie es ihr ging. Aber nachdem ich den Gemüsekorb abgestellt hatte, sie anschaute, wischte sie mit der Hand durch die Luft und fragte, ob ich nicht noch was anderes zum Anliefern hätte. Sagte ihr, ein Ohr für traurige Menschen. Da hatte ich sie. Für ein oder zwei Sekunden. Bevor sie sich bewusst wurde, wer sie ist und wer ich war."

Edward kaute auf der Unterlippe herum.

Seine Großmutter, so fremd sie ihm auch war, da er sie niemals kennengelernt hatte, bekam für ihn plötzlich eine neue, ihm nicht bekannte Facette. Es war ihm, als sei es nicht nur eine Fotografie, die er ab und zu betrachtete, wenn er in den alten Ordnern und Alben blätterte.

Plötzlich offenbarte sich ihm eine Frau, die verletzbar gewesen war. Angreifbar. Die unter den Missständen litt, die im McBright House vor sich gingen.

Was ihm einen Stich versetzte.

Er sortierte seine Gedanken, fragte: „Den Absender der Interviewanfrage haben Sie noch?"

„Klar. Hier!" Er deutete auf einen alten, verstaubten PC und den ebenso verdreckten Monitor. „Müssen Sie nur anmachen. Habe keine Geheimnisse. Und wenn Sie nicht prüde sind. Ich liebe Frauen – noch immer. Ich schaue sie gerne an. Deshalb ist mein Hintergrundbild auch eine ..."

„Ich würde nur gerne die E-Mail-Adresse sehen“, sagte Edward, der sein Smartphone hervorholte, um diese abfotografieren zu können. „Und das Sendeverzeichnis, wenn es geht.“

„Wenn Sie wissen, wie Sie dahin kommen. Ich habe keine Ahnung, was das sein soll.“

„Weiß ich“, sagte Edward, und schaltete den PC ein. Als das Doppelpiepen erklang, der PC summend ansprang, fragte er: „Nachdem George gestorben war, haben Sie einen Groll auf meine Familie verspürt?“

„Hass“, verbesserte Paul. „Tief. Heiß. Brennend.“

Edward presste die Lippen aufeinander.

„Ihr Großvater hat George übel mitgespielt, um nicht böse sagen zu müssen.“

„Ich weiß.“

„Und wofür? Damit er mehr Land hat. Land, das er abzäunen ließ und das man bis heute nicht betreten darf.“

„Meine Familie hat Schuld auf sich geladen. Deshalb bitte ich Sie um etwas. Es ist Ihre Entscheidung. Ich hoffe inständig, dass ich Ihnen etwas Würde zurückgeben kann, die mein Großvater Ihnen genommen hat.“

„Das wäre?“

„Ein Angebot, das Sie hoffentlich nicht ausschlagen“, flüsterte Edward und schaute in die kranken Augen Paul Berrings.

***

Lindsey hatte sich gerade von ihrem Platz erhoben, als ihr Handy klingelte.

Ihr erster Impuls war, nicht ranzugehen.

Sie wollte das, was Alice und sie recherchiert hatten, erst verdauen.

Als ihr flüchtiger Blick auf das vibrierende Handy fiel, sie Edwards Namen im Display aufleuchten sah, griff sie danach und sagte der ununterbrochen mit sich selbst redenden Alice: „Edward." Um sich dann, nachdem sie den Anruf entgegengenommen hatte, mit einem schnellen „Ja?" zu melden.

„Du glaubst nicht, was ich herausgefunden habe."

„Rede!"

„Ich weiß, von wo aus die E-Mails geschrieben werden, die mich in Misskredit bringen."

„Konkreter", sagte Lindsey, die insgeheim glücklich darüber war, dass Edward sie anrief. Denn so, dachte sie, würde es ihr leichter fallen, über das reden zu können, was Alice und ihr aufgefallen war. Sie musste sich keine ernsthaften Gedanken machen, wie sie Edward mit dem konfrontierte, was als Nächstes auf ihn einprasseln würde.

„Es gibt einen neuen Artikel."

„Den von Paul Berring", meinte sie. „Haben wir gelesen."

„Dass Alice und du zusammen im Café sitzt?"

Lindsey kniff die Augen zusammen, fragte: „Was?"

„Ist gerade online gegangen. Klingt so, als habt ihr ihn selbst verfasst!"

Lindsey wurde blass. „Haben wir nicht."

„Weiß ich", sagte Edward. „Der, der uns da ans Bein pissen will, ist gut über uns informiert. Habe ich gerade herausgefunden, als ich bei Berring war." Edward klang, als würde er hastigen Schritts Treppen in einem Treppenhaus hinuntereilen. „Er hat mir gestanden, dass er mit einem Mann telefoniert habe, der ihn nach meiner Familie und mir ausgefragt habe. Ebenso hat er E-Mails bekommen. Die er, zu meinem Glück, noch im Verlauf hat. Plus Sendeverzeichnis. Das habe ich an Turner weitergeleitet. Der hat keine zehn Minuten später zurückgerufen.“

„Was hat er herausgefunden?“

„Die E-Mail an Paul Berring wurde aus unserer unmittelbaren Nähe abgeschickt. Jemand aus dem Ort. Aus einem Café.“

„Lass mich raten. *Dream Cake.*“

„Richtig. In dem du jetzt ja noch sitzt.“

„Genau. Aber wir haben den Artikel nicht gepostet.“

„Wer dann?“

„Wir haben eine Vermutung und gehen dieser nach“, gestand Lindsey. „Du kennst nicht zufällig einen Benjamin Brown?“

„Nie gehört. Warum fragst du?“

„Weil ihm der Blog gehört. Wenn man ihn googelt, findet man …“ Sie schluckte. „Fotos von dir.“

Edward schwieg. Er war aus dem Treppenhaus getreten, was Lindsey daran hörte, dass er eine Autotür mit einem vertrauten Klicken öffnete. „Was heißt das?“

„Das möchte ich von dir wissen. Edward“, flüsterte sie, „kann es sein, dass du den Blog selbst betreibst?“

„Spinnst du?“

„Ich frage deshalb“, sagte sie und wäre am liebsten im Erdboden versunken. Sie wollte nicht zu Ende reden. Edward nicht mit seiner Familiengeschichte konfrontieren. Nicht ihm erneut mit einem Hieb zwischen die Rippen die Luft zum Atmen nehmen. Auf der anderen Seite brauchte sie Gewissheit. Hatte sie diese nicht, würde es ihr irgendwann einmal leidtun. Deshalb räusperte sie sich. Sammelte all ihren Mut und sagte: „Weil der Blog angeblich von deiner Kinderschutzstiftung betrieben wird."

Vergangenheit, 2001

Vincent hatte damit gerechnet, dass ihn der Anblick des alt gewordenen, da im Krankenbett liegenden Simon Spellers erschrecken würde. Dass ihm der Schock aber dermaßen in die Glieder fahren und ihn wie stocksteif erstarren ließ, damit hatte er nicht gerechnet. Allein der Anruf von Simons vierter Frau, gerade einmal zarte dreiunddreißig Jahre alt, hatte ihn kalt erwischt.

Seine in ihm hochkochende Emotion hatte gedroht, ihm abhanden zu kommen, als er die Stimme von Katy gehört hatte, sie ihm mit erstickt klingender Stimme sagte: „Simon liegt im Krankenhaus. Es sieht nicht gut aus."

Dabei musste er nur an das in der Innentasche seines Jacketts säuberlich zusammengefaltete Stück Papier denken, um weiter zornig zu bleiben.

Jenes Schriftstück, das ihm vor nicht einmal zwei Wochen in die Hände gefallen war. Das er bei einem seiner langsam, aber sicher zur Manie werdenden Durchstöbern der Akten gefunden hatte.

Sein Blickwinkel änderte sich. Schlagartig. Von jetzt auf gleich.

Er merkte, dass in ihm etwas in Gang geraten war, das er sich selbst nicht erklären konnte.

Wie so vieles in letzter Zeit.

Da war jetzt keine Verwirrung mehr. Nicht wie sonst, wenn seine Gedanken sich verdrehten und umeinanderschlangen.

Vincent spürte, wie sein Zorn zu weichen begann.

Er rutschte in den Hintergrund.

Dazu kam, dass er niemals im Leben damit gerechnet hätte, dass der immer rüstige, immer agile, der immer so lebensfrohe Simon überhaupt einmal Spuren des Alters zeigen konnte.

Beim letzten Mal, als sie sich gesehen hatten, als sie miteinander ungezwungen geredet, ja, sogar miteinander gelacht hatten, hatte es nicht den Anschein gemacht, als wäre Simon angreifbar.

Wie eh und je war er lustig gewesen, hatte zu viel gegessen, zu viel gelacht und zu viel erzählt. Er hatte Vincent in den Arm genommen, hatte den neben ihm stehenden Edward herzlich begrüßt und gemeint, so gut, wie er aussehe, dürfe er nicht in die Nähe seiner neuen Frau kommen, und hatte dann wissen wollen, wie es Vivien ging.

Was dazu führte, dass Vincents in der letzten Zeit immer wieder in Mitleidenschaft gezogene Laune für einen kurzen Augenblick die Tür zum Keller aufgestoßen und schwungvoll die knarrenden und knirschenden Stufen hinabgestiegen war.

„Oh, falsches Thema. Mein Fehler. Kommt nie wieder vor“, hatte Simon damals noch breit grinsend gesagt und Edward die Hand auf die Schulter gelegt. „Wenn man etwas Falsches tut, tut man etwas Falsches und keine Ausrede der Welt kann einem diesen Fehler nehmen. Sei also aufrichtig und stehe zu dem, was du getan hast. Darum sage ich aufrichtig: Entschuldige, mein Sohn. Ich wollte dir nicht zu nahe treten."

Vincent hatte abgewunken, versucht zu lächeln.

Glücklich darüber, dass die Düsterheit seiner Gedanken an diesem herrlichen, warmen Sommertag nicht wie ein Kartenhaus über ihm zusammenbrach. Zu lange schon quälte er sich mit seinen Stimmungsschwankungen, mit den ihn heimsuchenden, düsteren Momenten, aus denen er immer schwerer auftauchen konnte.

Besonders, seit Vivien nicht mehr da war.

Sie hatte es immer geschafft, ihn aus seinen Grübeleien herauszuholen. Setzte sich neben ihn, legte ihm die Hand auf den Unterarm, lächelte ihn mit diesem verschmitzten, ihm immer noch so gut gefallenden Lächeln an und flüsterte: „Schatz, die Realität ist hier."

All das, all diese Berührungen, die Liebe, die kurzen, unbedachten und doch so vielen Momente der Zuneigung fehlten ihm.

Was ihm letztes Jahr ebenso bewusst geworden war wie jetzt, als er auf das Krankenbett seines gefühlten Onkels zuging.

Was Vincent schwer viel.

Es kostete ihn Überwindung, auf Simon zuzugehen. Der den Kopf hob und erschreckend eingefallen aussah. Ausgemergelt. Verzehrt.

Vom Leben, dachte Vincent und versuchte es mit einem Lächeln.

Nicht, weil er Simon aufmuntern wollte – da war Vincent ehrlich –, sondern weil er versuchte, seine eigene getragene Maske aufrechtzuhalten. Er wollte sich selbst schützen. Sich und seine kreisenden, sich unentwegt bewegenden Gedanken.

„Junge“, sagte Simon, in dessen Augen für einen erschreckend langen Moment der Glanz der Unwissenheit geschimmert hatte. „Du?“

„Habe gehört, dass es dir nicht gut gehe, Onkel Simon“, meinte Vincent, der ein schlechtes Gewissen bekam, als er die Hand hob, in der er eben noch ein Stück Papier gehalten hatte, das ihn beschäftigte.

Jetzt aber, wo er am Fuße des Betts stand, er in das Gesicht Simons schaute, er noch immer das „Onkel“ durch seinen Kopf wabern hörte, war da kein Zorn mehr. Keine ihn gängelnde und quälende Erkenntnis.

Es war Zuneigung.

Das trauernde Gefühl der verpassten Gelegenheiten.

Er hatte viel zu wenig Zeit mit Simon verbracht. Hatte ihn nicht besucht, ihn nicht angerufen oder mit einem dieser neumodernen Handys eine SMS geschickt.

Vincent hatte versucht, Simon zu vergessen.

„Ich bin immer noch der erste Mann auf Deck“, riss Simon den die Hände auf das Bettgestell legenden Vincent aus seinen Gedanken. „So schnell lasse ich mir meine Kapitänsmütze nicht vom Kopf nehmen.“ Er versuchte es mit einem Lächeln, was ihm nicht gut gelang.

Vincent konnte sehen, wie das ansonsten rosige, vor Lebenslust schimmernde Gesicht Simons ein Abziehbild der Vergangenheit war. Obwohl da ein Schmunzeln auf den Lippen des Mannes lag, lächelten seine von Schmerzmitteln trüb gewordenen Augen nicht mit.

„Immer an vorderster Front", sagte Vincent und sah, wie Simon sich mit einer müden Handbewegung gegen die Stirn tippte.

„Ganz genau."

„Apropos Front."

Simon holte tief Luft und ließ seinen Kopf wieder in das weich aufgeworfene Kissen sinken. „Ja?"

„Du erinnerst dich an den Deal, den mein Vater damals ausgearbeitet hatte. Den mit der Batteriefabrik?"

„Das McBright-Desaster."

Vincent wollte nicht, dass Simon in seinem Gesicht wie in einer Zeitung lesen konnte. Aber als er das „Desaster" aus Simons Mund hörte, er das leise Knistern des zusammengefalteten Papierstücks in seiner Jacketttasche vernahm, konnte er sich nicht mehr beherrschen.

Er zischte mehr, als dass er sagte: „Das McBright-Desaster. An dem du nicht ganz unschuldig bist, oder?"

Simon atmete schwer aus, schloss die Augen. Ein kummervolles Lächeln legte sich auf seine Lippen. „Ich bin zu müde zum Streiten", gestand er und. „Ja, ich habe Informationen der Presse gesteckt. Williams war ganz glücklich darüber und ich hatte meinen verfluchten Moment der Genugtuung, nachdem dein Vater mir durch dich mitteilen ließ, für was für einen Arsch er mich hielt." Simon hob den abgemagerten Finger. „Ich habe deine Mutter immer als wunderschön empfunden, ja. Aber ich habe nie meine Hand an sie gelegt. Nur in meinen Gedanken. Aber, Junge, ich hätte niemals die Familie entzweit, die mir so viel bedeutet hat."

„Warum dann das Stecken der Nachrichten?"

„Ein Moment der Schwäche."

„Das ist alles?"

„Ein Moment der Hoffnung, dass ich das Projekt an mich reißen könne", gestand Simon und schloss die trüben Augen. „Hat nicht geklappt."

Vincent griff in die Innenseite seines Jacketts, holte das Stück Papier hervor, in das er noch einen weiteren Zeitungsartikel gesteckt hatte.

„Das hier hast du zugegeben", sagte er und warf Simon den von Williams damals gefaxten Fragekatalog auf das Fußende. „Wer war das hier? Wer hat Williams dazu veranlasst, diesen kleinen Artikel zu schreiben?"

„Kleinen Artikel?" Simon hob unter sichtlichen Mühen den Kopf. Seine ergrauten Augenbrauen zogen sich zur Nasenwurzel und sein faltiger, trockener, rissiger Mund verzog sich zu einem Ausdruck ehrlich empfundener Verwunderung.

„Der, in dem spekuliert wird, dass man Vater die Familiengeschäfte gar nicht freiwillig niedergelegt habe, sondern gegangen worden sei. Mit der markigen Überschrift: Neuer Irrsinn ums Hause McBright."

„Ich weiß nicht, wovon du sprichst."

„Du weißt, wohin ich meinen Vater bringen musste, nachdem ... nachdem ..."

Simon hob die Hand, winkte ab, sagte: „Tue uns nicht allen noch einmal weh, wenn du aussprichst, was damals passiert ist."

„Dann hast du ...?"

„Nein, habe ich nicht."

Vincent schaute Simon durchdringend zornig an. „Das ist deine letzte Chance, dein Gewissen zu reinigen. Sag mir, ob du es warst oder nicht. Warum du meiner Familie und mir noch einmal übel mitspielen wolltest?"

„Junge ...“

„Nenn mich nicht so.“

„... ich habe damit nichts zu schaffen. Ich schwöre es bei meinem eigenen Grab.“

Vincent holte tief Luft. Wusste nicht, was er zu diesen Enthüllungen sagen sollte; war sich nicht sicher, ob er zwischen Lüge und Aufrichtigkeit unterscheiden konnte. Weshalb er flüsterte: „Es ist so lange her.“

„Tue das, was du für richtig hältst.“ Simon hatte den Fragekatalog in die Hand genommen, betrachtete die einst von Augustus auf das Papier gekritzelten Beleidigungen, die Wünsche. Er tippte auf das *Williams ausschalten* und sagte etwas, das in Vincent einen Schalter umlegte: „Manchmal muss man seinen Problemen unkonventionell begegnen ...“

LIEBE

„Der Wagen steht in der Einfahrt", bemerkte Edward mit einem Blick über die Schulter hinweg zu dem alten, beigen Mercedes, dem man ansehen konnte, dass er aus einer anderen Zeit stammte. Die Felgen viel zu wuchtig, das Lenkrad klobig und die ganzen Formen, die eigentlichen, heutzutage modernen Rundungen, wirkten eckig und kantig.

So, als habe jemand es versäumt, aus der Vergangenheit in die Gegenwart zu reisen.

„Er ist alt", bemerkte Lindsey und löste bei Edward ein angenehmes, nicht in die Situation passen wollendes Kribbeln aus.

Er sah sie da stehen, die Hand nach dem Klingelknopf ausgestreckt, den Blick suchend auf die kleine, in die Tür eingelassene Glasscheibe gerichtet. Ihre beiläufig geklungene Erwähnung, das sanfte auf die Zehenspitzen Stellen, hatte etwas, das ihm gefiel. Das ihm zuwisperte, dass er dabei war, sich Hals über Kopf ...

Nicht dabei. Ich bin es bereits, dachte er und versuchte, seine Verwirrung unter Kontrolle zu bekommen. Er wollte sich nicht ablenken lassen.

Er war hier, weil er etwas in Erfahrung bringen musste.

So schnell wie möglich.

Deshalb machte er einen Schritt zurück, sagte: „Ich schaue mal hinters Haus, in den Garten. Vielleicht ..." Er verstummte. Hinter dem großen Rhododendronbusch, der auf den sandigen Gehweg hinausragte, in dem noch immer das angenehme, an lauschig warme Sommertage erinnernde Summen der Bienen, Hummeln und Schmetterlinge zu hören war, hatte er die Bewegung gesehen. Die erst nur leise knirschenden, an seine Ohren gedrungenen Schritte waren verklungen.

Ob er das „Pssst" wirklich gehört hatte oder es sich nur einbildete, wusste Edward nicht zu sagen.

Er machte einen Schritt zurück, während er das erneute Schrillen der Türklingel hörte, weil Lindsey noch einmal auf den dafür vorgesehenen Knopf drückte. Dann entdeckte er die Gestalt, die da wie erstarrt verharrte.

Er kannte sie.

Nur zu gut.

Immer wieder war der hagere, kleine, halbglatzige Mann zu ihm und seiner Familie gekommen. Hatte diese und jene Untersuchungen durchgeführt und Edward jedes Mal, wenn er zur vollsten Zufriedenheit mitgearbeitet hatte, einen Lolli geschenkt.

„Doktor Spangler", sagte er und hoffte, dass seine Stimme nicht zu schrill, nicht zu laut, nicht zu aufgeregt klang. „Schön, Sie zu treffen. Ich habe eine Frage an Sie."

„Ich habe Ihnen nichts zu sagen, Mister McBright!" Der pensionierte Arzt machte einen Schritt zurück.

„Nur eine Frage, dann sind Sie mich los", sagte Edward und nahm nur am Rande wahr, wie sich Lindsey zu ihm herumdrehte. Wie sie einen langen Hals machte und versuchte zu erkennen, mit wem Edward da angefangen hatte zu reden.

„Ich habe mit der ganzen Sache nichts zu tun. Wirklich", sagte Spangler und hob abwehrend die Hand, als Edward die zwei Stufen hinabstieg, die quer zum Haus verliefen. „Ich …"

„Was haben Sie dem Schmierfinken erzählt?", wollte Edward wissen und war von sich selbst überrascht. Niemals im Leben hatte er damit gerechnet, so ruhig zu bleiben. So überlegt. Aber als er den zitternden Mann da stehen sah, der die Hände erhoben hielt, dessen Gesicht den gequälten Ausdruck eines Menschen zeigte, dem bewusst war, dass er einen Kampf gegen einen körperlich überlegenen Gegner verlieren würde, wusste er, dass er schon gewonnen hatte.

Deshalb setzte er mit seiner Frage nach.

Hart, unnachgiebig, launisch. „Sie wissen, dass Sie nicht deshalb entlassen worden sind, weil Sie meiner Familie damals einen Gefallen getan haben?"

„*Einen* Gefallen", schnaufte Spangler abfällig. „Dutzende."

„Auch das." Edward nickte. „Ich … wir stehen tief in Ihrer Schuld. Deshalb meine Frage: Warum?"

Spangler schien irritiert.

Womit er genau gerechnet hatte, mit was für einem Angriff, mit was für eine nicht zu verteidigende Attacke, konnte sich Edward nicht erklären. Er wusste nur, dass ihn der Gesichtsausdruck des Arztes irritierte. Dass er ihn nicht deuten konnte.

„Warum was?"

„Warum …", Edward zögerte, überlegte, „haben Sie verraten, was mit meinem Großvater … Wie es um ihn bestellt war?"

„Das habe ich nicht."

„Ja, aber …"

„Werden Sie auch erpresst?", wollte Spangler plötzlich wissen und Edward wusste nicht, was er davon halten sollte.

***

Lindsey schaute auf das ihr gereichte und entriegelte Smartphone und war nicht sonderlich überrascht, nachdem sie den Rückruf aktiviert hatte, dass nicht reagiert wurde. Auch nach dem zweiten und dritten Versuch wurde auf der anderen Seite nicht abgenommen.

„Fehlschlag", sagte sie und reichte das Handy dem in seinem hochlehnigen Ohrensessel sitzenden Spangler zurück.

Der, sichtlich erschöpft, sah sie sie fragend an.

In seinen Augen stand nicht nur das Nichtverstehen eines Mannes, sie konnte die Verwirrung erkennen.

Eine ehrliche, echte, an Verzweiflung grenzende Verwirrung.

„Ich habe nichts gesagt, nicht eine Sekunde", flüsterte er zur Entschuldigung und hob, den Zeigefinger seiner rechten Hand. „Der hypokratische Eid, Sie verstehen."

„Ich weiß, dass mein Vater Ihnen für Ihre Diskretion sehr dankbar war. Deshalb war ich so verwundert, dass ausgerechnet Sie in dem Artikel genannt wurden."

„Ich dachte erst, es sei meine Sekretärin gewesen", sagte Spangler. „Nancy. Aber auch sie hat nichts weitergetragen. Ist nicht einmal kontaktiert worden. Jemand anderes muss Einsicht in die Akten gehabt haben, die ich unter Verschluss gehalten habe."

„Es ist jemand, der uns allen einen Schritt voraus ist“, schlussfolgerte Lindsey. „Jemand, der weiß, wie wichtig Edward sein Projekt ist. Der sein Vertrauen genießt und es missbraucht.“

„Wie meinst du das?“

Lindsey betrachtete den sie verwundert ausschauenden Edward.

„Wir müssen herausfinden, wer es ist, der dir Böses will. Wer dich an die Wand stellt. Und dabei jegliche Register zieht.“

„Was habe ich damit zu tun?“, wollte Spangler wissen, „Ich habe …“

„Sie sind das ideale Druckmittel. Jemand aus dem inneren Kreis. Jemand, der weiß, was die Familie McBright getan hat.“

„Ja, aber …“

„Wir wissen jetzt, dass Sie nichts verraten haben“, versicherte Edward und wollte gerade etwas sagen, verstummte aber.

Lindsey spürte ihr Herz bis zum Hals schlagen.

Spanglers Kontakt rief zurück …

***

„Haben Sie sich entschieden?“, wollte die Stimme wissen, die Spangler ans Ohr drang.

Der Arzt nickte. Er spürte, wie der Druck auf ihm lastete. Er wollte nicht nervös klingen, kein Zittern in seine Stimme dringen lassen.

Aber als er den Anruf entgegennahm, er sah, wie Lindsey und Edward ihn erwartungsvoll anschauten, meinte er, all seinen eben noch gefassten Mut wieder zu verlieren.

„Ja", sagte er zögerlich und schaute zu der blonden, jungen Frau, die ihm zunickte, die ihn gebeten hatte, die Gruft zu erwähnen.

„Und Ihre Antwort lautet?"

„Dass Sie sich bei den McBrights in der Gruft umsehen müssen. Da finden Sie viele Antworten auf Ihre Fragen."

Das Telefonat wurde beendet.

***

Edward versteifte sich, als er die Schritte hinter sich auf dem Steg vernahm. Obwohl er es nicht wollte, er nicht den Kopf drehen und hinter sich schauen wollte, tat er es doch. Er blickte nach hinten und seufzte einerseits erleichtert, andererseits schockiert auf. Ein merkwürdiger, ihm fremd klingender Laut, der ihm aus dem Mund drang. Der ihn an die Worte seines Vaters erinnerte: Man muss Würde wahren. Immer. Egal, wie und egal, wo.

Was Edward nicht gelang.

Ganz und gar nicht.

Er saß da auf der Bank und fühlte sich hin- und hergerissen, an seine eben gewählten Worte erinnert.

Einerseits erfreut, andererseits erschrocken.

Erfreut, weil *sie* verstanden hatte, was er von ihr wollte, als er sie vor Tagen beim Auto begrüßt hatte. Was in ihm vorging, als sie Spangler besuchten, sie nebeneinander im Auto saßen.

Dass sie begriffen hatte, wie es in ihm aussah.

Bei all den zurückliegenden Ereignissen, bei all den gesammelten Informationen war ihr nicht entgangen, wie sehr er sich freute, wenn sie in seiner Nähe war.

Wie vor gut einer Woche am Auto, so leuchtete, so funkelte es auch jetzt wieder in seinen Augen. Wie damals, als sie zu ihm aufs Grundstück gefahren kam und er die Tür ihres Minis geöffnet hatte, als er sie betrachtet hatte und den gleichen, verwirrenden Gedanken in sich hatte aufsteigen spüren. Als er meinte, dass das, was er für immer aus seinem Leben hatte fernhalten wollen, doch noch Wirklichkeit wurde.

Erschrocken deshalb, da er begriff, dass er dabei war, den Verstand zu verlieren.

Nicht in der Art, vor der er sich fürchtete. Nein, er war der Meinung, dass er nicht mehr Herr seines Herzens sein konnte.

So wie bei Emily, dachte er in einem Anflug ehrlich empfundenen Schreckens. So wie er vorhin am Auto zurückgeschreckt war, er den Kopf aus dem Wagen zurückgezogen hatte, weil er dem unbändigen Drang nach einen Kuss von ihr kaum widerstehen konnte, fühlte er sich auch jetzt wieder.

Alle Warnungen, die von Ann ausgesprochen worden waren, von seinem Sicherheitschef, ach, von allen Personen, mit denen er bisher über Lindsey gesprochen hatte, war er dabei, in den Wind zu schlagen.

Was verrückt war.

Das wusste er.

Aber das innere Verlangen, das Brennen, das in ihm ausgebrochene Feuer ließen ihn kaum noch einen klaren Gedanken fassen.

Er war wie vor den Kopf geschlagen.

Im positiven Sinne.

Er *wollte* das Wagnis eingehen.

Weshalb er sich von seinem Platz erhob, Lindsey entgegentrat und seufzend meinte: „Dann nimmst du meine Einladung doch an?“

Sie lächelte.

Er konnte sehen, wie es auch in ihrem Gesicht arbeitete. Dass sie der Situation ebenso wenig traute wie er. Aber den vorsichtigen Schritt, den sie nach vorn machte, das nervöse Spiel mit ihren Fingern, der fliehende, alles erfassen wollende Blick sagten ihm, dass Lindsey ebenso dachte und fühlte wie er.

Dass sie ebenso dabei war, ihre Gedanken irgendwie zu ordnen. Sich zu finden. Sie wollte ihre Unsicherheit ebenso abstreifen, wie er es versuchte.

„Als du zurückgekommen bist ... Das beim Auto“, begann er, hörte wieder auf, um sich dann zu räuspern, bevor er weiterredete. „Das habe ich so gemeint, wie ich gesagt habe.“ Er grinste.

„Ach ...“

„Ja.“ Er nickte auf der Suche nach innerer Gelassenheit. „Du nervst mich.“

„Fein.“

„So richtig.“

„Okay.“

„Aber ich bin auch gerne mit dir zusammen. So verrückt es auch klingt. Das vorhin bei Spangler, so cool wie du warst, so locker, als du ihm das Telefon gereicht hast. Das hat mich beeindruckt. Und deine Idee ...“

Er erinnerte sich daran, wie sie Spangler sagte, er solle etwas über die Gruft erzählen, ehe er ans Telefon ging.

Das löste bei Edward einen Aha-Moment auslöste.

Darum ging es dem Erpresser also.

Er wollte den ultimativen Beweis, dass in der Gruft das Geheimnis lag.

Der Grund dafür, weshalb das *McBright-Desaster* überhaupt ins Rollen gekommen war.

Sie lächelte noch immer. Machte einen weiteren Schritt auf den vom leichten Wellengang bewegten Steg.

Er holte tief Luft, als er sich von seiner Position löste, auf sie zukam, die Hand nach ihr ausstreckte. „Ich will dir wirklich nichts von meiner Familie erzählen."

„Aber mit mir zusammen sein?"

Er hörte die Frage aus ihren Worten heraus und wusste, dass er einen Weg eingeschlagen hatte, den er nicht mehr zurückgehen konnte. Er musste ihn weitergehen; einem Menschen gleich, der durch einen dunklen, muffig riechenden Tunnel stolperte und am Ausgang endlich das lang ersehnte Licht aufscheinen sah.

„Ja", sagte er. „Ich … ich … will dich kennenlernen." Er lachte. „Du gehst mir zurzeit einfach nicht aus dem Kopf. Ich habe keine Ahnung, was es ist. Warum ich so fühle und denke. Aber das erste Mal, seit Jahren seit …", er hielt inne, „Seit Emily ist es mir, als könnte ich wieder vertrauen."

Lindsey blieb stehen.

Sie versteifte sich.

Edward, dessen Verstand auf genau solche Szenarien vorbereitet war, der in dem stockenden, den sich plötzlich ändernden Gesichtszügen der Menschen lesen konnte wie in einem Buch, spürte Magenschmerzen in sich aufsteigen. Es war ihm, als würde Lindsey ihm mit voller Wucht in den Bauch schlagen.

„Nicht?", fragte er sich, eine Distanz in sich aufsteigen spürend, die er niemals wieder in sich hatte Einzug halten lassen wollen.

„Vertrauen", sagte sie, lächelte und holte tief Luft. „Ja."

„Alles, was bisher zwischen uns war", meinte er, noch immer das Unwohlsein in sich, „könnte ich vergessen. Ich meine … Irgendwie, oder, doch, keine Ahnung, da ist was. Bei mir. Auf jeden Fall."

Er schaffte es, über seinen eigenen Schatten zu springen, nach Lindseys kalten Hände zu greifen, sie zu umfassen und sanft zu drücken.

Es war ihm als würden kleine, ihm wohltuende Nadeln in seiner Haut stecken. Als wäre da ein kurzer, wärmender Impuls, der durch ihn hindurch jagte und ihn glauben ließ, er könnte ernsthaft alles schaffen, was er wollte.

So, als würde er schwankend, von stürmischen Winden umgeben, im 30. Stock eines sich im Bau befindenden Neubaus stehen und über eine fußbreite Eisenstrebe balancieren.

Ohne Angst.

Ohne Furcht.

Mit nichts weiter bewaffnet als der blinden Zuversicht, dass, wenn er den Marsch geschafft hatte, das Glück auf ihn wartete.

Deshalb sagte er noch einmal: „Ich habe nicht mehr das Gefühl, als wäre ich verloren. Der, der mir nachstellt, der mich in Misskredit bringen will, dem kann ich die Stirn bieten. Mit dir."

Edward, der über seine eigenen Worte verwundert war, fühlte sich wohl und unwohl zugleich. Wohl, weil er merkte, dass er das erste Mal seit Monaten, ach was, seit Jahren seinen ihn umschließenden Panzer abgelegt hatte. Nicht so wie in den vergangenen Wochen ab und zu mal; dann, wenn er sich zu einem Kind hinunterbeugte, es begrüßte und sich in den Leuchten der Augen verlor.

Nicht in solchen Augenblicken, wenn er ein Date mit seiner Vergangenheit hatte; er seine alte Leier wieder und wieder vortrug und innerlich hoffte und betete, dass die Menschen auf seine Entschuldigung eingingen.

Unwohl fühlte er sich aus demselben Grund.

Es war ihm, als wäre er dann angreifbar. Verletzlich. Ungeschützt wie ein Neugeborenes. Der Güte anderer ausgeliefert.

Er holte tief Luft, wollte nicht in Unsicherheit geraten, nicht wieder schwanken und aufgrund eines durch ihn hindurchrasenden Impulses etwas tun, was ihn selbst in Unruhe und die vor ihm stehende Lindsey ins Zweifeln bringen könnte.

Edward beherrschte das.

Sehr gut sogar. Er hatte es damals gekonnt bei seinem Vater, bei seiner Mutter, er seufzte innerlich, sogar bei Emily.

Bei all denen hatte er sich, ohne mit der Wimper zu zucken, in verbale Abenteuer begeben und ihnen einen vor den Bug geschossen.

Er hatte gesagt, was er dachte und fühlte, wohlwissend, dass er mit der Gewalt von Worten Dinge ins

Schwanken bringen oder gar zu Bruch gehen lassen konnte, wenn er sie nur richtig einsetzte.

Was er hier vermeiden wollte.

Auf jeden Fall.

„Du bist", begann er, als er sich wieder da sitzen sah, das verkniffene Gesicht, die in Falten gelegte Stirn, das unbändig auf ihn einstürmende Gefühl von Hilflosigkeit, „wenn ich das so plump sagen darf, mein Licht im Tunnel gewesen."

Er sah, wie Lindsey ihn anschaute. Wie sich ihre hellen, alles musternden, hinter jedes Geheimnis kommen wollenden Augen verengten. Ihre ihn noch immer so fein geschwungenen, so oft spöttisch anlächelnden Lippen legten sich fest aufeinander. Ihre hoch angesetzten Wangenknochen, die ihrem Gesicht diesen eleganten, aristokratischen Touch verliehen, traten hervor.

Als er merkte, wie die in seinen Händen liegenden Finger aus den seinen zu gleiten drohten, setzte er schnell hinterher: „Wie gesagt, plump."

„Das Licht am Ende des Tunnels?"

Edward schluckte.

Er hatte gewusst, als er diese Metapher wählte, dass er dabei auf viel Skepsis stoßen konnte. Auf eine Art Ablehnung, die er nicht gut ertragen könnte.

Aber als er Lindsey näherkam, er das erste Mal bewusst ihren ihn so betörenden Geruch einatmete, war genau dieses Bild in ihm aufgestiegen. Das Bild des in der schummrigen Dunkelheit seines Arbeitszimmers sitzenden, auf die geschlossene Tür starrenden Mannes.

Das Gefühl, das ihn beschlich, das auf ihn niederprasselte wie Starkregen gegen eine Fensterscheibe, hatte ihn zu erdrücken gedroht.

„... einsam", murmelte er für sich, hielt ihre Hände fest.

Er hob den Kopf, lächelte.

„Was meinst du?"

„Das war ich. Jahre lang. Ohne es zu merken. Ich dachte, ich muss so sein. Muss mich zurückziehen." Er stieß einen ungläubigen Lacher aus, bevor er weiterredete. „Es war mir, als hätte ich damit etwas Gutes bewirkt. Nachdem ich Emily gehen lassen musste, sie wegschickte", verbesserte er sich und wusste, dass Lindsey nachhaken würde.

„Weggeschickt?"

Er nickte. „Sie musste gehen. Sie wusste, dass ich keine Kinder haben will. Dass es mir unmöglich war, welche zeugen zu wollen. Himmel", sagte er. „Ich hätte alles für Kinder getan. Alles gegeben. Aber es ist mir unmöglich ..."

„Was hält dich ab?", wollte Lindsey wissen.

Edward holte tief Luft, traute sich erst, als sie seine Hand drückte, zu sagen: „Ich kann die Verantwortung nicht übernehmen, das weiterzutragen, was ..."

„Was ist es, was deine Familie so sehr belastet?", fragte Lindsey.

Edward flüsterte: „Die Männer meiner Familie leiden alle unter Schizophrenie ..."

***

„Schizophrenie?"

„Sie brach bei meinem Großvater massiv aus, als er das Projekt in den 1980igern ausarbeitete", erzählte Edward. „Er wurde im wahrsten Sinne des Wortes verrückt."

„Das Sanatorium", sagte Lindsey.

Edward bestätigte. „Keine Karibikreise. Bis zum großen Brand war er dort untergebracht."

„Er kam in den Flammen um?"

Edward wäre beinahe ein „Zum Glück" herausgerutscht, bevor er aber sagte: „Ist er, ja."

„Und dein Vater?"

„In Behandlung. Ebenfalls in einer Klinik. Seit Jahren. Er hat gemerkt, dass es schlecht um ihn steht."

„Du hast ...?"

„Angst, es weiterzugeben? O ja. Himmel, die Hose bis zum Anschlag voll."

„Deshalb ist Emily gegangen? Weil du keine Kinder wolltest?"

„Weil ich ihr ihren Lebenstraum zerstört habe. Sie dachte, sie könne es ertragen, dass wir kinderlos bleiben. Dass wir uns haben. Als sie dann meinte, sie wäre schwanger, bin ich ... bin ich ..."

„Auf sie los? Also, körperlich?", wollte Lindsey wissen.

„Quatsch", sagte Edward und winkte ab. „Habe sie angeschrien. Angebrüllt habe ich sie, was ich zutiefst bereue. Ich bin völlig ausgerastet. Ich habe weitere Tests von ihr verlangt. Wollte ihr zeigen, was ich von der Scheiße halte. Das hat sie zutiefst erschreckt."

„Was ich verstehen kann."

„Sie ging. Als gebrochene Frau. Ich schwor mir, im Dunkeln sitzen zu bleiben. Von dem Hass ihrer Familie verfolgt. Von ihrer Traurigkeit jeden Tag begleitet. Ich habe mich selbst zu schützen versucht."

„Indem du niemanden an dich heranlässt?"

Edward nickte.

Er hörte das leise Plätschern des Wassers, das um den Steg herum gegen die Poller rollte. Irgendwo rief ein ihm unbekanntes Tier. Der auffrischende Wind, der Lindsey in die Haare fuhr und ihre Frisur durcheinanderbrachte, besaß etwas, das er sich in den vergangenen Jahren ebenfalls nicht zugestanden hatte.

Freiheit.

„Ich habe mir ein eigenes Gefängnis gebaut", murmelte er. „Ohne zu merken, dass ich mir Lebenslang gegeben habe."

„Ich habe jetzt …?" Sie unterbrach sich. Ihre Stimme war leise, zart, zerbrechlich. Trug einen Hauch Unsicherheit in sich, der sie noch begehrenswerter machte, wie Edward fand. Das ihm zeigte, dass auch sie ununterbrochen nachdachte, ihre Gefühle analysieren und ihrer Herr werden musste.

„Du hast mir gezeigt, wie traurig ich war. Wie hilflos", flüsterte er und tat etwas, das ihm eine rasend laute Salve an Herzschlägen bescherte.

Nervosität griff ebenso nach ihm wie der Gedanke nach Abweisung.

Sie wird mich zurückstoßen. Sie wird mich fragen, ob ich noch alle Tassen im Schrank hätte. Sie wird …

Edward traute sich.

Das erste Mal seit mehr als zwei Jahren.

Er nahm Lindseys Kopf zwischen die Hände, schloss die Augen und spitzte die Lippen …

DAS ENDE

Edward schaute verwundert auf, als Turner zu ihm kam.

„Ja?", wollte er wissen, noch immer Lindseys Kuss auf den Lippen, den Geruch ihres Parfüms an seinem Hemd. Das ihn heimsuchende Gefühl, das Wissen, dass er sich wirklich, ehrlich, Hals über Kopf verliebt hatte, zog ihm den Boden unter den Füßen weg. Er wollte nicht gestört werden. Von niemandem. Weder von Ann, von einem der Pfleger noch von seinem Sicherheitchef, der nach seinem energischen Klopfen das „Come in" von Edward gar nicht abwartete.

Er riss Edward damit aus seinen Gedanken.

Aus den schönen Erinnerungen, die ihn ebenso verwunderten wie freuten.

Besonders deshalb, weil er glaubte, etwas gelernt zu haben.

Keine Angst mehr haben zu müssen!

Edward hatte Lindsey in den Armen gehalten, sie geschmeckt, sie gefühlt, sie an sich gepresst und sich dann fragen hören mit dem unvermeidlichen Wissen, dass ihm seine Frage keine Schwierigkeiten bringen würden.

„Warum wolltest du wissen, ob ich weiß, dass der Blog von unseren Servern aus gestartet wurde?"

Sie, an ihn gekuschelt, den Kopf an seine Schulter gelegt, hatte geflüstert: „Mir ist etwas eingefallen. Eine

Möglichkeit …" Sie hielt inne, suchte die richtigen Worte, flüsterte: „Ich will dich nicht verärgern."

„Sag, was dir durch den Kopf geht."

„Die in deiner Familie grassierende Schizophrenie …"

„Ah", hatte er gemeint, sie fester an sich drückend, ihre Nähe noch intensiver fühlend. „Da nimmst an, dass ich in dem der Familie naheliegenden Wahn die Einträge selbst geschrieben habe."

„Ja", hatte sie kleinlaut zugegeben. Von unten nach oben schauend.

Edward hatte gelächelt. „Meine Familie hat sich nicht selbst torpediert, wenn du aufgepasst hast. Sie hat andere", da war er verstummt, hatte innegehalten, geschluckt und innerlich gehofft, dass sich endlich alles zum Guten wenden würde, „ins Unglück gestürzt. Hier ist jemand dabei, es mir mit gleicher Münze heimzuzahlen."

Gerade in dem Moment, als Edward über das alles nachdachte, ihm die Erzählungen noch einmal durch den Kopf gingen, trat Turner in sein Büro mit den kühlen, informativen Worten: „Ein Eindringling bei der Gruft."

Edwards erster Gedanke war: *Lindsey* und sein eben noch in rosaroten Wolken schwebender Verstand kehrte mit einem schier unerträglichen Aufprall auf den Boden der Tatsachen zurück. Nur um dann zu begreifen, dass sie es gar nicht sein konnte. Es war unmöglich.

Niemals im Leben würde sie das tun, was Edward sich in seinen schlimmsten Fantasien gerade auszumalen begann.

Sie waren beide vor nicht einmal dreißig Minuten zurückgekehrt.

„Wissen wir, wer es ist?"

Der Sicherheitchef schüttelte den Kopf. „Der instal-
lierte Bewegungsmelder hat angeschlagen."

„Ihre Leute?"

„Sind auf dem Weg zur Gruft."

Edward nickte und meinte dann: „Wollen wir doch
einmal sehen, welcher Arsch sich getraut hat, die Gruft
zu betreten."

Sein Sicherheitchef legte sich die Hand ans Ohr,
drückte den Knopf, nickte und sagte: „Okay." Um sich
dann erneut an Edward zu wenden: „Ein zweiter Eindringling."

Edward legte die Stirn in Falten.

Er ahnte was, ohne es zu sagen.

Sein Sicherheitchef schien Edwards Gedanken gelesen zu haben, denn er bestätigte: „Sie ist es."

***

Muffige Luft schlug Lindsey entgegen. Sie verzog das
Gesicht. Feuchtigkeit legte sich wie ein Film auf ihre
Haut. In dem Moment, als sich das Schloss der Gruft
mit einem *Klick* öffnete, erfasste sie ein heißes, unangenehmes Gefühl von Furcht. Sie stand da, die Hand nach
der sich langsam öffnenden Tür ausgestreckt und hielt
inne.

Sie wollte ihre Angst nicht Überhand gewinnen lassen.

Mutig wollte sie sein.

Sich gegen das wehren, was man ihr vor einem halben Jahr so vortrefflich zwischen die Beine geworfen und zum Straucheln gebracht hatte.

Außerdem, und das war der nächste der inneren Antriebe, wollte sie Edward schützen.

So sehr wie noch nie in ihrem Leben. Besonders nachdem sie beide unten am Steg diesen schönen, sie noch immer verwirrenden Moment gehabt hatten. Dieser Augenblick, als ihre Gedanken durch den Kopf jagten und sie sich sicher war, dass er sie küssen würde – küssen wollte.

Allein wie er ihre Hand gehalten hatte. Wie er sie anschaute, er seinen Kopf gegen ihren legte, die Augen geschlossen hielt.

Alles das war für diesen einen, diesen magischen Moment gemacht.

Als er sie dann küsste, sie wirklich berührte, sich seine Lippen auf die ihren legten, waren Lindseys Knie weich geworden. Ihr Herz hatte bis zum Hals geschlagen. Alles war auf den Kopf gestellt worden.

Sie schwelgte noch immer in den Erinnerungen an die weiche, zarte Berührung ihrer Lippen, während sie einen Schritt in die unangenehme, feuchte Dunkelheit der Gruft hineintat. Sie dachte noch immer an Edward, als ihr der feuchte, muffige Geruch in die Nase stieg.

Ein Schauer, den sie nur Edward wegen fühlte.

Der wie ein Schlag durch sie hindurchgeschossen war.

Nur um jetzt zu merken, wie sie aus ihren Erinnerungen gerissen und in eine andere Zeit versetzt wurde, wie sie den Kontakt von ihrer Gegenwart verlor und in die Vergangenheit gezerrt wurde.

Hin zu einem Moment, den sie längst vergessen geglaubt hatte.

Aber als sie die erste in die Tiefe führende Stufe passierte, sie den knirschenden Stein unter ihren Schuhen hörte, war die Erinnerung da.

An jenen Moment, wo einer ihrer damaligen Klassenkameraden mit einem USB-Stick zu ihr gekommen war und sie mit heiserer Stimme und einem hochroten Kopf und vor Begeisterung glühenden Ohren aufforderte: „Ich brauche deinen Laptop." Um dann hinterherzuschieben: „Jetzt."

Lindsey hatte reagiert.

Langsam und misstrauisch. Ihr waren damals, wie sie sich erinnerte, unendlich viele Gedanken durch den Kopf geschossen. Warnungen ihres Vaters, der irgendetwas von Viren erzählte, die man sich auf einen Computer laden konnte, wenn man fremde Videos downloadete. Extreme Erzählungen ihrer Mutter, in denen sie davon berichtete, dass einige Menschen ihr ganzes Hab und Gut verloren hatten, weil sie in dem mysteriösen Internet irgendwelche Daten preisgegeben hatten.

Heute, sechszehn Jahre später, waren die Warnungen ihrer Eltern in einem Kreislauf aus Naivität, gekoppelt mit Heiterkeit verschmolzen.

Der Film aber, den ihr damaliger Schulfreund mitbrachte, hatte sie nachhaltig geprägt.

„Der ist ab achtzehn und bei dem haben sich schon unsere Eltern in die Hosen geschissen", hatte ihr damals zwölfjähriger Freund erzählt, dessen Gesicht vor Aufregung rot leuchtete und in dessen Augen der Glanz des Verbotenen schimmerte,

Sie musste nur an die schaurige Musik denken, daran, wie die Erzählung um Freddy Kruger begonnen hatte.

Wie sehr sie sich davor zu fürchten begann, in der Dunkelheit allein zu sein.

Sie hatte damals dagesessen, auf den Bildschirm ihres Laptops geschaut, und nicht begreifen können, wie man sich so etwas freiwillig anschaute. Wie man Spaß an den Gräueln hatte, die da gezeigt wurden.

All das und besonders das Wissen, dass der Film *A Nightmare on Elm Street* noch immer in ihrem Hinterkopf spukte, ließ sie mit lautklopfendem Herzen in die Dunkelheit der Gruft hinabsteigen.

Sie erinnerte sich wieder daran, wie sie mit weitaufgerissenen Augen, mit vor Staunen offen stehendem Mund im Sessel ihres Vaters gekauert und auf die schlecht kopierte Aufnahme des Films gestarrt hatte. Wie sich alles in ihr zusammenzog, als Jonny Depp ins Bett hineingezogen und als Blutfontäne wieder herausgespritzt gekommen war.

Alles das war so nachhaltig gewesen, so verstörend, dass sie es seitdem nicht mehr schaffte, Horrorfilme zu schauen.

Weshalb ich auch bei Der Nebel nicht hingeschaut, sondern ins Handy gestarrt habe, dachte sie und machte sich dennoch selbst Mut. Ich bin nicht hier, um Angst zu haben. Ich bin hier, um Schlimmeres zu verhindern.

Sie war vom Steg zurückgekommen, hatte sich ins Gästehaus zurückziehen und ausspannen wollen. Mit sich und ihren Gedanken allein sein wollen. Wie hätte sie ahnen können, dass sie, als sie die Tür zu ihrem

Haus aufschließen wollte, wieder diese Gestalt entdeckte?

Geduckt und schleichend, geradewegs auf die Gruft zu.

Dabei war Lindsey anfangs noch mit ganz anderen Dingen beschäftigt gewesen.

Gefühlen.

Verrückten Gefühlen. Sich irre wie im Kreis drehenden Gefühlen.

Lindsey, die dachte, als sie Matthew in London getroffen hatte, von ihren Gefühlen und Erinnerungen übermannt zu werden, hätte niemals im Leben damit gerechnet, dass sie sich einmal so fühlen würde wie vorhin unten am Steg.

Klein. Hilflos. Sich bewusst, dass sie einem besonderen, liebenswerten Menschen gegenüberstand. Der sie – und das gab sie nur schweren Herzens zu – im Sturm zu erobern drohte.

Der ihr zeigte, dass sie das, was sie für hoffnungslos verloren gehalten hatte, doch noch erfahren konnte.

So wie, wer die Gestalt da vor ihr war. Wer es schaffte, in die Gruft einzudringen. Der vorsichtig einen Schritt vor den anderen setzte. Sie konnte das Knirschen der Steinchen unter den Schuhen des Eindringlings hören.

Sie schluckte, als sie ihr Handy hervorholte und die Taschenlampenfunktion aktivierte.

Ihr auf Sensationen ausgerichtete Gehirn hatte ihr Bild um Bild in den Verstand gejagt, was sie erwarten würde, sobald sie die Dunkelheit mit dem Schein ihrer Lampe zerschnitt.

Spinnenweben hatte sie erwartet. Regentropfen, die von der Decke platschend auf den Boden fielen. Rinnsale aus Wasser, die den gemauerten Steinquadern herunterliefen. Dazu ein unnatürliches, brummendes Geräusch immer wiederkehrender Stimmenfetzen.

Irgendetwas, das ihr auf Filmsequenzen und Serienausschnitten programmiertes Gehirn mit der Realität in Einklang bringen konnte.

Sie musste eine davonhuschende Spinne sehen, einen in einem Mauerloch verschwindenden Tausendfüßler. Irgendetwas, das einem das Gefühl von ekligem Schauer über den Rücken jagen konnte.

Irgendetwas, das ihr sagte, dass die Filmemacher und Buchautoren nicht übertrieben. Dass es wirklich so war.

Weit gefehlt.

Sie war, um es gelinde zu sagen, enttäuscht von dem, was sie vorfand.

In dem kleinen Eingang sah sie auf dem Boden, rechts neben der Tür, ein Windlicht stehen. Dazu ein Stabfeuerzeug in einer in die Wand eingelassene Nische. Die wenigen Stufen, die unter einem Rundbogen hinunter in die Gruft führten, waren weder mit Wasser bedeckt noch mit einem anderen, rutschigen Sekret.

Ebenso konnte sie keinerlei in die Wände eingelassene Totenköpfe erkennen. Keine auf die Wände gemalten, verstörenden, nach Ritualen aussehenden Runen.

Es war alles schlicht gehalten.

Ihr Herz schlug ihr bis zum Hals, als sie das andere, das bisher ignorierte Geräusch von leise auf die Steinstufen abgesetzten Schritten vernahm.

Sie machte einen vorsichtigen Schritt vor, spähte in die Dunkelheit und war dann wie gelähmt.

Damit hatte sie nicht gerechnet.

Nicht eine Sekunde.

Als sich die Hände aber um ihren Hals legten, diese zudrückten, begriff sie: Sie wurde angegriffen.

***

Lindsey zitterte am ganzen Körper vor Spannung und Aufregung.

Sie griff mit zitternden Händen nach dem Türknauf, in der verzweifelten Hoffnung, dass das schließende *Ritsch* nur eine Einbildung ihrer überhitzten Nerven war. Bevor sie aber mit der Schulter gegen die Tür stieß, rüttelte sie am Knauf und wusste, dass sie verloren war.

Sie war eingeschlossen.

In einer Gruft.

Mit Toten.

In dem Moment, als ihr bewusst wurde, wo sie war, gaben ihre Knie unter ihr nach. Sie wollte schreien, irgendetwas gegen die verschlossene Tür brüllen, ihren Gegner verfluchen, ihn aufs Übelste beleidigen und allem Frust freien Lauf lassen. Nur um dann zu merken, während sie schluchzend auf die Knie sank, dass sie nichts mehr hervorbrachte als ein jammerndes Weinen.

Sie wäre gern so viel taffer gewesen, so viel agiler und stringenter. Ihre Selbstwahrnehmung war dabei, nicht nur erste Risse zu bekommen, sondern auseinanderzubrechen drohte. Da war nichts mehr von der mutigen, immer nach vorn gehenden Journalistin. Die junge, unantastbare Frau, die mit ihrem frechen Mundwerk jedem und allem die Stirn bot.

Sie musste nur an den kurzen Augenblick zurückdenken, wie sich die schwieligen, rauen Hände um ihren Hals gelegt hatten. Wie der Angreifer versucht hatte, sie zu würgen.

Noch nie in ihrem Leben hatte sie sich so verletzlich und klein gefühlt.

So gelähmt.

Lindsey war solchen körperlichen Attacken nie ausgesetzt gewesen. Sie hatte darüber gelesen, klar. Davon gehört und war ehrlich zu sich selbst, dass sie ab und zu schulterzuckend gedacht hatte: *Ich kann mir beim besten Willen nicht vorstellen, dass es einen so erschüttert.*

Sie war eines Besseren belehrt worden.

Sie war nicht nur erschüttert.

Sie war zerbrochen.

In dem Moment, als sie attackiert wurde, war sie gar nicht in der Lage gewesen, darüber nachzudenken, was gerade mit ihr passierte. Erst jetzt, wo ihr die Hilflosigkeit bewusst wurde, sie sich vor Augen führte, wie nah sie einem möglichen tödlichen Angriff gewesen war, öffnete sich ihre Seelenschranke und ließ all das sorgsam einsortierte Porzellan scheppernd und krachend auf den Boden ihrer Selbst fallen.

Lindsey begann zu weinen.

Sie ignorierte, dass ihr die Feuchtigkeit des Bodens durch die Jeans auf die Haut drang.

Für sie zählte nur noch eines: die Hoffnung, dieses Abenteuer so schnell wie möglich hinter sich zu lassen.

„Haben wir dich!"

Niemals im Leben hätte Edward gedacht, dass diese drei Worte so viel Genugtuung in sich tragen konnten, wie er sie jetzt gerade empfand, als er den aus der Gruft fliehenden Typen packte.

Er merkte schnell, dass sein Gegner wusste, wie er zu kämpfen hatte; obwohl er unförmig wirkte, sich schwammig und fett anfühlte. Auch begriff er, als er seinen Griff verstärken musste, dass unter den angeblich herumschwabbelnden Fettmassen Muskeln werkgetreu ihre Arbeit verrichteten.

Edward, von dem Hochgefühl getrieben, dem Störenfried endlich habhaft zu werden, wollte nichts mehr anbrennen lassen. Weder durch seine eigene Dummheit noch durch die Klugheit seines Gegenübers. Deshalb fackelte er nicht lange. Er schlug zu.

Ohne zu wissen, wohin.

Was er wusste, war, dass seine Faust mitten ins Ziel traf.

Ein Aufbrüllen ertönte, ein Schrei des Schmerzes und schließlich das angenehm klingende Geräusch eines zu Boden gehenden Körpers.

Bei all den durch ihn hindurchjagenden Gefühlen, bei all der Freude, der Hoffnung, dass endlich alles gut werden würde, war da dennoch etwas, das Edward zunehmend irritierte. Was ihn das Gesicht verziehen und die Augen aufreißen ließ.

Mit sowas hatte er nicht gerechnet.

Niemals.

Aber es war da.

Der rasende, durch seine Hand zuckende Schmerz.

Ende gut, alles gut

Lindsey sah, wie Ann zusammenzuckte, als Edward sie mit dem Namen Boris Brown konfrontierte.

„Wen?", fragte sie aus einem Reflex heraus, aus der Not, wie Lindsey sah und doch konnte sie erkennen, wie sich in dem Gesicht der immer agilen, fröhlichen, Edward zugewandten Frau etwas Entscheidendes ereignete.

Es verhärtete sich hinter der zauberhaft lächelnden Maske.

Obwohl Ann ein Lachen ausstieß, sie die Hand hob, fragte: „Ist das jemand, der sich bei uns vorstellen will?", war in ihre Augen eine lauernde, Lindsey einen kalten Schauer des Entsetzens über den Rücken laufen lassende Verachtung getreten.

„Du kennst jeden, der sich bei uns beworben hat, um Längen besser als ich", meinte Edward mit einem kalten Lächeln, während er sich in seinem Bürostuhl nach vorn lehnte, die Hände aneinanderlegte und Ann nicht aus den Augen ließ.

„Wer soll das sonst sein?", wollte Ann wissen.

„Der Name sagt dir nichts?"

Sie schüttelte den Kopf mit einer mechanischen, Lindsey wütend machenden Geste. Obwohl Ann zu wissen schien, es wissen musste, dass Edward etwas herausgefunden hatte, das ihr nicht gut zu Gesicht stehen konnte, spielte sie ihr verlogenes Spiel weiter.

Lindsey, die Edward versprochen hatte, nicht in seine Gesprächsführung hineinzugrätschen, musste sich schwer beherrschen, um nicht zu schreien. Obwohl alles danach verlangte. Sie wollte Ann anbrüllen und sie beschuldigen, ihr deutlich machen, dass sie Schuld daran trug, dass sie in der Gruft gefangen gewesen war. Dass sie, mit wild klopfendem Herzen, Schweiß auf der Stirn und einer noch nie erlebten Furcht im Herzen in sich zusammengesunken war.

Noch immer schauderte es sie, wenn sie an die Dunkelheit dachte.

An ihre durch den Kopf jagenden, sie mit Frucht erfüllenden Gedanken.

Daran, dass sie ernsthaft gemeint hatte zu hören, wie sich die Deckel der mit Schweißnähten verschlossenen Särge quietschend öffneten.

Allein das eisige Gefühl des sie innerlich lähmenden Schreckens konnte sie nicht mehr abwerfen.

Obwohl sie jetzt in dem weiträumigen Büro Edwards saß, sie längst geduscht hatte und das Gefühl besaß, wieder sauber zu sein, meinte sie, noch immer da in der Finsternis zu hocken. Die Hände gegen die Ohren gepresst, während ihre weitaufgerissenen Augen in der sie umschließenden Dunkelheit versuchten, irgendetwas zu erkennen.

Sie hörte noch das eingebildete Quietschen der Scharniere. Die schlürfenden, aufgesetzten Schritte wandelnder Toten, die ihre bleichen, zu Klauen gekrümmten Hände nach ihr ausstreckten.

Ihr war klar geworden, dass ihr Unterbewusstsein mehr von den plumpen Erzählungen, den gesehenen

Geschichten, den gelesenen Comics, dem Gerede am Lagerfeuer aufgenommen hatte, als ihr lieb gewesen war. Jener unbeschwerten Zeit, wo sie bei ihrem Onkel auf dem Land gewesen war. Der ihr irgendetwas davon erzählte, dass einige Untoten – warum auch immer – Haken an den Unterarmen anstatt Hände trugen. Dass es schwebende, nach Seelen dürstende, über die Moore schwebende Geister gab.

Oder diese aberwitzigen, bescheuerten Comics, die damals in der Schule herumgegangen waren. Alberne, an den Haaren herbeigezogene Geschichten, die dazu noch schlecht gezeichnet in Szene gesetzt worden waren.

Aber die dort wandelnden Skelette, die nach einem Amulett suchten, um endlich ins Jenseits zu kommen, hatten sich nachhaltig in ihren Verstand gegraben.

In dem Moment, als sie in der Gruft gefangen saß, waren all diese Geschichten zu ihr zurückgekommen.

Wuchtig. Hart. Unnachgiebig.

Mit ihnen ihre Frucht.

Klammernd und exzessiv, dass sie sich nicht mehr am Riemen hatte reißen können. Sie hatte all ihre Ängste von innen nach außen bringen müssen.

Ihre Panik war so groß geworden, dass sie angefangen hatte zu schreien. Ach was, zu kreischen. Ihre von den Wänden widerhallende Stimme tönte ihr noch immer in den Ohren. Sie konnte jedes Brechen im Schrei hören, jedes einzelne auseinanderfasernde, in die Tiefen der Gruft eindringende Echo.

Meine Erleichterung, als ich das Knirschen und Rucken der sich öffnenden Tür vernahm, dachte sie und fokussierte ihre Gedanken auf die vor ihr sitzende, sich noch immer in Unschuld kleidende Ann. *Damit ich dir deine dämlichen Spielchen endlich austreiben kann!*

Wie gestern Nacht, als sie das scheppernde Zurückziehen der vor die Tür geworfenen Eisenstange vernahm, so fühlte sie sich auch jetzt. Befreit. Lebendig. Echt.

So richtete sie sich auf, als Edward sagte: „Wir haben gehört, dass du Boris Brown bezahlt hast."

„Weil er ein Angestellter von uns ist?" Ann lächelte noch immer.

Sie spielte weiterhin die Ahnungslose und musste doch wissen, dass sie längst verloren hatte.

Warum tat sie das?

Was hatte sie davon?

Weil es noch jemanden gibt, der im Hintergrund die Fäden zieht?, hörte Lindsey die zweifelnde, an sich selbst gerichtete Frage und versuchte, alle bisher zusammengetragenen Fakten irgendwie in Einklang miteinander zu bringen.

Sie wollte begreifen, warum ihr plötzlich Zweifel kamen.

Das war unnötig.

Brown hatte längst gestanden.

Schon in dem Augenblick, als sie aus der Gruft gekommen war und er, sich noch immer das Gesicht haltend, auf dem Boden vor ihr gelegen hatte. Da hatte er geschrien und gejammert. Er hatte ununterbrochen nach einem Arzt verlangt und auf Edwards Frage, wer er sei, ohne Umschweife geantwortet.

Es gab keinen weiteren Hintermann.

Niemand anderen als Ann.

Die legte den Kopf schief, schaute den auf sie ebenfalls völlig ruhig wirkenden Edward an und sagte: „Für die Abrechnungen bin ich nicht zuständig, wie du weißt. Die Gehälter gehen über deinen Tisch. Obwohl es ein unsinniger und langwieriger Prozess ist, wie ich dir schon gesagt habe.“

„Das ist der Kern unseres Meetings“, meinte Edward und fügte hinzu: „Die langen Abläufe.“

Ann legte den Kopf schief.

Edward fuhr fort: „Wir haben ja immer wieder darüber diskutiert, wie wir die Organisation effektiver und schneller machen könnten. Insbesondere, wenn es um die Kinder geht.“

„Weiß ich.“

„Du erinnerst dich auch, dass ich immer das letzte Wort haben wollte, wenn es um die Kinder ging.“

„Klar.“

„Dass es dich gestört hat, auch.“

Sie tat wieder unschuldig.

„Erst letztens haben wir über die Einstellung eines Sozialpädagogen gesprochen, du erinnerst dich doch. Da kamst du mir wieder mit der Geschichte, dass ich dir mehr Befugnisse abgeben solle.“

„Weil ich dich entlasten wollte.“

Edward zeigte ihr deutlich, dass er wusste, was sie wirklich geplant hatte, indem er den Kopf hin und her wiegte und einen abfällig klingenden Laut ausstieß. „Ich weiß nicht.“

„Was weißt du nicht?“

„Ob du mir wirklich so wohlgesinnt bist, wie du behauptest zu sein. Weißt du, wir haben geahnt, als Doktor Spangler bedroht und eingeschüchtert wurde, wie der Hase läuft. Da kamen uns die ersten Zweifel. Niemand kannte die Aktenlage um meinen Großvater, um meine Oma. Niemandem war bekannt, mit was für Geistern mein Vater sich quälte und wovor ich Angst habe. Außer dir."

Ann schaute ihn an, sagte nichts.

„Ich habe niemandem von der Schizophrenie erzählt. Niemandem erzählt, wie mein Großvater meine Großmutter im Zorn erschlug und wie er dann ins Sanatorium überstellt wurde. Dass die Familiengeschäfte in die Hand meines Vaters gelegt wurden. Und dass wir den Tod meiner Großmutter verschwiegen. Es ging ums Geschäft. Darum, dass es weitergeht. Was ein Fehler war. Von der Seite meiner Familie aus. Denn wir haben anderen Menschen Unrecht getan. Menschen wie deinen Eltern."

Ann schnaubte.

„Wir sind gemeinsam groß geworden. Haben immer Kontakt zueinander gehalten. Ich bot dir als Erstes die Stelle als meine Stellvertreterin an."

„Ich weiß das alles", sagte sie mit einem abfälligen Ton in der Stimme. „Du hast mir auch erzählt, was dich quält und wieso ihr den Tod deiner Großmutter verschwiegen habt. Investoren. Keine negative Presse."

„Deshalb wurde uns klar, dass du hinter der Sache stecken musst. Niemand anderes wusste von meinen Schwachstellen."

„Wenn ich es wirklich bin. Warum habe ich dann mein Geheimnis nicht an die da weitergegeben?", wollte Ann wissen, einen kalten Blick auf Lindsey richtend. „Hätte ich doch machen können."

„Kontrolle", entgegnete Edward. „Nicht mehr und nicht weniger. Du hättest nicht gewusst, was Lindsey schreiben würde. Brown aber, den konntest du anweisen. Ihn konntest du lenken", Edward machte eine kurze Pause, „Und deshalb haben wir Doktor Spangler sagen lassen, was Brown in der Gruft finden würde. Wir waren überrascht, dass Brown wusste, dass es in der Kameraüberwachung Schwachpunkte gibt."

Lindsey nickte und fügte hinzu: „Darüber wunderten wir uns schon beim ersten Einbruchsversuch. Brown war genau zu dem Zeitpunkt auf dem Grundstück, als das System wegen des Updates heruntergefahren worden war. So wie Turner es mitgeteilt und an dich übermittelt hat."

Ann hielt ihre Maske weiterhin aufrecht.

„Als er dann wirklich kam und in die Gruft eingebrochen ist, hatten wir ihn."

„Ich verstehe noch immer nicht."

„Wir haben seine Stimme aufgenommen, als er Spangler anrief. Wir haben mitgeschnitten, was er gesagt hat. Das Verrückte ist, er hat dasselbe getan, als du mit ihm gesprochen hast."

„Ich?" Ann riss die Augen auf.

„Ja, als du ihn darum gebeten hast, etwas, nun, wie soll ich sagen, schmutzige Arbeit zu verrichten. Mich in Misskredit zu bringen. Den Geldgebern, mit denen ich zusammenarbeite, davon zu überzeugen, dass meine Vergangenheit ein Hindernis sei."

„Das habe ich nicht."

„Doch, hast du, Ann!"

Lindsey verzog keine Miene, als sie das Handy hob, es entriegelte und auf den virtuellen Knopf drücken wollte, um Ann zu zeigen, was Brown, ohne lange zu überlegen, preisgegeben hatte.

Ann hob die Hand. Ihre Maske fiel und sie zischte: „Die Organisation gehört in die Hände, aus der sie einst gerissen wurde. Meine Familie hat ebenso unter deiner Familie leiden müssen wie so viele anderen hier. Es wäre nur fair, wenn nun du ..." Sie verstummte, presste die Lippen aufeinander.

„Ich glaube, das reicht", sagte Edward. „Du hast mich in Misskredit bringen wollen. Du hast über meine Organisation Brown angeheuert und es aussehen lassen, als würde die in meiner Familie diagnostizierte Schizophrenie nun auch mich angegriffen haben. Ich sollte so dastehen, als hätte ich mich selbst attackiert. Aus einem Wahn heraus. Hervorgerufen durch Stress. Derselbe Stress, dem mein Großvater und mein Vater zum Opfer gefallen sind."

„Deine Familie hat meinen Vater zu einem seelischen Krüppel gemacht."

„Wofür ich mich entschuldigt habe. Wofür ich, wie allen geschädigten Bürgern, eine Abfindung gezahlt habe. Ich selbst habe kaum noch was. All meine Gelder wandern zu denen, die unter meinem Großvater gelitten haben."

Ann schaute Edward an, ohne etwas zu sagen.

„Ich war bereit, alles zurückzuzahlen. Schade, dass es so kommen musste."

„Mir gehört deine Organisation."

„Du bist entlassen", meinte Edward. „So schwer es mir fällt. Aber so gibt es keine Basis mehr, wie wir zusammenarbeiten können."

***

Es war merkwürdig, fand Lindsey, als sie neben Edward auf dem Steg saß.

Nichts stand mehr zwischen ihnen.

Sie saßen nur da, lauschten dem Plätschern der auf das Ufer des Sees zurollenden Wellen und genossen das angenehme Schaukeln des Stegs. Ihr erster Impuls war es gewesen, anzufangen zu reden. All ihre Gedanken zu verbalisieren und sie dem da auf seiner Bank sitzenden, die Blicke in die Ferne gerichteten Edward ungefiltert zu präsentieren.

Alles, was ihr in den Kopf kam, wollte sie ihm sagen.

Wie überrascht sie war, wie eloquent er auf Anns Angriffe reagierte. Wie leicht es ihm zu fallen schien, seine rechte Hand von ihren Aufgaben zu entbinden. Wie er es mit einem Lächeln abgetan hatte, was sie ihm noch alles Gemeines an den Kopf gefeuert hatte.

Es war so viel in ihrem Kopf los, dass sie jedes einzelne Wort wie das Pfeifen eines durch Häuserschluchten wehenden Windes losfeuerte. Immer stürmisch, nie zu fassen, immer dabei, die Zeitung ein Stück weiter wegzublasen, nach der man sich gerade bückte.

Lindsey hielt sich zurück.

Sie wollte ihn nicht überfallen.

Nicht über ihn hinwegwalzen, einer Planierraupe gleich.

So saß sie neben ihm, zappelig, nicht wissend, was sie mit ihren unentwegt nervösen Fingern anfangen sollte.

Erst, als Edward neben ihr tief Luft holte, traute sie sich, den Kopf zu drehen und ihn auffordernd anzuschauen.

Obwohl sie ihm am liebsten um den Hals gefallen wäre, hielt sie sich zurück. Betrachtete sein nachdenkliches, weich geschnittenes Gesicht und hörte ihn dann mit leiser, zweifelnder Stimme feststellen: „Was mit Williams passiert ist, wissen wir bis heute nicht.“

„Du meinst?“

„Ich meine was?“ Edward schaute zu der neben ihm plötzlich stocksteif sitzenden Lindsey, um sich dann selbst die Antwort zu geben. „Dass ich glaube, dass mein Vater ihn umgebracht haben könnte?“ Seine Miene verfinsterte sich. „Ich habe ihn oft in düsterer Stimmung erlebt. Nachdenklich. Aber nie gewaltbereit.“ Edward klang alles andere als entschuldigend. Nicht wie ein Mann, der mit Krampf das Bild eines liebevollen Menschen zeichnete, obwohl jeder wusste, wie tief die Abgründe wirklich waren. Er wirkte eher wie jemand, der genau wusste, was er erzählen wollte, nur die richtigen Worte nicht fand.

„Er war nie auf Rache aus“, sagte er schließlich schulterzuckend. „Also, nie jemand, der um alles auf der Welt den großen Kämpfer raushängen ließ. Er war krank, ja. Aber es war eine milde Form. Er schrie nicht und so.“ Er schüttelte den Kopf. „Nein, mein Vater war kein Mörder. Er war nur düster, in seiner Gedankenwelt gefangen.“

„Aber die Notiz?“

Edward seufzte, bevor er sagte: „Wir werden es nicht erfahren. Egal, wie sehr wir uns den Kopf zerbrechen. Ebenso kann niemand jemals mit Bestimmtheit sagen, weshalb das Sanatorium abgebrannt ist, in dem mein Großvater untergebracht worden war.“

„Hmmm.“

„Glücklich macht mich das auch nicht." Edward verfiel in ein düsteres Grübeln und flüsterte dann: „Wie können wir es herausfinden?"

Lindsey befürchtete, wenn sie weiter auf das Thema einging, sie weiter mit Edward über jene, über all diese zurückliegenden Ereignisse sprechen wollte, würde er sich von ihr zurückziehen. Was sie riskieren wollte. Riskieren musste. Deshalb setzte sie an zu sagen: „Finden wir in den Unterlagen womöglich Zahlungsbelege für …?"

Edward schaute sie an.

In ihrer Angst, er könnte sich von ihr abwenden, sah sie erst auf den zweiten Blick, dass sich seine Miene nicht verschlossen, sondern erheitert hatte.

Da war kein düsterer Schatten, keine in Furchen gelegte Stirn oder ein sie zurückweisender Ausdruck grimmiger Abweisung. Nur der heitere, helle Schein einer seine Mundwinkel umschließenden Heiterkeit.

Er sagte, während seine Blicke hinaus auf das Wasser glitten: „Ich habe die Unterlagen längst zur Prüfung eingereicht. Sollte es wirklich zu einer Verkettung dieser schrecklichen Tragödie gekommen sein, werde ich dafür geradestehen."

„Du hast das alles nicht nötig."

„Nicht?" Er wandte den Kopf, betrachtete sie. „Aber wenn mein Gewissen mir sagt, dass es für mich besser ist?"

„Du gehst damit ein Risiko ein."

Er zuckte mit den Schultern. „Ich denke, ich habe gelernt, dass zu mir immer was Gutes zurückkommt, wenn ich Gutes tue. Hättest du mich nicht dabei gesehen, wie ich da am Spielplatz gestanden habe, um den Scheck zu überreichen, dann ..."

Lindsey richtete sich auf.

„Was dann?"

„Dann wärst du mir nicht passiert."

Sie lächelte. „Meinst du das ernst?"

„Wir haben vieles bewirkt und könne noch immer viel Gutes tun. Warum dann aufhören? Nicht alle Menschen haben so viel Glück wie ich oder du. Nicht jeder wird als McBright geboren oder hat die Chancen, zu studieren und der werden zu können, der er gerne wäre. Warum sollten wir von unserem Glück nicht ein wenig zurückgeben?"

„Warum eigentlich nicht?" Lindsey fand endlich den Mut, den sie brauchte, um nach seiner Hand zu greifen.

Edward nahm die ihre. „Ich muss es tun." Er schaute ihr tief in die Augen, betrachtete sie und löste einen Schwall wie wild in ihrem Bauch herumflatternder Schmetterlinge aus. „Meine Mutter hat einmal zu mir gesagt ..." Seine Blicke richteten sich in die Vergangenheit. „... dass man nur der sein könne, der man sei. Man sollte immer versuchen, der gute Mensch zu sein."

„Wie war sie?"

„Meine Mutter?"

„Ja?"

„Die glücklichste und unglücklichste Person, die ich kenne. Nach der Trennung von meinem Vater zog sie sich zurück. Ich besuchte sie alle zwei Wochen für zwei Wochen. Sie baute ein Kinderhilfswerk auf. Sammelte Spenden und so. War immer darum bemüht, den Kindern Gutes zu tun."

„So wie du."

„Ich will meiner Vergangenheit gerecht werden, um eine gute Gegenwart zu haben", sagte Edward, holte tief Luft und sah so aus, als habe er ununterbrochen innerlich Mut gesucht, um ihn jetzt gefunden zu haben. Er beugte sich zu ihr. „Ich möchte, dass du meine Gegenwart bist."

Und gab Lindsey einen Kuss ...

Vergangenheit, 2004

Williams war bester Laune.

Niemals in seinem Leben hätte er damit gerechnet, dass er nach gut achtzehn Jahren noch einmal mit den McBrights etwas zu tun bekommen würde. Die vergangenen juristischen Auseinandersetzungen, die Konflikte, die Beschimpfungen, alles, was er über sich hatte ergehen lassen müssen, waren von ihm abgefallen, als er die Information zugeschickt bekam, wo Augustus McBright nach dem Mord an seiner Frau untergekommen war.

Obwohl er immer ein überlegter Mann gewesen war, jemand, der Prinzipien hatte, der auf Augenhöhe mit Menschen kommunizieren wollte, war diese Information für ihn wie ein wohltuender Schauer gewesen.

Eine Art innerer Raketenstart mit am Nachthimmel explodierenden Lichterkugeln, die ein langgezogenes „Ah" und „Oh" in einem hervorriefen.

Ohne nachzudenken, war er in seinen Bentley gestiegen und hatte das Radio aufgedreht, um mit dem Queens Song *We are the Champions* hinaus auf die

Landstraße zu fahren, über die Brücke hinweg, die auf die gut fünf Meter hohen, unbefestigten Steilküste entlang führte.

Alles kam ihm leicht vor, erreichbar. All die Jahre fielen von ihm ab.

So wie sein Leben von ihm abfiel, als er das an seine Ohren dringende Summen hörte.

Wespe, dachte er noch, schlug nach dieser, als sie dicht an sein Ohr kam, er ihren Flügelschlag spürte. Und flog dann von der Straße, in den See.

ENDE